MEURTRE DANS LE TYNESIDE

LES ÉNIGMES D'AGNÈS LOCKWOOD LIVRE 1

EILEEN THORNTON

Traduction par
HANÈNE GATTOUSSI

1

———

Agnès Lockwood remonta son col. Elle se rendit compte qu'elle aurait dû porter son écharpe. Mais avec le soleil qui brillait à travers la fenêtre de sa chambre d'hôtel, elle avait pensé que ce ne serait pas nécessaire.

C'était bon d'être enfin de retour dans le Tyneside. Plusieurs années s'étaient écoulées depuis son dernier passage dans le coin. Revenir visiter le lieu de sa naissance était ce qu'elle voulait faire depuis longtemps. Pourtant, pour une raison ou une autre, elle n'en avait jamais eu le temps. Depuis l'âge de douze ans, au moment où sa famille avait quitté la région, sa vie s'était enchaînée à toute allure. Jusqu'à aujourd'hui, près de quarante ans plus tard, elle n'avait jamais réellement pris le temps de ralentir et de réfléchir au passé.

Tout avait commencé lorsque son père avait décroché un poste diplomatique important en France, ce qui avait obligé sa famille à quitter le Tyneside. À leur retour, son père avait accepté un poste basé à Londres. Ce n'était donc pas pratique pour eux de vivre trop loin de son lieu de travail. En prenant du recul, Agnès trouvait étrange de ne pas avoir pu consacrer du temps pour visiter le Tyneside.

I

Désormais, après avoir enfin pris la décision de se rendre dans le Nord-Est, elle avait choisi de séjourner dans un hôtel près des quais, autrefois le cœur même du Tyneside.

Agnès marcha sur le trottoir jusqu'au bord du quai et contempla le Tyne. Le fleuve était nettement plus propre que dans ses souvenirs. La dernière fois qu'elle l'avait vu, il ressemblait plus à un bain de boue qu'à un imposant cours d'eau traversant la ville et se jetant dans la mer du Nord. À l'époque, on disait que le simple fait de plonger dans le Tyne suffisait pour causer la mort, due à une forte contamination de l'eau.

Fixant toujours le fleuve, elle pensa qu'il avait dû y avoir des accidents à l'époque, une époque où des hommes mouraient parce qu'ils glissaient et tombaient dans l'eau trouble. Certains avaient peut-être même mis fin à leurs jours en se jetant dans l'eau, parce qu'ils avaient trouvé la vie trop dure à supporter. Mais pire encore, combien avaient pu être brutalement assassinés, leurs corps jetés à l'eau, tombés dans l'oubli. Elle frissonna à cette idée. Heureusement, cette époque était révolue. En jetant un coup d'œil sur les quais, elle réalisa que ce n'était pas seulement le fleuve qui était propre; tout l'endroit avait changé. L'industrie lourde du Tyneside avait disparu depuis longtemps, pour faire place à des cafés, des restaurants et d'autres loisirs bien plus agréables.

Même si Agnès ne résidait pas dans cette ville au moment des changements, elle avait lu la nouvelle dans les journaux. Pourtant, elle ne s'attendait pas à ce que ce fût aussi tendance. Elle soupira en se détournant de la rive et s'adossa à la rambarde. Le passé était révolu, il était inutile de s'y attarder. Comme les gens qui vivaient encore ici, elle devait évoluer avec le temps. Aller de l'avant. Mais aller de l'avant où ? Que réservait l'avenir à une veuve d'un certain âge ?

Elle se reprocha d'avoir des pensées aussi négatives. Tout d'abord, elle devait se ressaisir et arrêter de rêver du passé. La vie lui avait été plutôt bénéfique.

Jim Lockwood avait été un mari merveilleux et un père dévoué. Un sourire se dessina sur ses lèvres lorsqu'elle pensa à ses garçons. Ils étaient des hommes maintenant. Mariés et vivant à l'autre bout du monde. Pourtant, pour elle, ils resteraient toujours « ses petits garçons ».

Bien qu'il restait un certain nombre d'années avant que Jim puisse prendre sa retraite, ils avaient prévu de rendre visite à leurs fils plus souvent lorsque ce jour viendrait. Qu'est-ce qui aurait pu les en empêcher ? Ils auraient eu à la fois le temps et l'argent. Jim avait occupé un bon poste au ministère des Affaires étrangères et avait économisé beaucoup d'argent au fil des années pour s'assurer une retraite confortable. Mais ensuite, trop tôt, une forme agressive de cancer lui avait arraché Jim et son monde s'était écroulé. Elle renifla et chassa les larmes qui se formaient dans ses yeux. Ce n'était pas juste.

Ses fils avaient voulu qu'elle vendît la maison et qu'elle allât vivre avec eux à la mort de leur père et, pendant un court moment, elle avait été fortement tentée. Mais elle en avait décidé autrement, leur disant fermement qu'ils avaient leur propre vie à mener. Reprenant ses esprits, elle jeta un coup d'œil à sa montre. Très bientôt, elle devrait retourner à l'hôtel et se changer pour le dîner. Elle se retourna vers l'endroit où se trouvait le bâtiment et elle constata avec surprise qu'elle n'avait pas beaucoup marché. Elle avait peut-être le temps de continuer jusqu'au pied du Tyne Bridge avant de faire demi-tour. Demain, il pourrait pleuvoir et l'idée de marcher sous la pluie ne lui plaisait pas. Si c'était le cas, elle irait faire un tour dans le centre-ville pour faire quelques achats.

* * *

De retour à l'hôtel, Agnès prit une douche avant de décider de ce qu'elle allait porter pour la soirée ; elle avait apporté beaucoup trop de tenues. Finalement, elle choisit une robe bleu foncé avec des chaussures et un sac assorti. Étant grande et mince, trouver des vêtements n'avait jamais été un problème pour elle. Jim lui disait toujours qu'elle était belle dans tout ce qu'elle choisissait et il était fier de l'avoir à ses côtés.

Elle enfila sa robe et la lissa en se regardant dans le miroir. Mais elle fronça les sourcils ; quelques cheveux gris commençaient-ils à apparaître ? S'approchant du miroir, elle le vérifia de plus près en espérant se tromper. Mais ce n'était pas une erreur. Ses cheveux auburn commençaient à changer de couleur – et ce n'était pas une couleur qu'elle appréciait. Elle soupira en se détournant du miroir. Étaient-ils apparus pendant la nuit ? Ils n'étaient pas là hier. Elle allait devoir passer chez le coiffeur en rentrant chez elle.

Elle était sur le point de descendre pour dîner, lorsqu'elle entendit des voix élevées devant sa porte. Elle s'assit sur le lit, décidant d'attendre quelques minutes que les gens fussent partis avant de s'aventurer dans le couloir. Ils pourraient être gênés si elle apparaissait soudainement au milieu de ce qui semblait être une dispute. Cependant, les voix se faisaient plus fortes et, bien qu'elle ne voulût pas être indiscrète, elle ne pouvait pas s'empêcher d'entendre ce qui se disait.

Il semblait que la dame avait perdu un collier ou, plus précisément, elle croyait qu'il avait été volé dans sa chambre alors qu'elle était sortie faire des courses cet après-midi-là. Le gentleman qui l'accompagnait n'était pas d'accord. Il tentait de la calmer en disant que c'était impossible. Elle avait dû le poser quelque part et oublier son emplacement.

« Tu réagis toujours de cette façon, ma chérie », lui dit l'homme. Il parlait lentement, essayant visiblement d'apaiser la femme. « Tu vas y réfléchir pendant le dîner, tu te souviendras vite où tu l'as rangé. »

Cependant, la dame n'était pas d'humeur à se calmer. « Je me souviens parfaitement l'avoir posée dans le tiroir du haut de la coiffeuse avant de sortir, insista-t-elle. Pourtant, quand j'allais la mettre ce soir, elle avait disparu. Tu ne réalises pas que ce collier est celui que tu m'as offert pour notre anniversaire de mariage. Il a dû te coûter une fortune. »

Il y eut une pause et pendant un bref instant, Agnès pensa qu'ils étaient partis. Elle était sur le point d'ouvrir la porte quand elle fut soudainement surprise par un cri strident provenant de la femme dehors.

« Oh, Seigneur ! George, tu ne te rends pas compte ? Quelqu'un a dû entrer dans notre chambre pendant notre absence. » Sa voix devint hystérique. « J'aurais pu entrer et trouver un intrus fouillant dans nos affaires ; j'aurais pu être assassinée. Appelle la police tout de suite ! »

« Calme-toi, Angela. C'est inutile d'appeler la police. Personne n'est entré dans notre chambre... », dit George.

Mais à l'idée qu'un intrus eût pu fouiller dans ses affaires personnelles, Angela ne voulait pas être réduite au silence. « Qu'est-ce que tu en sais ? cria-t-elle. Tu n'étais même pas là. Tu es resté en bas dans le bar avec tes soi-disant partenaires d'affaires. » Il y eut une légère pause. « Je veux voir le gérant – maintenant ! Tu viens avec moi ou tu vas te tourner les pouces et me laisser me débrouiller toute seule, comme d'habitude ? »

Les voix faiblirent lorsque l'homme et la femme se précipitèrent dans le hall d'entrée.

Agnès sortit la clé de la chambre de son sac et la regarda fixement. Ce n'était pas une clé conventionnelle à l'ancienne. Elle ressemblait plutôt à une carte de crédit, que l'on plaçait dans une fente sur la porte. Lorsqu'on la retirait, une lumière verte clignotait pour indiquer que la porte était déverrouillée. Elle se souvint de la première fois qu'elle eut à utiliser ce type de clé. Jim et elle avaient séjourné dans un hôtel de Las Vegas. Il avait été amusé par ses nombreuses tentatives de déverrouillage de la porte de leur chambre. « C'est simple, avait-il dit. Fais glisser la carte dans la fente, retire-la et ouvre la porte. » Pourtant, lorsqu'elle avait essayé, une lumière rouge était apparue et la porte avait refusé de s'ouvrir. Ce ne fut que lorsque Jim expliqua qu'elle avait retiré la carte trop rapidement et qu'elle devait ralentir, qu'elle put accéder à la chambre.

À présent, elle était satisfaite de cette nouvelle invention et pensait qu'elle était probablement beaucoup plus sûre qu'une serrure standard. Ces dernières pouvaient être forcées par un visiteur peu scrupuleux séjournant dans un hôtel.

Elle regarda vers la porte et plissa les yeux tout en rassemblant ses pensées. Donc, si la serrure n'avait pas été forcée, comment l'intrus aurait-il pu entrer dans la chambre de la femme sans l'une de ces clés magnétiques magiques ? Ce n'était pas possible. À moins que l'un des membres du personnel, ayant vu la dame porter le collier dans la journée, eût l'idée de le voler.

Certains membres du personnel avaient accès à ce qu'on appelait un passe-partout, qui ouvrait toutes les portes des chambres d'hôtels. Ces clés ne devaient être utilisées que par le personnel domestique pour l'entretien des chambres. Elles étaient probablement conservées dans un endroit où d'autres travailleurs pouvaient y avoir accès. Était-ce possible ?

Agnès secoua la tête. Pour l'amour de Dieu, elle devait se ressaisir. Jim avait souvent dit qu'elle avait lu beaucoup trop de romans d'*Agatha Christie* et qu'elle essayait toujours de résoudre un crime alors qu'il n'y en avait pas.

Peut-être que George avait raison. Cette Angela, qui qu'elle soit, pouvait être le genre de femme qui déposait des choses et les oubliait ensuite. Son compagnon, probablement son mari, devait le savoir. Sinon, il devait au moins la connaître assez bien pour qu'ils partagent une chambre. Agnès remit sa clé dans son sac et se dépêcha de descendre dîner.

2

L'odeur de nourriture qui s'échappait de la cuisine au moment où Agnès entra dans la salle à manger lui fit réaliser à quel point elle avait faim. Elle savourait tellement son repas qu'elle ne remarqua réellement les autres personnes présentes dans la salle qu'une fois avoir commandé un café et une liqueur.

Tout le monde était élégamment habillé. Personne ne portait de jeans. Mais l'hôtel étant relativement récent, il est plutôt huppé. Quelques-uns des convives portaient des tenues plus élégantes. Agnès supposa qu'ils allaient sortir après le dîner. Il y avait un certain nombre de théâtres et de salles de concert dans la ville.

Bien qu'elle ne fût pas la seule à occuper une table pour une personne, elle constata que la plupart des tables avaient au moins deux convives. Certaines tables comptaient même au moins six personnes qui dînaient ensemble. Elle se sentit soudainement gênée d'être seule.

Elle poussa un soupir. Jim était parti depuis presque un an. Elle devait s'y habituer, maintenant. Elle s'y était habituée – en principe. Mais parfois, elle sentait le besoin de voir une personne avec qui partager un dîner de temps en temps ou même prendre un verre occasionnellement.

Pendant qu'elle sirotait son café, elle entendit des cris provenant des couloirs à l'extérieur de la salle à manger. Certains invités assis près de la porte se penchèrent en avant puis en arrière, essayant de voir ce qui se passait au niveau de la réception. Mais à en juger par les hochements de tête, Agnès pensait qu'ils ne voyaient pas la personne qui causait tous ces bruits.

Alors que les voix devenaient plus intenses, Agnès réalisa qu'il s'agissait des mêmes personnes qu'elle avait entendues dans le couloir devant sa chambre. Elle avait complètement oublié l'incident.

« Je vous dis que vous avez un voleur parmi votre personnel ! Je vous suggère de vous dépêcher de fouiller leurs affaires avant que quelqu'un ne quitte le bâtiment avec mon collier. » La voix aiguë d'Angela était reconnaissable entre toutes.

« Madame, je vous assure que nous allons parler à tous les membres de notre personnel. Mais je suis certain que personne travaillant dans cet hôtel n'a volé votre collier. »

Agnès ne reconnut pas la voix de l'homme, mais elle supposa qu'il était le gérant. Il essayait vraisemblablement de rester calme, mais son ton lui indiquait qu'il commençait à être exaspéré par cette cliente particulière.

« Ne me sortez pas toutes ces conneries. Je veux que la police soit informée tout de suite. » Angela était en pleine action. Rien n'allait l'empêcher d'avoir son mot à dire. « Je refuse de me laisser berner plus longtemps ! Le collier était un cadeau surprise de mon mari. Dis-lui, George. »

« Ma chérie, c'est... » George ne put terminer sa phrase puisque sa femme continuait de fulminer. « Si vous ne prenez pas le téléphone tout de suite, je vais contacter le siège social. »

« Très bien, je vais appeler la police, répondit le gérant. Pouvons-nous, s'il vous plaît, aller dans mon bureau le temps de résoudre ce problème ? Je n'ai aucune envie de poursuivre cette discussion à la réception de l'hôtel. »

« Oui, bonne idée, M. Jenkins. Merci. Viens, chérie, le bureau du gérant est juste de l'autre côté du couloir. Nous serons plus tranquilles. Nous pourrons en parler là-bas. Je suis sûr que nous n'avons pas besoin d'impliquer la police. » George donnait l'impression qu'il aimerait être à mille lieues d'ici.

« Très bien. Allons dans votre bureau, M. Jenkins, rétorqua Angela. Mais, sachez que je suis loin d'avoir terminé cette conversation. Et, George, de quoi parles-tu ? Bien sûr qu'il faut appeler la police. »

Quelques mots de plus furent prononcés, puis le silence retomba dans la réception.

Agnès jeta un coup d'œil dans la salle à manger tandis que chacun reprenait sa conversation. Tout était devenu très calme pendant la dispute à la réception. Elle n'était pas la seule à écouter aux portes.

* * *

Après le dîner, Agnès se retira dans le salon. Elle n'avait pas envie de retourner directement dans sa chambre où elle serait seule. Au moins, ici, elle se trouvait entourée de personnes pleines de vie et, même si elle ne faisait pas partie de leur groupe, leur enthousiasme ajoutait une étincelle de vie à son monde si tranquille.

Agnès contempla la salle, s'imprégnant de son environnement. L'hôtel avait été construit récemment lors de la rénovation des quais. Dans un premier temps, elle pensa qu'il aurait peut-être été préférable de conserver la façade originale et juste réaménager l'intérieur. Certains cafés et restaurants l'auraient fait. Mais peut-être que cette approche n'aurait pas fonctionné pour cet hôtel. Elle se souvint du palais de justice, situé à proximité, qui était lui-même un bâtiment très récent.

Tout dans l'hôtel était moderne, y compris cette salle. Les canapés étaient confortables, les murs étaient décorés de draperies coûteuses et pour couronner le tout, il y avait de grands miroirs ornés reflétant différents aspects de la pièce. Puis elle remarqua que certains de ces miroirs étaient placés dans un angle tel qu'elle pouvait voir la réception et l'entrée de l'hôtel de là où elle était assise.

Comme c'est effrayant ! pensa-t-elle. Si nous, assis ici, pouvons voir qui entre dans l'hôtel, cela signifie-t-il que quiconque se trouve à l'entrée peut apercevoir les personnes assises ici ?

Agnès se demanda si elle devait changer de place, mais décida de rester où elle était. Les autres convives du salon pourraient la prendre pour une folle si elle se mettait soudainement à se déplacer d'un canapé à l'autre. Elle se détourna donc du miroir et commença à réfléchir à ce qu'elle pourrait faire le lendemain.

Un petit tour au centre commercial semblait être une bonne idée. Elle adorait tout simplement faire du shopping. Mais elle voulait aussi visiter les lieux de son enfance dans l'espoir de rencontrer des gens de son passé, même si elle se demandait si elle allait reconnaître quelqu'un. De nombreuses années avaient passé depuis qu'elle avait vécu ici. Les gens changeaient en vieillissant. Pour l'amour de Dieu, même elle avait changé au fil des années. Elle ne ressemblait en rien à ce qu'elle était sur ses anciennes photos d'école.

Elle jeta un coup d'œil aux personnes présentes dans la pièce. Il pouvait y avoir ici des personnes qu'elle avait rencontrées il y a des années, mais qu'elle ne pouvait plus reconnaître aujourd'hui. Que faisait-elle ici ? Pourquoi essayait-elle de fouiller dans son passé ? Il n'y avait plus rien, dans cette pièce, avec lequel elle pouvait s'identifier. Cette idée lui avait semblé si bonne au départ, mais elle se rendait compte maintenant que c'était une grosse erreur – pour plus d'une raison...

Elle était sur le point de retourner dans sa chambre, quand

elle entendit des haussements de voix à la réception. Il semblait que la police était arrivée. Angela allait être rassurée, à présent. En revanche, pour tous les autres, cela signifierait que l'hôtel serait en effervescence pendant que les hôtes et leur chambre seraient fouillés.

Au lieu d'être contrariée par un tel désordre, Agnès cacha un sourire. Ce serait différent de l'habituel rituel banal auquel elle s'était habituée. Ce serait excitant d'être considérée comme un suspect dans une enquête de police.

De toutes les choses merveilleuses et folles qu'elle et son mari avaient faites dans le passé, ils n'avaient jamais été soupçonnés de vol et leur chambre n'avait jamais été fouillée. Elle applaudit à pleines mains. C'était une première. Comme Jim aurait aimé ça. Peut-être que les choses commençaient à s'améliorer.

3

———

Agnès avait désormais rejoint la foule qui se rassemblait à la réception. On leur avait dit qu'une fois que la police aurait interrogé tout le personnel encore en service, elle devrait parler aux hôtes. En attendant, personne ne pouvait quitter l'hôtel.

Le gérant était horrifié à cette idée. Il ne pouvait pas permettre une telle chose, insistant sur le fait que personne ne pouvait entrer dans une des chambres de l'hôtel sans une carte magnétique. « C'est absolument impossible », insista-t-il.

Agnès se sentit quelque peu désolée pour lui. Ce n'était certainement pas une bonne nouvelle pour l'hôtel. Elle considéra les personnes qui se tenaient près du gérant, se demandant si Angela en faisait partie. Ses yeux se posèrent sur une femme qui semblait pressée de dire quelque chose. Sûrement, ça devait être Angela.

Elle avait environ quarante-cinq ans. C'était difficile à dire, car elle avait le visage maquillé. Elle portait une robe rouge foncé très ajustée. Mais, à ce moment-là, les yeux d'Agnès étaient fixés sur son collier. Il coûtait très cher. Si celui qu'on lui avait volé était similaire, il n'était pas étonnant qu'elle fasse tant d'histoires.

Il s'est avéré qu'Agnès avait raison lorsque la femme eut enfin l'occasion d'intervenir.

« Ce sont des âneries ! », dit Angela, en le menaçant du doigt. « On lit tout le temps des articles sur des gens qui piratent des ordinateurs. Je suis sûre que ce vaurien pourrait concevoir un passe-partout pour chacune des chambres d'hôtel, aussi facilement que ça. » Elle claqua des doigts. « J'insiste absolument pour que chaque chambre soit fouillée de fond en comble sur le champ. » Elle était tellement enragée que son visage semblait presque aussi rouge que sa robe, et ses longues boucles d'oreilles pendantes tremblaient violemment pendant qu'elle parlait. « Quelqu'un ici a volé le précieux collier que m'a offert mon charmant mari. Je veux qu'on le retrouve et que le voleur soit poursuivi en justice. »

Agnès regarda les hommes qui se tenaient à proximité, se demandant lequel était le « charmant George ». Il n'avait pas dit un mot pendant tout l'épisode de la réception. Cependant, pour une raison quelconque, après la dernière remarque d'Angela, l'un des hommes ouvrit la bouche pour dire quelque chose. Mais il n'en eut pas l'occasion, car Angela leva la main pour l'interrompre.

« George, je m'occupe de ça. Laisse-moi faire. »

Sans un mot de plus, George se fraya un chemin à travers la foule et se dirigea vers le bar.

Agnès le suivit du regard alors qu'il se dirigeait vers le bar. Elle pensait qu'il semblait soulagé de ne plus être sous les projecteurs. Selon elle, il était légèrement plus âgé que sa femme, assez grand et plutôt mince. Probablement un homme très séduisant dans sa jeunesse, mais à ce moment précis, il semblait porter le monde sur ses épaules.

Agnès pouvait comprendre à quel point Angela devait être bouleversée de se faire voler un cadeau de son mari alors qu'ils étaient en train de prendre du bon temps, mais la femme avait un peu l'air d'un dragon envers lui. Devait-elle vraiment agir de façon si dominante ?

Elle plaça sa main sur sa bouche pour réprimer un glousse-ment. Dominant ! D'où venait ce mot ? Mais en quelque sorte, il correspondait bien à la personnalité d'Angela. George appré-ciait sans doute que sa femme soit dominante dans le boudoir. Il avait effectivement l'air du genre grand et silencieux. Peut-être qu'Angela allait simplement un peu trop loin quand ils étaient en société.

« Je suis terriblement désolé pour le dérangement. » La voix de M. Jenkins interrompit les pensées d'Agnès. Il avait disparu dans son bureau pendant quelques minutes, mais était mainte-nant de retour, essayant de calmer la foule d'invités qui s'était rassemblée pour voir ce qui se passait. Il sortit son mouchoir et s'épongea le front. « J'ai parlé avec un commissaire de police et il semble que je n'ai guère d'autre choix que d'autoriser une fouille complète de toutes les chambres de l'hôtel. Cependant », dit-il en levant la main lorsque les personnes debout devant lui commen-cèrent à protester. « Cependant, répéta-t-il, j'ai insisté pour qu'un officier de police de haut rang soit chargé de l'enquête – quel-qu'un qui respectera la vie privée de nos clients. Je suis heureux de dire que le superintendant a accepté. » Il fit une pause. « En attendant, on m'a demandé de vous informer que personne ne sera autorisé à quitter l'hôtel tant que la recherche n'aura pas été effectuée. Mais on m'assure qu'elle sera lancée dès que possible. »

À présent, la réception bourdonnait d'activité. Agnès regarda les autres invités. Certains étaient agités, en particulier ceux dont elle avait pensé auparavant qu'ils allaient passer la soirée à un concert. D'autres appelaient leurs amis et leurs proches sur leur téléphone portable pour leur annoncer qu'ils étaient retenus dans l'hôtel.

« Non June, nous ne sommes pas menacés par une arme »,

cria une femme au téléphone. Mais, vu la façon dont la femme décrivait la scène, cela aurait pu être le cas. Cependant, la plupart se dirigeaient vers le bar. Pour eux, il semblait qu'une boisson forte était nécessaire.

« Autrement dit, nous ne pourrons pas partir ce soir ? », dit un homme à l'un des officiers de police.

« Oui, c'est exact, répondit le policier. Cela vous pose-t-il un problème ? », ajouta-t-il en plissant les yeux. Cet homme pourrait-il être le coupable impatient de quitter l'hôtel ?

« Absolument pas », dit l'homme, en révélant son accent américain. « Nous sommes en lune de miel et nous adorerions passer une nuit supplémentaire ici. C'est génial, mec – euh, je veux dire, officier. »

Agnès quitta la réception et retourna dans le salon. Malgré ses précédentes réflexions sur les miroirs stratégiquement placés, elle opta pour un canapé d'où elle pouvait voir la plupart des choses qui se passaient à l'extérieur, dans la réception. Pendant un moment, c'était assez calme. Quelques personnes se présentaient à la réception, la plupart des nouveaux invités étaient déjà arrivés plus tôt dans la journée. Mais elle remarqua qu'après avoir reçu la carte de leur chambre, ils étaient conduits au salon, où des boissons gratuites leur étaient offertes pour le dérangement.

Cependant, le calme fut rompu lorsque M. Jenkins, accompagné d'un autre homme, sortit de son bureau. Ils se rendirent tous les deux à la réception, où M. Jenkins s'adressa à l'une des employées de service. Celle-ci acquiesça et fit sonner la petite cloche sur le bureau.

Certaines des personnes assises au bar et au salon sortirent pour voir ce qui se passait.

« L'inspecteur en chef Johnson souhaiterait s'adresser à vous tous », dit le gérant, une fois qu'il eut l'attention des hôtes. « Je suis sûr qu'il ne vous retiendra pas plus longtemps que nécessaire ». Il fit un signe de tête à l'inspecteur, lui indiquant qu'il pouvait commencer son enquête.

« Je comprends combien cela doit être gênant pour toutes les personnes séjournant à l'hôtel. Cependant, il semble qu'une cliente ait été victime du vol d'un collier assez précieux et... », l'inspecteur en chef fut interrompu.

« Elle l'a simplement égaré. » La voix venait de l'arrière de la réception. « Elle fait ça tout le temps. »

Agnès reconnut la voix de George, même si ses mots étaient très brouillés. De toute évidence, il avait trop bu.

« Tu vas arrêter de dire ça ? Je n'ai pas égaré mon collier, siffla Angela. Il a été volé ! » Elle marqua une pause quand elle réalisa que tous les yeux étaient maintenant rivés sur elle. « Je suis désolée, inspecteur, continuez s'il vous plaît. »

« Inspecteur en chef », rectifia-t-il avant de poursuivre. « Comme je le disais, nous devons fouiller chaque client, ainsi que leur chambre, avant que quiconque ne soit autorisé à quitter l'hôtel. Nous allons commencer par les clients qui doivent quitter l'hôtel ce soir. » Il fit une pause lorsqu'un des officiers lui murmura quelques mots à l'oreille. « On vient de me rappeler que certaines personnes vont assister au concert qui se tient à The Sage, ce soir. Nous allons donc essayer de vérifier vos chambres en premier. » Il hocha la tête vers le sergent, avant de poursuivre. « Je suis sûr que nous pouvons procéder de manière ordonnée et en finir le plus rapidement possible. Le sergent va prendre les noms de tous ceux qui doivent quitter l'hôtel ce soir, pour quelque raison que ce soit. »

Dès que l'inspecteur cessa de parler, tout le monde se mit à parler, Agnès demeura immobile, se demandant ce qu'elle devait faire ensuite. Devait-elle aller dans le salon et attendre qu'on l'appelle ? Elle avait réservé l'hôtel pour cinq jours de plus et n'avait rien de prévu pour la soirée, ce qui signifiait qu'il n'y avait aucune urgence à ce qu'elle ou sa chambre soient fouillées immédiatement.

Elle jeta un coup d'œil à l'inspecteur. Il semblait plutôt fatigué. Peut-être était-il sur le point de quitter son poste lorsque cet appel était parvenu à son bureau. Ou bien était-ce simplement parce qu'il voyait là une autre affaire où une femme fortunée avait dissimulé son collier dans un endroit sûr de sa chambre, mais avait ensuite oublié son emplacement.

Agnès ne pouvait s'empêcher de penser que l'inspecteur en chef Johnson était un homme plutôt séduisant, malgré les traits de fatigue gravés sur son visage. En penchant la tête, elle le regarda avec curiosité et devina qu'il avait à peu près son âge. Il était plutôt grand, rasé de près et ses cheveux bruns montraient un soupçon de gris sur les côtés. Ce qui, selon elle, lui donnait un air plutôt distingué. Il portait un costume gris foncé, une chemise blanche et une cravate gris foncé. Elle remarqua que ses chaussures étaient si bien cirées qu'il serait capable de voir son visage dedans si jamais il se retrouvait sans miroir. Mais elle se rendit compte que tous les inspecteurs de police portaient des costumes de nos jours ; c'était pour ainsi dire leur emblème. Elle supposa que le personnage de la série télévisée, Morse, y était pour beaucoup. Mais le costume de ce détective en particulier dépassait de loin les costumes ordinaires. Pouvait-il être fait à la main ? Elle se demanda si les salaires des forces de police leur permettaient de se payer des costumes sur mesure.

Agnès rougit légèrement et détourna rapidement le regard lorsque l'inspecteur jeta un coup d'œil dans sa direction. Elle se dirigea avec désinvolture vers la fenêtre, mais, du coin de l'œil, elle put voir qu'il l'observait toujours. Pensait-il qu'elle avait l'air coupable ? Elle devait vraiment arrêter d'essayer d'analyser les gens. Jim disait toujours que ça lui attirerait des ennuis un jour. Mais elle ne pouvait pas s'en empêcher. C'était simplement une habitude dont elle ne pouvait pas se défaire.

Agnès regardait par la fenêtre les lumières colorées du quai, lorsque l'inspecteur lui adressa la parole.

« Excusez-moi », dit l'inspecteur.

Agnès retint son souffle ; elle ne l'avait pas entendu approcher. Plutôt surprenant, pensa-t-elle, les policiers étaient connus pour leurs grands pieds. Chassant cette pensée de son esprit, elle se retourna pour lui faire face.« Oui », dit-elle en affichant un large sourire.

« Je suis désolée de vous déranger, mais seriez-vous par hasard Agnès Harrison ? »

Agnès dévisagea le détective. Cela faisait quelques années que personne ne l'avait appelée par son nom de jeune fille.

« Non – oui – non », soupira-t-elle en secouant la tête. Elle avait l'air d'une idiote. « Je peux recommencer ? » Le détective sourit. Ses yeux bruns pétillaient et il lui fit signe de continuer.

« J'étais Agnès Harrison avant de me marier. Je suis Agnès Lockwood, maintenant. » Elle le regarda fixement. « Devrais-je vous connaître ? »

« Je m'appelle Alan Johnson. Je crois que nous étions dans la même classe à l'école. »

« Alan Johnson », Agnès répéta le nom deux fois avant de faire le rapprochement. « Oui ! Je crois me souvenir de vous. Vous parliez toujours de vous engager dans l'armée. Ou était-ce l'armée de l'air ? »

« L'armée », confirma-t-il. « Oui, c'était moi. »

« Et vous vous êtes engagé ? Dans l'armée, je veux dire. »

« Oui. »

Agnès eut un léger sourire. *Cela expliquait son costume élégant et ses chaussures cirées*, pensa-t-elle. « Mais maintenant, vous êtes dans la police ? »

« Oui – longue histoire. » Il hésita. « Vous aurez compris que je suis plutôt occupé, en ce moment », dit-il en jetant un coup d'œil à l'agitation qui régnait derrière lui. L'atmosphère calme de tout à l'heure s'était rapidement transformée en chaos lorsque les gens avaient réalisé que la recherche allait vraiment avoir lieu. « Mais voudriez-vous me rejoindre plus tard pour prendre un verre au bar ? Nous pourrions discuter de ce qui nous est arrivé au fil des années. Demandez à votre mari de se joindre à nous », ajouta-t-il, remarquant soudain l'alliance à son doigt.

« Merci, répondit Agnès. Avec plaisir. Cependant, dans ce cas, il n'y aura que moi. Mon mari est décédé depuis un an. »

« Je suis désolé de l'apprendre. Je ferais mieux de retourner à l'enquête », ajouta-t-il, changeant de sujet. « Je vous retrouverai au bar dans une heure environ. »

Agnès le suivit du regard jusqu'à ce qu'il disparaisse dans la foule près de la réception. Le sergent parut soulagé de le voir revenir ; les hôtes devenaient plus nerveux. Le sergent jeta ensuite un œil dans sa direction et fronça les sourcils. Il se demandait probablement qui elle était. Ou, peut-être pensait-il qu'elle était suspectée ?

Elle se retourna vers la fenêtre. On dirait qu'elle avait un rendez-vous. Avoir quelqu'un avec qui s'asseoir au bar ou au salon serait un changement agréable. Elle s'était sentie comme une intruse depuis qu'elle était arrivée à l'hôtel. Ce serait amusant de parler de vieux camarades de classe, et comme Alan vivait toujours dans cette région, il était probablement encore en contact avec certains d'entre eux. Dans ce cas, elle lui demanderait d'organiser une réunion d'anciens élèves. Après tout, c'était la raison de sa visite dans le Tyneside en premier lieu.

Elle consulta sa montre. Elle avait le temps de monter dans sa chambre pour se rafraîchir. Elle gravit les escaliers en bondissant et faillit heurter Angela sur le palier. Angela affichait une mine sombre et ne tenta même pas de sourire lorsque Agnès s'excusa.

Mais, à ce moment précis, Agnès s'en moquait éperdument. Ce soir, à cinquante-cinq ans, elle avait un rendez-vous !

4

———————

Alan était déjà au bar au moment où Agnès se présenta. *Elle lui avait donné un peu plus d'une heure, et pourtant, il avait trouvé le temps de se changer et de porter une tenue un peu moins formelle*, remarqua-t-elle avec surprise. Toutefois, elle devait admettre qu'il était toujours très élégant dans sa veste et son pantalon décontracté.

« J'ai expliqué au sergent ce que je voulais qu'il fasse et je l'ai laissé faire », dit-il, alors qu'Agnès s'asseyait.

« Vous avez le droit de faire ça ? demanda Agnès. Je veux dire, est-ce qu'il est d'accord pour que vous partiez à un rendez-vous au début d'une enquête. Selon Angela, son collier volé vaut beaucoup d'argent. »

« Prétendument volé, il y a une différence. »

« Vous ne la croyez pas ? Angela semble persuadée de son vol. » Elle repensa aux voix furieuses du début de soirée. « Pourtant, vous pensez qu'elle pourrait simplement l'avoir égaré après tout. » Agnès se pencha en avant, posa son menton sur la paume de sa main et plissa les yeux. C'est ce qu'elle faisait toujours lorsqu'elle réfléchissait sérieusement à un problème.

Alan haussa les épaules. « C'est ce que nous devons découvrir. »

Les yeux d'Agnès s'élargirent. « Vous pensez donc qu'il y a une autre possibilité ? »

Il haussa à nouveau les épaules, puis sourit. « Mais nous ne nous sommes pas retrouvés après toutes ces années simplement pour parler du collier de Mme Hargreaves. »

« Oui, vous avez raison. Désolée. » Agnès se redressa dans son fauteuil. Elle était quelque peu déçue de ne pas poursuivre la discussion sur l'affaire. C'était la première enquête réelle dans laquelle elle était impliquée. C'était captivant. Et différent. Pour l'amour de Dieu, c'était tellement différent de la vie quotidienne ennuyeuse à laquelle elle devait maintenant s'habituer. « Ok, est-ce que vous vous souvenez de quelqu'un d'autre de cette époque – et, est-ce que vous êtes toujours en contact avec l'un d'entre eux ? »

« Oui, et oui, plusieurs d'entre eux en fait. Il y a eu une réunion organisée par un couple d'anciens camarades de classe il y a un peu plus d'un an, répondit Alan, lentement. Mais j'en déduis de votre ton que vous êtes plus intéressé par l'affaire sur laquelle je travaille que par le passé. » Il leva la main pour attirer l'attention du serveur qui passait.

« Oui, je le suis, simplement parce que j'aime les mystères – *Miss Marple* et *Hercule Poirot*, ce genre de choses. Je... » Elle se tut. Alan la regarda fixement. Pensait-il qu'elle avait quelque chose à voir avec le collier disparu ? « Oh mon Dieu, vous ne pensez pas que j'ai quelque chose à voir avec le collier, j'espère ? »

« Mon Dieu, non. Bien sûr que non. »

Ils rirent tous les deux et Agnès remarqua, pendant un instant, que les lignes fatiguées de son visage avaient disparu.

« J'étais juste un peu surpris de votre intérêt, ajouta-t-il. Mais je ne peux pas discuter d'une affaire en cours avec qui que ce soit, vous devriez le savoir ».

« Oui, vous avez raison bien sûr. Alors, comment s'est passée la réunion ? », demanda Agnès, changeant de sujet.

Le serveur prit leur commande et retourna au bar.

« Elle s'est très bien passée », dit Alan, reprenant leur conversation. « Il y avait beaucoup plus de gens que je ne le pensais. Plusieurs avaient fait le voyage depuis différentes régions du pays. Heureusement qu'ils avaient réservé une salle assez grande. »

« J'aurais aimé être là, dit Agnès. Mais j'ai bien peur d'avoir perdu le contact avec tout le monde après notre déménagement. » Elle marqua une pause, laissant ses pensées vagabonder dans le passé. « Certains d'entre nous nous sommes promis de nous écrire, et nous l'avons fait pendant un certain temps, poursuivit-elle. Mais vous savez comment c'est... »

Le serveur apporta les boissons et Alan le paya, lui disant de garder la monnaie.

Agnès appréciait tellement la soirée qu'elle ne se rendit compte de l'heure tardive que lorsque le barman annonça les dernières commandes. Elle se sentait plutôt désolée à l'idée de tout allait prendre fin très bientôt.

« Combien de temps restez-vous à l'hôtel ? demanda Alan. C'est juste que je pensais que nous pourrions nous revoir avant que vous ne deviez retourner à – où avez-vous dit que vous viviez maintenant ? »

« Je ne crois pas vous l'avoir dit, dit Agnès en riant. C'est incroyable ! Nous avons parlé de tout et de toutes nos connaissances du passé, mais je ne pense pas que nous nous sommes dit grand-chose de nous-mêmes, sur ce que nous avons fait après avoir quitté l'école. »

Alan but une gorgée de sa boisson et posa son verre. Il inclina la tête.

« J'en déduis que vous souhaitez que je commence. » Agnès sourit. « Bon, je vais être brève. Je vois que le type derrière le bar commence à être nerveux. J'étais secrétaire personnelle dans une grande entreprise à Londres, jusqu'à ce que nous ayons les garçons. Après cela, je suis devenue maman à plein temps. J'ai trouvé un emploi à temps partiel quand ils ont commencé à aller à l'école et j'ai continué à travailler jusqu'à il y a quelques années. Aujourd'hui, je suis une dilettante, qui vit actuellement dans l'Essex. Mes deux fils vivent à l'autre bout du monde, en Australie pour être exact ! »

« Vous dites que vous vivez dans l'Essex en ce moment, voulez-vous dire que vous avez l'intention de déménager ailleurs ? Peut-être même en Australie, pour rejoindre vos fils ? »

« Non, pas en Australie, dit Agnès pensivement, bien que mes fils m'aient demandé de les rejoindre là-bas après la mort de Jim. Ils s'inquiétaient car ils se demandaient comment j'allais me débrouiller seule. Mais j'ai décidé de ne pas le faire. Je leur ai dit que je ne voulais pas qu'ils se sentent obligés de veiller sur moi tout le temps. Je voulais qu'ils continuent à vivre leur vie, comme Jim et moi. »

« Mais ils n'auraient pas toujours veillé sur vous, osa Alan. Je veux dire qu'avec vous là-bas, non loin de l'endroit où ils vivent, ils pourraient passer vous voir et inversement. »

« Oui, vous avez raison, dit Agnès, mais pas tout le temps. Comme je l'ai dit, ils ont leur propre vie à mener. » Il y eut une longue pause avant qu'elle ne poursuive. « Ils ont besoin de faire leur vie sans avoir à veiller sur leur mère en permanence. Jim et moi avions fait notre chemin. » Pendant un moment, ses yeux scintillèrent lorsqu'elle parla de Jim. « Nous avions tous les deux travaillé dur et avions aussi bien profité de la vie. Ensemble, nous avions vu le monde. » À présent, son visage rougissait d'excitation. « Nous avions fait les choses les plus incroyablement stupides et en avions appréciés chaque minute parce que, avouons-le, on n'a qu'une seule chance dans la vie. Nous n'aurions pas écouté nos parents. Ils le savaient, alors ils ne se sont jamais mêlés de nos affaires. »

Elle baissa les yeux et poussa un gros soupir.

« Mais ce n'est pas la raison pour laquelle vous n'y êtes pas allée, n'est-ce pas ? Alan parlait doucement. Vous n'auriez pas interféré dans leur vie. Vous leur auriez donné votre bénédiction pour tout ce qu'ils voulaient faire. »

Agnès leva les yeux vers lui et refoula les larmes qui perlaient dans ses yeux.

« Non, dit-elle. La vérité, c'est que j'avais peur. J'avais peur de déménager dans un nouveau pays et j'avais peur de devoir me faire de nouveaux amis. »

Elle admettait enfin, même à elle-même, pourquoi elle ne voulait pas les rejoindre. Pendant tout ce temps, elle avait dit à tout le monde qu'elle craignait d'empêcher les garçons de vivre leur vie.

« C'est la raison pour laquelle je n'ai pas accepté leur offre. J'étais terrifiée à l'idée de faire un si grand pas toute seule. Si Jim avait émis l'idée de partir vivre là-bas, je l'aurais suivi sans hésiter. Il était mon pilier. Mais y aller toute seule, c'est différent. » Elle regarda Alan dans les yeux. « Pouvez-vous seulement commencer à comprendre ce dont je parle ? »

Se sentant soudainement mal à l'aise, elle se détourna. Comment avait-elle pu déverser ses émotions à un parfait inconnu ? Elle jeta un coup d'œil vers le bar et leva son verre. Elle avait besoin d'un autre verre.

« Ils ont annoncé les dernières commandes il y a dix minutes », dit Alan, calmement.

« Je ne suis pas concerné. Je reste ici à l'hôtel. Le bar est toujours ouvert pour les résidents. Voulez-vous un autre verre ou votre femme vous attend pour rentrer ? »

5

———————

Le lendemain matin, Agnès se réveilla avec un terrible mal de tête. Elle avait beaucoup trop bu la veille au soir. Mais son emportement l'avait mise dans l'embarras et l'alcool avait contribué à masquer son malaise. Alan avait été très aimable. En changeant de sujet, il lui avait raconté quelques banalités sur sa personne.

Il avait été marié, mais sa femme et lui avaient divorcé. Pour une raison étrange, une fois qu'ils s'étaient unis, tout avait mal tourné. « Tout était parfait avant la cérémonie. Nous étions si heureux ensemble que nous pensions tous les deux être fait l'un pour l'autre. Pourtant, au moment où nous nous sommes mariés, tout a changé. » Il avait fait une pause à ce moment-là en repensant au divorce. « C'était si étrange, avait-il dit en reprenant l'histoire. Une fois de retour de notre lune de miel, nous ne pouvions nous mettre d'accord sur rien. » Il haussa les épaules. « Je suppose que certains diraient que la magie avait disparu. »

Alan avait poursuivi en lui disant qu'il n'avait jamais pensé à se remarier. « Libre comme l'air

- c'est tout moi. » Pourtant, il y avait quelque chose dans sa

25

voix qui lui disait qu'il se remarierait si la bonne femme se présentait.

Agnès prit une douche et s'habilla avant d'aller prendre son petit-déjeuner. Alan avait dit qu'il passerait à nouveau à l'hôtel pour reprendre ses investigations. Peut-être allait-elle le croiser et en apprendre un peu plus sur l'affaire. Elle fronça les sourcils ; il n'était pas vraiment autorisé à parler des enquêtes en cours. Mais elle pourrait bien se trouver dans les parages lorsqu'il ferait une découverte surprenante.

La salle à manger était presque vide quand elle entra. Certains des invités avaient déjà quitté la salle, d'autres voulaient probablement commencer tôt une journée de visites.

Agnès se dirigeait vers sa table, lorsqu'elle remarqua une jeune femme assise seule à une table dans un coin de la pièce. Elle était concentrée sur son journal. Mais tout à coup, elle plia le journal et se leva pour partir.

Agnès, un peu intriguée, regardait la femme traverser la salle.

Agnès était un peu intriguée en regardant la femme traverser la salle à manger. Elle donnait l'impression d'avoir lu une information bouleversante. Mais Agnès ne réagit pas. Pourquoi avait-elle cette manie d'interpréter les actes des gens ? Peut-être que la femme avait simplement terminé son petit-déjeuner et avait décidé de partir. Ou peut-être avait-elle soudainement réalisé l'heure et s'était rendue compte qu'elle était en retard pour un rendez-vous important. Elle était très élégante. Sa jupe et son chemisier étaient parfaitement assortis.

La femme ne regardait pas dans la direction d'Agnès alors qu'elle se dirigeait vers la porte. Elle parvint cependant à adresser un mince sourire au serveur qui se précipita pour débarrasser sa table.

Agnès oublia rapidement la femme lorsqu'elle remarqua que deux policiers traînaient à la réception, mais qu'il n'y avait aucun signe de l'inspecteur.

Un serveur lui apporta le menu et après y avoir jeté un bref coup d'œil, elle décida de prendre le petit-déjeuner anglais complet. « Au diable le régime », dit-elle en riant alors que le serveur notait sa commande. Il lui dit qu'elle n'avait pas besoin de faire de régime avant de retourner à la cuisine. C'était vrai. Elle n'avait jamais eu de problème de poids. La plupart de ses amis avaient toujours envié sa silhouette svelte.

Elle avait pratiquement terminé son petit-déjeuner quand elle aperçut Alan franchir l'entrée de la salle. Quand il la vit, il donna quelques instructions à son sergent, avant d'entrer à grands pas pour la rejoindre. Le sergent acquiesça et se dirigea vers l'ascenseur.

« Bonjour, Alan. Je vous en prie, asseyez-vous et prenez un café. » Elle désigna d'un geste la chaise en face d'elle, avant d'attirer l'attention du serveur en faisant signe qu'elle avait besoin d'une autre tasse. « Avez-vous avancé dans la recherche du collier manquant ? »

« Non, j'ai bien peur que non », dit-il en s'asseyant. Il fit une pause lorsque le serveur posa une tasse et une soucoupe devant lui. « Les chambres que nous avons vérifiées jusqu'à présent ont toutes été nettoyées », poursuivit-il. Il aperçut un morceau de pain grillé dans la corbeille. « Il y a du pain supplémentaire ? J'ai manqué le petit-déjeuner ce matin. »

« Oui, servez-vous. J'ai eu plus qu'assez à manger. » Elle se pencha en avant et versa du café dans la tasse d'Alan. « J'ai vu la charmante Angela ce matin. Elle semblait plutôt calme. Certainement rien à voir avec la femme que nous avons entendue fulminer hier. Son mari était avec elle ; il avait l'air encore plus fatigué que jamais. »

Alan se retourna et regarda autour de lui pour s'assurer que personne ne pouvait l'entendre. « Eh bien, elle n'a plus besoin de fulminer à ce sujet. Il semble qu'elle ait des amis haut placés. »

« Qu'est-ce que vous voulez dire ? », demanda Agnès.

« Elle a impliqué le chef de la police. Il m'a demandé de faire tout ce qui est nécessaire pour retrouver le collier aussi vite que possible. » Alan esquissa un sourire. « Je suppose qu'il veut se débarrasser d'elle, et je ne peux pas lui en vouloir. »

Avant qu'Agnès ne puisse répondre, le sergent d'Alan se précipita dans la pièce.

« Vous feriez mieux de monter, il y a eu un autre cambriolage. » Il avait l'air plutôt agité. « C'est un bracelet cette fois et... » Il s'arrêta de parler et secoua la tête.

« Et... », insista l'inspecteur en chef.

« Il appartient à une personne dans la chambre voisine de M. et Mme Hargreaves. »

« Non ! Je ne peux pas le croire. » Alan se tourna vers Agnès et s'excusa avant de sortir en vitesse de la salle vers l'ascenseur.

« N'oubliez pas que vous avez promis de contrôler ma chambre ce matin, lui lança-t-elle. Je ne veux pas être coincée à l'hôtel toute la journée. » Mais elle n'était pas sûre qu'il l'ait entendue.

Agnès se rassit et repoussa sa tasse et sa soucoupe loin d'elle. Pourquoi tout cela devait-il arriver au moment où elle séjournait ici ? Tous les clients, y compris elle, allaient devoir subir une nouvelle fouille de leur chambre.

En jetant un coup d'œil à la réception, Agnès put voir le gérant de l'hôtel qui essayait désespérément d'apaiser ses clients furieux. Elle devait reconnaître que ce n'était certainement pas bon pour l'hôtel.

Elle se promena oisivement de la salle de restaurant au salon. Elle était sur le point de s'asseoir, lorsque le sergent détective fit irruption dans la pièce.

« L'inspecteur en chef voulait que vous sachiez que votre chambre a été fouillée et que vous êtes libre de quitter l'hôtel ». Il toussa et regarda vers le sac qu'elle tenait. « Une fois que j'aurai fouillé votre sac à main. »

« Oui ! Oui, bien sûr. » Elle poussa le sac vers lui. « Allez-y. »

Elle le regarda vider le contenu de son sac sur la table basse. C'était la première fois qu'elle voyait le sergent correctement. Les autres fois, il était de l'autre côté de la pièce. Il semblait assez jeune pour être sergent, mais elle avait du mal à juger de l'âge des jeunes gens de nos jours. Comme son patron, le sergent était rasé de près et portait un costume, bien qu'il n'ait pas l'air aussi bien fait que celui d'Alan ; celui-ci était plus, prêt-à-porter.

« Tout semble être en ordre », lança-t-il en lui rendant son sac. « Profitez de votre journée. »

« Merci. » Elle était sur le point de lui poser des questions sur le dernier collier disparu, mais il repartit précipitamment dans la réception avant qu'elle en eût l'occasion.

Plus tard, à l'extérieur de l'hôtel, elle se rendit à la station de taxis. Elle avait décidé de profiter du centre commercial pour s'offrir un petit plaisir. Non pas qu'elle eut besoin de quoi que ce soit ; ses armoires à la maison étaient toutes pleines à craquer. Mais Agnès ne put jamais résister à l'envie de faire du shopping.

La sortie shopping fut un succès. Il y avait tellement de magasins à explorer qu'elle ne put en faire le tour en une journée. Elle devait absolument faire un autre tour dans le centre-ville avant de rentrer chez elle dans l'Essex. Toutefois, elle acheta deux nouvelles robes et une paire de chaussures lors de cette visite.

Portant deux sacs remplis de jupes, de robes et de tout ce qui avait attiré son attention, elle se dirigeait vers la station de taxis lorsqu'elle aperçut Angela et son mari.

Angela montrait une bijouterie. Cependant, d'après ce qu'Agnès put voir, George ne semblait pas très enthousiaste. Il ouvrit la bouche pour dire quelque chose, mais Angela ne chercha pas à l'écouter. Elle fonça simplement dans la boutique, le laissant seul sur le trottoir.

Pendant un moment, il ne semblait pas savoir quoi faire. Il se tenait là, les mains dans les poches, et regardait les autres clients, tous vaquant à leurs occupations. Puis, il aperçut soudain Agnès qui le regardait.

Elle lui fit un sourire d'encouragement, mais cela sembla aggraver la situation. L'air embarrassé, George se retourna et se dépêcha de suivre sa femme.

Agnès soupira en se dirigeant vers la station de taxis. Pauvre George, pensait-t-elle. Rien de ce que le pauvre homme faisait ne semblait correct.

De retour à l'hôtel, elle paya la course de taxi et franchit les marches de l'hôtel. Elle aimait cet hôtel ; la vue était magnifique et il possédait des équipements dernier cri. Pourtant, elle ne pouvait s'empêcher de penser qu'il se démarquait du reste des bâtiments le long des quais. Non pas parce qu'il était impressionnant, ce qui était le cas, mais parce qu'il semblait trop récent et ne s'intégrait pas aux autres bâtiments.

Peut-être se serait-il mieux harmonisé si l'architecte avait conçu l'extérieur de manière à ressembler un peu plus aux bâtiments plus anciens des quais. D'un autre côté, il n'était pas si différent du nouveau bâtiment du tribunal situé plus loin sur le quai. Elle renifla en entrant dans l'ascenseur. Ce n'était que son opinion. Il était évident, au vu du nombre de personnes séjournant ici, que l'hôtel était apprécié par beaucoup de gens.

Agnès eut juste le temps d'enlever son manteau avant d'entendre un coup sur sa porte. Croyant qu'il s'agissait d'un membre du personnel, elle se précipita pour ouvrir et fut plutôt surprise de voir Alan.

« Il y a un problème ? », demanda-t-elle. Elle jeta un coup d'œil dans le couloir, s'attendant à voir son sergent. Mais il était seul.

« Je passais juste et je me demandais si vous aimeriez dîner avec moi ce soir », répondit-il avec un large sourire. « En fait, je suis toujours ici pour enquêter sur l'affaire du collier disparu. Ou plutôt, je devrais dire, sur l'affaire du collier et du bracelet disparus. »

« Entrez, dit Agnès en souriant. Comment avez-vous su que c'était ma chambre ? », demanda-t-elle en fermant la porte.

« Je suis un détective, rappelez-vous », répondit-il en se tapotant le nez. « Bref, voulez-vous vous joindre à moi pour le dîner ? Il y a un bon petit restaurant plus loin sur le quai qui pourrait vous plaire. »

« Merci, Alan. C'est très gentil de votre part. »

« Pas du tout ! Nous pouvons continuer notre conversation sur le bon vieux temps, sans penser aux interruptions de mon sergent concernant l'affaire en cours. »

« Comment ça se passe ? demanda Agnès. Avez-vous progressé dans la restitution des bijoux ? » « Non ! Malheureusement non. Ils semblent tous les deux avoir disparu sans laisser de trace. »

« Courage, Alan. Je suis sûre que tout finira par rentrer dans l'ordre. » Agnès n'en était pas vraiment sûre. Si le collier et le bracelet avaient été volés et pas simplement égarés, ils pourraient être dans une bijouterie d'occasion dans une autre ville à l'heure qu'il est.

« Je passe vous prendre vers sept heures, si vous le voulez bien », dit Alan en se dirigeant vers la porte. « Super, j'ai hâte d'y être. »

Elle se dirigea vers l'endroit où ses achats de l'après-midi traînaient sans être ouverts. Peut-être porterait-elle une de ses nouvelles robes ce soir.

6
—————

Le reste de l'après-midi passa plutôt vite. Agnès avait décidé d'aller prendre un café au bar voisin plutôt que de rester dans sa chambre. Elle aimait regarder les gens aller et venir. C'était certainement mieux que d'être seule à l'étage. Après avoir terminé son café, elle se promena un moment sur les quais.

De retour à l'hôtel, elle aperçut une personne se tenant à l'une des fenêtres de l'hôtel. Pendant un moment, elle crut que la personne faisait signe à quelqu'un de l'autre côté du fleuve, mais en jetant un coup d'œil de l'autre côté de la Tyne, elle ne vit personne lui répondre. Quelques instants plus tard, la personne disparut à l'intérieur de la chambre. Elle se retourna ; la personne était probablement en train d'admirer la vue.

* * *

Maintenant douchée et habillée, Agnès se demanda si elle devait descendre pour attendre Alan. Mais finalement, elle choisit d'attendre dans sa chambre. Elle aurait peut-être l'air trop enthousiaste si elle était plantée à l'entrée de l'hôtel à attendre qu'il apparaisse.

On tapa à la porte. Alan était là quand elle ouvrit. « Vous êtes prête ? », demanda-t-il.

« Je dois juste prendre mon sac et j'arrive tout de suite », répondit-elle.

Il commençait à pleuvoir quand ils sortirent de l'hôtel. Cependant, Alan avait réservé un taxi à l'entrée et peu de temps après, ils arrivèrent devant le restaurant. A présent, la pluie tombait abondamment, alors ils se hâtèrent d'entrer. Le restaurant était plutôt plein. Il semblait populaire auprès de la population locale.

Un serveur les accompagna à leur table et leur demanda s'ils voulaient commander des boissons pendant qu'ils choisissaient dans le vaste menu. Agnès prit quelques instants pour regarder autour d'elle. Elle trouva l'atmosphère chaleureuse et confortable – assez douillette, en fait. Les murs étaient couverts de photographies. Certaines montraient les quais d'hier à aujourd'hui, d'autres divers quartiers du centre-ville. Au-dessus du bar étaient accrochées des maquettes de grands navires qui avaient traversé le Tyne dans le passé et dans un coin du restaurant se trouvait une grande commode remplie de souvenirs locaux.

En regardant les différents objets, les souvenirs d'Agnès étaient ravivés, car elle se souvenait avoir vu des choses similaires dans la maison de sa grand-mère. Comme elle était très jeune, sa grand-mère ne lui avait permis de voir ces précieux trésors qu'à travers les portes vitrées de l'armoire située dans son salon. « Quand tu seras plus grande, je te laisserai les toucher. »

Mais ce jour n'arriva jamais. Sa grand-mère décéda peu après leur déménagement à l'étranger. Jusqu'à présent, elle avait oublié toutes les décorations de la vieille maison. Mais en y pensant maintenant, elle se demandait ce qu'elles étaient devenues. Elle posa un regard sur la commode. Peut-être que certains avaient fini ici. Comme sa grand-mère serait fière si elle savait que ses possessions étaient toujours exposées.

La soirée passa très vite. Agnès voulait savoir ce qu'Alan avait fait depuis qu'il avait quitté l'école. Il était ravi de le lui raconter. Il avait apprécié ses jours en tant que soldat, mais une fois son service terminé, il était retourné directement dans le Tyneside.

« Cet endroit m'a vraiment manqué, dit-il. C'était bon d'être à la maison. Bien que la ville ait beaucoup changé pendant mon absence, et elle n'a cessé de changer depuis ! » Il continua à lui parler de son travail de policier et de la façon dont il avait gravi les échelons jusqu'au rang d'inspecteur de police principal.

« Et vous, demanda-t-il, qu'avez-vous fait après avoir quitté le pays ? »

Agnès lui raconta sa vie à l'étranger avec ses parents. « J'ai trouvé décourageant d'aller dans une nouvelle école et de me faire de nouveaux amis. C'était encore plus difficile car je ne parlais pas leur langue. Mais ils étaient tous si gentils et m'ont soutenue. Certains d'entre eux ont même essayé d'apprendre l'anglais avec moi ». Elle rit. « Pouvez-vous l'imaginer ? Ils m'apprenaient le français, tandis qu'ils essayaient d'apprendre l'anglais. Je dois dire que nous nous sommes bien amusés avec ça. »

Elle fit une pause. « Après quelques années, mes parents sont revenus en Angleterre et se sont installés à Londres. »

« Vous n'avez jamais pensé à visiter le Nord ? demanda-t-il. Vous savez, juste en souvenir du bon vieux temps. »

« Non, dit Agnès. Je n'ai jamais eu le temps. Mais avec le recul, je regrette de ne pas avoir pris le temps d'amener Jim ici. Il aurait adoré le coin. » Elle marqua une pause pendant un moment, puis elle reprit. « Mais c'est la vie, n'est-ce pas. On fait tout ce qu'on peut, mais il y a toujours quelque chose qu'on aimerait avoir fait et on découvre qu'il est trop tard. »

Il était assez tard quand ils quittèrent le restaurant. Il ne pleuvait plus et les nuages sombres s'étaient dissipés pour laisser place à la pleine lune qui brillait sur le quai.

« Si nous rentrions à pied à l'hôtel ? suggéra Agnès. C'est plutôt agréable maintenant. » Au loin, elle pouvait voir les lumières colorées du Millennium Bridge. « J'avais très envie de voir ces lumières, mais j'étais un peu inquiète à l'idée de sortir seule à la nuit tombée. »

Alan était d'accord.

Ils s'apprêtaient à partir quand ils entendirent un bruit sourd. Il venait de quelque part de l'autre côté de la rue. Au début, ils ne pouvaient rien voir, mais en traversant la route, ils virent quelque chose sur le bord du trottoir.

« Vous attendez ici, je vais voir ce que c'est », dit Alan.

« Jamais de la vie », répondit Agnès qui se précipitait déjà vers l'objet. Alan la rattrapa. Ils trouvèrent ensemble une femme gisant à leurs pieds. Son corps était étendu sur le bord du trottoir et sur la route.

Ils pensèrent dans un premier temps que la femme était peut-être ivre. Cependant, quand Alan se pencha sur la femme pour l'examiner de plus près, il constata que la femme ne bougeait pas. Il chercha un pouls, mais en vain.

Agnès fut choquée et fit un pas en arrière quand il leva les yeux vers elle et secoua la tête. Elle jeta un coup d'œil à droite puis à gauche, s'attendant à voir quelqu'un se cacher dans un coin sombre, mais il n'y avait personne. Elle entendit alors un bruit et en levant la tête, elle eut juste le temps de voir une fenêtre se refermer un peu plus haut, au-dessus de sa tête.

« Alan », dit-elle en pointant le doigt vers le haut. « Quelqu'un vient de fermer une fenêtre là-haut. » Il était déjà au téléphone pour demander du renfort.

« Vous pensez qu'on a pu la pousser de là-haut ? », demanda Agnès lorsqu'il raccrocha.

« C'est possible, mais on lui a tiré dessus d'abord », répondit Alan en se tournant vers la victime.

Agnès se rapprocha et regarda le corps. Elle fut horrifiée de voir les jambes de la femme tordues sous son corps. L'un de ses bras était tendu sur le côté, l'autre sur sa poitrine. Mais ce qui la fit vraiment chanceler fut la présence de sang autour d'un trou sur le front de la femme. Quand elle avait vu le corps juste avant, les cheveux de la femme couvraient la moitié de son visage. Alan avait dû les écarter pour vérifier si elle était ivre et était simplement tombée.

Agnès plaqua sa main sur sa bouche et détourna rapidement le regard. Mais la tenue de la femme lui était familière. Après un moment de réflexion, elle se retourna et regarda encore le corps. Elle déglutit et se força à revoir le visage de la femme pour la deuxième fois.

« Je l'ai déjà vue », dit-elle en se retirant brusquement. « Elle est à l'hôtel. Je l'ai vue ce matin dans la salle à manger. Elle ne m'a pas parlé. Je ne pense pas qu'elle ait même remarqué ma présence. Elle avait fini son petit-déjeuner et feuilletait son journal. »

« Eh bien, c'est un début, dit Alan. Nous allons nous renseigner à l'hôtel ; ils ont sûrement le numéro de téléphone de son domicile, au moins. » Il se leva. « Je ferais mieux de vous ramener à l'hôtel. Dès que mes agents arriveront, je demanderai à quelqu'un de vous ramener. »

Agnès fit la grimace. « Non. J'aimerais rester. Et puis, ne suis-je pas un témoin ? »

« Eh bien oui, techniquement, il avait l'air dubitatif, mais vous n'avez pas vu plus que moi. Nous sommes arrivés sur les lieux ensemble, vous vous souvenez ? »

« Ah, oui, mais c'est moi qui ai vu la fenêtre se fermer – vous vous souvenez ? » Agnès n'avait pas l'intention de se faire embarquer dans une voiture de police, pas quand une enquête pour meurtre était en cours. « Vous ne l'auriez pas su si je ne vous l'avais pas dit. De plus, ajouta-t-elle avant qu'Alan ne puisse placer un mot. C'est moi qui ai reconnu la victime comme quelqu'un séjournant à l'hôtel. »

Alan leva les mains. « D'accord, mais... »

Il fut soudain interrompu par l'arrivée d'une voiture de police, suivie d'une camionnette avec le médecin légiste.

7

Les agents de police parlèrent à l'inspecteur, laissant le médecin légiste s'occuper du corps. Alan les informa brièvement de ce qu'il savait, même si c'était très peu.

« Et qui est-ce ? », demanda l'un d'eux en désignant Agnès.

« C'est Mme Lockwood, répondit Alan. Nous avons découvert le corps ensemble. Pendant que je me penchais sur le corps, elle a vu une fenêtre se fermer au-dessus », ajouta-t-il en levant la tête.

« Il s'agissait de quelle fenêtre ? » Le policier s'adressait maintenant à Agnès.

« C'était celle-là, au premier étage », répondit-elle en montrant la fenêtre en question. « Là, juste au-dessus de cette plaque sur le mur. » Elle plaça sa main devant sa bouche et regarda Alan. « Oh mon Dieu, c'est la Maison Bessie Surtees. » Elle marqua une pause. « Et la fenêtre que j'ai vue se fermer est celle par laquelle Bessie s'était échappée il y a des années, pour s'enfuir avec son jeune mari. »

Le nom Bessie Surtees était célèbre dans le Tyneside. Cependant, l'histoire de cette jeune femme courageuse, qui s'était faufilée par la petite fenêtre pour s'enfuir avec un homme appelé John Scott, était désormais connue dans le monde entier.

Son père désapprouvait le mariage de sa fille avec le jeune homme sans ressources et lui avait interdit de le voir. Mais Bessie avait désobéi à son père et, bien que portant une robe à crinoline, elle avait réussi à se faufiler par la fenêtre et à s'enfuir avec son jeune amant. L'histoire s'était bien terminée, puisque John avait prouvé sa valeur en devenant le premier comte d'Eldon et chancelier d'Angleterre.

« Mais cette pièce est un musée maintenant. » Le policier retira son chapeau et se gratta la tête. « Pourquoi quelqu'un serait-il là à cette heure de la nuit ? »

« Je ne sais pas, dit Agnès. Mais c'est la fenêtre que j'ai vue se refermer après que nous avons trouvé le corps ».

« Avez-vous vu le visage de la personne qui fermait la fenêtre ? », demanda le policier. Il tenait son stylo sur son carnet, prêt à prendre toute note utile.

« Non, dit Agnès pensivement. La fenêtre était presque fermée quand j'ai levé la tête. Je n'ai pas pu voir le visage de la personne. »

« Je vois », dit l'officier en baissant son carnet. « Pas grand-chose qui nous permette d'avancer, n'est-ce pas ? » Agnès saisit la note de sarcasme dans sa voix.

« Je suppose que non. Mais en même temps, vous n'auriez pas su qu'il y avait quelqu'un là-haut et qu'il était possible que la femme ait été abattue à l'intérieur et jetée par la fenêtre, rétorqua-t-elle. Vous auriez simplement supposé qu'elle avait été abattue ici même, à l'endroit où elle gît, et vous auriez commencé votre enquête au mauvais endroit. »

« La dame a raison », dit Alan. Il était sur le point d'intervenir quand l'officier fit sa remarque sèche. Mais Agnès le devança. « Par conséquent, nous savons maintenant que nous devons commencer notre enquête en inspectant cette vieille maison. » Il marqua une pause. « Je vous suggère de vous y mettre, gendarme. »

« Oui, Monsieur. » L'officier jeta un regard circulaire à Agnès avant de se diriger vers la porte et de tirer sur la poignée. « C'est fermé », dit-il en haussant les épaules.

Alan le dévisagea. « Bien sûr que c'est fermé. C'est un musée. Vous devez trouver qui a les clés et faire venir cette personne ici ce soir. Ensuite, il faudra vérifier tous les autres détenteurs de clés. Trouvez où ils étaient ce soir – ai-je vraiment besoin de vous l'expliquer ? » Il fit une pause. « Et vous, dit-il en regardant l'autre agent, jetez un coup d'œil à l'arrière ; voyez si l'une des fenêtres à été ouverte ou brisée. Pendant ce temps, je vais utiliser votre voiture pour ramener Mme Lockwood à son hôtel. Je reviendrai dans quelques minutes. »

« Bien, monsieur. » L'officier lança un regard à Agnès et marmonna quelques mots tout bas, avant de sortir son téléphone.

L'autre officier avait déjà disparu pour contrôler l'arrière du bâtiment.

« Je vous ai entendu », dit Agnès en passant devant lui vers la voiture de police.

« Désolé, madame », dit-il. Il regarda l'officier supérieur en espérant qu'il n'avait pas entendu. Alan avança vers la voiture sans même lui adresser un regard. Il n'avait manifestement pas saisi sa remarque désobligeante.

En arrivant à l'hôtel, Alan trouva une autre voiture de police garée à l'extérieur. En regardant plus loin sur la route, il fut surpris de voir la voiture de son sergent.

« Et maintenant, quoi ? », marmonna-t-il en descendant du véhicule.

Agnès n'attendit pas qu'Alan vienne ouvrir la portière côté

passager ; elle la poussa brusquement et sortit en trombe. Cette soirée devenait de plus en plus excitante à mesure que les heures passaient.

« Mon Dieu, dit-elle, excitée. Je me demande ce qui s'est passé ici. »

« Je pense que nous sommes sur le point de le découvrir », siffla Alan en voyant son sergent qui l'attendait à l'entrée de l'hôtel.

« Il y a eu un autre vol. J'ai appelé, mais j'ai reçu un message routé m'indiquant que vous étiez sur la route. Il fit une pause, quand il vit soudain Agnès se précipiter de l'autre côté de la voiture. « Bonsoir, Mme Lockwood. Je suis sûr que vous ne voulez pas être impliquée dans un autre cambriolage. Vous devez être très fatiguée. »

« Non, je vais bien, répondit-elle. Je pense que j'ai besoin d'un verre. Et vous ? », ajouta-t-elle en regardant Alan, laissant entendre qu'il n'était pas question qu'elle s'en aille avant d'avoir entendu tous les détails.

Alan secoua la tête. « Rien pour moi, dit-il. Mais, oui, vous, allez-y. » Il savait qu'il était hors de question qu'Agnès se retire dans sa chambre à l'étage comme une petite fille obéissante. « Vous dites qu'il y a eu un autre vol ici à l'hôtel ? », ajouta-t-il en se retournant vers le sergent Andrews.

« Oui, Monsieur. »

« La femme est terriblement bouleversée. » Il marqua une pause pendant un moment. « Le patron est dans son bureau. Il est dans tous ses états à cause de tout ça. »

« Je n'en doute pas, et ce que j'ai à lui dire ne va pas l'aider. » « Pourquoi, que s'est-il passé ? », demanda Andrews.

« L'une des invitées a été assassinée. Mme Lockwood et moi avons découvert le corps il y a environ une demi-heure. Mme Lockwood l'a reconnue comme étant une cliente de l'hôtel. »

« Assassinée ! Comment ? Où ? »

« Nous avons trouvé le corps devant la Maison Bessie

Surtees. Elle a reçu une balle dans la tête. Nous supposons qu'elle a été jetée par une fenêtre. Mme Lockwood a vu quelqu'un fermer la fenêtre pendant que j'examinais le corps. J'ai laissé deux officiers sur les lieux. J'ai dit que je n'en aurais que pour quelques minutes. »

« Appelez-moi Agnès. Mme Lockwood semble si formelle. »

Alan se retourna, surpris. « Je pensais que vous étiez allée boire un verre. » « J'y suis allée. Je l'ai ici. » Agnès leva son verre. « J'ai raté quelque chose ? »

Alan secoua la tête. « Non, je racontais juste le meurtre au sergent Andrews. » Il se retourna vers son sergent. « Je pense que je ferais mieux de parler avec le gérant. Est-il dans son bureau ? »

Andrews acquiesça.

« D'accord, j'en ai pour quelques minutes, ensuite vous pourrez me mettre au courant du cambriolage avant que je ne retourne sur la scène du meurtre », s'écria Alan en traversant la réception.

De retour à la Maison Bessie Surtees, l'inspecteur constata d'autres agents arrivés sur les lieux et s'aperçut que la zone était désormais bouclée. Le Dr Nichols, le médecin légiste, et son assistant, transportèrent le corps dans leur camionnette. À ce stade, il était incapable de dire à Alan autre chose que ce qu'il savait déjà. La femme avait été abattue au cours des trois dernières heures. Les bleus sur sa tête étaient apparus après la mort. Il précisa que toute autre information ne serait obtenue qu'après avoir effectué une autopsie.

À ce moment-là, un homme, escorté par un officier de police, se dirigea vers eux. Il brandit la clé du musée et ne sembla pas très heureux d'avoir été tiré de son lit à une heure aussi tardive.

« C'est M. Donaldson, dit l'officier. Le conservateur du musée. »

M. Donaldson jeta un bref regard au médecin légiste, toujours vêtu de sa blouse blanche, avant de porter son attention sur l'inspecteur. « Votre officier m'a dit que vous pensez que la victime a été tuée dans le musée et que le corps a été poussé à travers une fenêtre ».

Alan hocha la tête. « Oui, celle-là. » Il désigna la fenêtre qu'Agnès avait vu se fermer. Il tendit la main pour prendre la clé.

« C'est impossible. Personne ne peut entrer dans le bâtiment sans avoir une clé, marmonna le conservateur. Il posa la clé dans la main d'Alan.

« Eh bien, il semble que quelqu'un ait réussi à le faire », répondit l'inspecteur. Il tendit la clé à l'un des policiers et fit un signe de tête vers la porte. « A moins, bien sûr, qu'une des clés n'ait été volée ou... », il s'interrompit et regarda fixement le conservateur.

« Ou ? », demanda M. Donaldson.

« Ou l'un des détenteurs de clés est impliqué, poursuivit Alan. Nous avons besoin d'une liste de tous les gens qui ont une clé du bâtiment ».

« Ou quelqu'un aurait pu entrer par une fenêtre à l'arrière de la maison, pour ne pas être vu ? »

« Mm, c'est une possibilité, dit Alan en croisant les bras. Pourquoi n'avons-nous pas pensé à ça ? Donc, autrement dit, les fenêtres à l'arrière du bâtiment seraient généralement non verrouillées ? »

« Non, bien sûr que non, je voulais simplement dire qu'elles ont pu être forcées ou même cassées », dit M. Donaldson.

« Vous pensez que nous n'avons pas vérifié l'arrière de la maison pendant que nous attendions que vous arriviez ? Aucune des fenêtres ne semble avoir été forcée ou cassée. » Alan essayait de rester calme, mais cet homme commençait à lui taper sur les nerfs. « Nous regarderons tout ça de plus près une fois à l'intérieur. »

Pendant qu'ils discutaient, deux officiers de police, suivis de deux experts en médecine légale, étaient entrés à l'intérieur pour vérifier le bâtiment. L'un des officiers revint à la porte d'entrée et dit à l'inspecteur en chef qu'il n'y avait personne à l'intérieur. « Celui qui a fait ça est parti », dit-il en faisant un geste vers l'endroit où le corps a été trouvé. « Les policiers recherchent des preuves que l'auteur du crime aurait pu laisser derrière lui. Mon collègue vérifie les fenêtres, au cas où elles auraient été trafiquées. » Il fit une pause et regarda le conservateur. « Mais on dirait que le plus gros du travail est à l'intérieur. »

L'inspecteur de police hocha la tête. Effectivement, les choses semblent s'orienter dans ce sens. Ou alors, ils avaient affaire à un individu très intelligent.

Le médecin légiste avait fouillé les poches de la femme morte avant que le corps ne soit déplacé, espérant trouver quelque chose sur lequel l'inspecteur pourrait travailler. Mais il n'y avait rien. Pas même un permis de conduire. Quelqu'un avait retiré toute forme d'identification avant de jeter le corps par la fenêtre.

Alan avait pris une photo du visage de la femme plus tôt. Il l'avait montré au gérant de l'hôtel quand il avait ramené Agnès. Cependant, sans numéro de chambre, le gérant ne pouvait pas la nommer. Pourtant, il était sûr que son personnel de réception la reconnaîtrait, une fois qu'ils auraient vu la photo. « Ils sont en contact direct avec les clients tous les jours », avait-il dit.

Alan avait déjà transféré la photo sur le téléphone de son sergent, lui demandant de la montrer à tout le personnel de nuit. Si personne ne la reconnaissait, il devrait faire imprimer une copie pour le personnel de jour. Pour l'amour de Dieu, quelqu'un doit savoir qui est cette femme.

* * *

De retour à l'hôtel, Agnès ne dormait pas.

Une fois l'inspecteur en chef Johnson retourné sur la scène du crime, le sergent Andrews tenta une fois de plus de la persuader de se reposer pour la nuit. « Pourquoi ne pas aller à l'étage dans votre chambre ? Il n'y a rien à faire ici. »

Vous vous moquez de moi ? Pas question ! pensa Agnès. « Je suis un témoin du meurtre – enfin, un témoin qui a vu une fenêtre se fermer après la découverte du corps, lui dit-elle. Et si Alan revient et a besoin de me parler ? Bref, c'est quoi cette histoire de nouveau vol ? Je veux dire, c'est la raison pour laquelle vous êtes ici, n'est-ce pas ? »

« Oui, c'est ça, répondit Andrews, mais je ne peux pas discuter de l'affaire avec vous. »

Agnès le dévisagea en prenant une autre gorgée de son vin. « C'était encore Mme Hargreaves ? »

« Non, c'était... » Le sergent s'arrêta au milieu de sa phrase et fronça les sourcils. « Vous savez que je ne peux pas vous dire qui c'était. »

« Eh bien, ne devriez-vous pas être là-haut en train d'interroger la femme sur la disparition de ses bijoux ? » Elle marqua une pause. « Lui poser toutes ces questions sur la dernière fois qu'elle les a vus. »

« J'ai déjà essayé de parler à... » Il s'arrêta net et lui lança un regard noir. « Écoutez, je suis désolé, mais je dois retourner à l'étage. J'ai laissé un agent avec elle jusqu'à ce qu'elle se calme un peu. » En se dirigeant vers la porte, Andrews ajouta : « Elle était assez bouleversée par le cambriolage. »

« L'agent est un homme ou une femme ? », demanda Agnès en le rattrapant.

« C'est un homme. » Le sergent s'arrêta et la regarda « Je n'avais pas d'agente de police avec moi. »

« Alors je peux peut-être vous aider, insista Agnès. Je veux dire, en tant que femme, je pourrais la réconforter pendant que vous posez les questions nécessaires. »

Andrews la regarda. Elle avait peut-être raison. Lorsqu'il avait essayé d'interroger la femme plus tôt, elle était trop désemparée. Il semblait que l'objet manquant était le dernier cadeau que son mari lui ait offert avant de mourir.

« Ok, dit-il après une longue pause. Mais si elle n'est pas contente de votre présence dans la pièce, vous devrez partir immédiatement. » Il soupira. Ce n'était pas censé se passer comme ça. Mais il n'y avait vraisemblablement pas d'autre solution.

« J'ai bien compris », acquiesça Agnès. Elle posa son verre sur une table voisine et suivit le sergent dans la salle de réception.

8

Au petit déjeuner le lendemain matin, Agnès ne pouvait s'empêcher de scruter chaque invité qui entrait dans la salle à manger. Chacun d'entre eux pourrait être la personne qui avait volé les bijoux. Mais une autre pensée, plus effrayante, la frappa. Le meurtrier pourrait également séjourner dans cet hôtel. Par conséquent, n'importe lequel d'entre eux pourrait être le meurtrier.

La nuit dernière, consciente que quiconque pouvait avoir accès à toutes les chambres d'hôtel, elle avait pris la précaution de placer soigneusement ses bijoux dans sa taie d'oreiller pour la nuit. Offerts par Jim, ils étaient très précieux pour elle.

Mais un voleur était une chose, un meurtrier en était une autre. Ce soir, elle placerait une chaise devant sa porte.

Alors qu'elle beurrait son toast, son esprit se porta sur la femme avec qui elle avait parlé la veille au soir. Pour être honnête, c'était le sergent Andrews qui avait le plus parlé, tout en essayant de savoir exactement quels objets manquaient et quand elle les avait vus pour la dernière fois. Cependant, Agnès réussit à réconforter la femme, du nom de Brenda Arrowsmith, alors qu'elle essayait de répondre aux questions de l'inspecteur.

Comme Agnès, elle séjournait seule à l'hôtel. Son mari était mort il y a quelques mois et elle était simplement venue à l'hôtel pour s'éloigner de la maison vide pendant quelques jours. « Peter me manque tellement. »

Au milieu de ses sanglots, elle raconta au sergent comment elle avait apporté ces bijoux avec elle, car elle avait eu la terrible pensée que sa maison pourrait être cambriolée pendant son absence. « Le collier en or est la dernière chose que Peter m'avait achetée. C'était un cadeau pour mon anniversaire, deux semaines avant sa mort. » Elle fit une pause. « Je n'arrive pas à y croire. Je n'ai jamais pensé un seul instant qu'il serait volé dans ma chambre d'hôtel. »

Agnès avait tenu la main de Brenda tout au long de l'entretien. Elle ne disait pas grand-chose. Non pas parce que le sergent Andrews lui avait demandé de ne pas interférer avec son interrogatoire, mais parce que la boule dans sa gorge ne lui permettait pas de dire quoi que ce soit. Elle s'était sentie si désolée pour Brenda, mais cela l'avait rendue encore plus déterminée à protéger ses propres bijoux.

Lorsque le sergent Andrews s'était assuré qu'il disposait de toutes les informations nécessaires, il prit congé, promettant à Brenda que la police ferait tout son possible pour découvrir qui avait volé ses bijoux et les lui rendre le plus rapidement possible. Mais Agnès avait décelé dans la voix du sergent une note qui indiquait qu'il n'avait pas beaucoup d'espoir que cela se produise. Les bijoux volés étaient probablement bien loin de l'hôtel à l'heure qu'il était. En buvant une gorgée de son café, Agnès se rappela qu'elle était restée près d'une heure avec Brenda avant de retourner dans sa chambre. La pauvre femme était tellement bouleversée qu'elle ne voulait pas rester seule.

Agnès était sur le point de poser sa tasse sur la soucoupe quand elle vit un homme entrer dans la salle à manger. Elle l'avait vu la veille, lorsqu'elle avait accompagné le sergent

Andrews à la chambre de Brenda. L'homme avait souri brièvement et fait un signe de tête à Andrews lorsqu'ils s'étaient croisés dans le couloir. Mais pour une raison qui lui échappait, elle avait l'impression que l'homme avait eu l'air un peu surpris de la voir aux côtés du sergent. Elle n'avait aucune idée de la raison de cette surprise. Elle ne se souvenait pas de l'avoir vu quelque part auparavant. Mais elle n'avait pas eu le temps d'interroger le sergent Andrews à son sujet, car ils étaient arrivés à la chambre de Brenda.

Agnès le suivait toujours du regard alors qu'il se tenait dans l'embrasure de la porte. Il semblait hésiter à entrer. Après quelques instants, il prit sa décision et se dirigea vers une table près du mur. Il avait l'air assez jeune, assez grand et légèrement musclé, ce qu'elle avait remarqué la veille au soir. Mais, alors qu'hier soir il portait une tenue décontractée comme s'il était allé dans un club ou même à une fête, ce matin il était habillé d'un costume très chic et portait une mallette. Elle se demandait s'il n'était pas un homme d'affaires se préparant à se rendre à une importante réunion d'entreprise. Il s'assit et déplia le journal qu'il portait sous le bras. Mais en l'ouvrant, il porta son regard sur les personnes présentes dans la pièce.

Agnès détourna le regard et s'empressa de remettre sur la soucoupe la tasse qu'elle avait tenue en suspens pendant plusieurs minutes. Elle espérait qu'il n'avait pas remarqué son regard sur lui. Attirant l'attention d'un serveur qui passait, elle commanda un autre café. Peut-être que l'homme croirait simplement qu'elle cherchait un serveur dans la pièce.

Le jeune homme, élégamment vêtu, continua à regarder les autres invités. Agnès observa son reflet à travers un miroir sur le mur à l'autre bout de la pièce ; son regard passait d'une table à l'autre. C'était presque comme s'il cherchait quelqu'un. C'était peut-être le cas. Il s'attendait peut-être à ce que quelqu'un se joigne à lui pour le petit-déjeuner. Mais son regard s'arrêta sur

Agnès. Même si elle ne pouvait pas voir qu'il la regardait, elle savait qu'il l'observait ; elle pouvait sentir ses yeux se planter dans son dos.

* * *

Agnès termina son café et quitta la salle à manger. En se dirigeant vers la réception, elle jeta un bref coup d'œil à l'homme assis à sa table. Il finissait son petit-déjeuner, le journal posé devant lui. Elle souhaitait voir Alan apparaître. Ou même le sergent Andrews. Elle voulait vraiment savoir qui était cet homme et pourquoi il semblait s'intéresser autant à elle.

Le sergent Andrews se souvenait peut-être l'avoir vu la veille au soir. Il l'avait peut-être même interrogé au sujet des bijoux volés. Cependant, Alan et son sergent étaient probablement tous les deux absorbés par l'enquête sur le meurtre. Sans doute l'affaire des vols avait-elle été confiée à un autre officier.

Agnès décida de s'asseoir dans le salon pour réfléchir à ce qu'elle allait faire le reste de la journée. Lorsqu'elle était arrivée, il y avait d'innombrables endroits qu'elle voulait visiter. En fait, il y en avait tellement sur son itinéraire qu'elle s'était demandée comment elle allait pouvoir tous les visiter. Mais à présent, elle n'avait que deux choses en tête : le corps poussé par la fenêtre de la Maison Bessie Surtees et les cambriolages à l'hôtel. Enfin, il y avait trois choses, si elle incluait l'homme étrange dans la salle à manger. Au bout de quelques minutes, elle aperçut Alan entrer dans l'hôtel. Elle avait choisi un fauteuil avec une vue dégagée sur l'entrée principale, juste au cas où il passerait. Dès qu'elle lui fit un signe de la main, il traversa la pièce pour la rejoindre.

« J'ai cru comprendre que vous avez assisté mon sergent la nuit dernière », dit-il en rapprochant un fauteuil du sien.

« Je n'ai pas fait grand-chose. Je pense que je me suis sentie aussi triste que la pauvre femme. »

« Pourtant, Andrews a trouvé que Mme Arrowsmith était un peu plus calme en votre présence. Au moins elle était capable de répondre à ses questions. »

Agnès aperçut l'homme de la salle à manger se diriger vers la réception. « Ne regardez pas maintenant, mais un homme à la réception semble me connaître. »

Elle expliqua ensuite comment elle l'avait vu la veille au soir puis dans la salle à manger au petit déjeuner ce matin. « Je ne comprends pas. Il me regardait fixement comme s'il était surpris de me voir ici à l'hôtel, et en même temps il avait l'air furieux que je sois là, si vous voyez ce que je veux dire. Je me demandais si vous auriez une idée de qui il est. »

Alan s'empressa de fouiller dans sa poche arrière afin de tourner la tête discrètement vers la réception. Il lança un regard à l'homme debout devant le comptoir, puis se retourna vers Agnès. « Non, je ne me rappelle pas l'avoir interrogé. Andrews a peut-être parlé avec lui. Lui en avez-vous parlé ? »

« Je n'en ai pas eu l'occasion. Nous sommes arrivés dans la chambre de Brenda quelques secondes après l'avoir vu dans le couloir. Bref, comment se passe l'enquête sur le meurtre ? » Agnès changea de sujet. Elle devinait qu'Alan ne pourrait pas rester longtemps et elle était curieuse de savoir ce qu'il avait découvert.

« Nous n'avons pas vraiment progressé. C'est l'une des raisons de ma présence ici. Je dois parler à l'équipe de jour. La nuit dernière, personne ne l'a reconnue sur la photo, donc on suppose qu'elle n'a pas demandé de service de chambre le soir. Andrews a laissé une copie de la photo ici, mais jusqu'à présent, personne ne s'est manifesté pour dire qu'il la reconnaissait. » Alan fit une pause. « J'aurais pu laisser cela à mon sergent, mais la deuxième raison est que je voulais vous faire savoir que je ne vous avais pas oublié. J'ai pensé que nous pourrions à nouveau dîner quelque part en espérant que, cette fois, nous ne trouvions pas de corps traînant dans les rues. »

« Oui, ce serait charmant. Mais très honnêtement, le corps n'a pas gâché la soirée. » Elle toussa. « Ce n'est pas ce que je voulais dire. Bien sûr, je suis désolée pour la pauvre dame qui a été assassinée, mais avant de tomber sur le corps, je passais une très bonne soirée. »

Alan sourit. « C'est bon, je vois ce que vous voulez dire. J'ai apprécié la soirée, moi aussi. » Il fit une pause et jeta un coup d'œil vers le bureau. L'homme qu'Agnès avait désigné avait terminé son affaire avec la réceptionniste et se dirigeait maintenant vers l'ascenseur. Mais il s'arrêta et regarda autour de lui. Alan détourna légèrement la tête de manière à ne pouvoir voir l'homme que du coin de l'œil. Mais il le vit s'arrêter net lorsqu'il aperçut Agnès assise à ses côtés. Heureusement, Agnès regardait de l'autre côté, sinon elle aurait constaté que l'homme la regardait fixement. Alan était plutôt inquiet. Agnès avait raison, cet homme semblait avoir une dent contre elle.

Lorsqu'elle l'avait mentionné pour la première fois, il avait pensé qu'elle avait peut-être imaginé des choses. Mais maintenant il le voyait par lui-même. Il décida alors qu'elle avait besoin d'une sorte de protection. Il pensa qu'un agent de police devrait être désigné pour veiller à sa sécurité. Mais avec les réductions d'effectifs et tout ce qui se passait dans la police, c'était trop demander. Non, il allait devoir demander quelques faveurs. En attendant, il allait vérifier les références de cet homme à la réception.

* * *

Alors qu'il conduisait le long du quai vers la Maison Bessie Surtees, l'inspecteur principal Johnson repensa à ce qu'il avait appris à l'hôtel. La femme qui avait été assassinée la veille au soir s'appelait Mary Swinburne. Elle séjournait à l'hôtel depuis une semaine et devait y rester encore quatre jours. Mais pendant son séjour, elle paraissait très discrète.

À part prendre la plupart de ses repas à l'hôtel, personne ne la vit vraiment. Lorsqu'elle ne passait pas la journée dehors, elle restait enfermée dans sa chambre. C'est un des serveurs de la salle à manger qui avait fini par mettre un nom sur son visage, et ce uniquement parce qu'elle avait signé un reçu pour le vin qu'elle avait commandé pour accompagner son repas du soir.

Une fois qu'Alan disposa d'un nom, la réception était en mesure de vérifier ses dossiers et de lui donner certaines des informations dont il avait besoin. Au moins, il avait maintenant une adresse de domicile ; c'était un début.

Ses pensées dérivèrent alors vers l'homme dont Agnès avait parlé. La dame de l'accueil lui avait dit qu'il s'appelait David Drummond et qu'il était à l'hôtel depuis environ trois jours. « Ses coordonnées montrent qu'il est ici pour affaires, dit-elle. Mais il nous a dit qu'il allait aussi à l'enterrement de vie de garçon d'un ami. Je crois que c'est quelqu'un qu'il n'a pas vu depuis un moment. »

Sinon, personne n'en savait beaucoup plus sur son compte. Mais pourquoi le sauraient-ils ? Les gens qui séjournent dans un hôtel n'ont pas l'habitude de raconter l'histoire de leur vie à tout le monde quand ils arrivent. Pourtant, son attitude envers Agnès était très étrange. Il semblait avoir une aversion soudaine pour elle. Pourquoi ? Agnès était une femme assez agréable – ou plutôt, très agréable. Qu'est-ce que cet homme lui reprochait ? Drummond savait-il quelque chose sur Agnès qu'il ignorait ?

Alan tourna dans la rue et entra dans Sandhill. La Maison Bessie Surtees se trouvait sur sa gauche. Quelques personnes se tenaient autour du ruban adhésif qui délimitait l'endroit où le corps avait été retrouvé. Certains avaient des appareils photo et prenaient des clichés de la trace de craie qui s'effaçait sur le sol. « Des journalistes », marmonna Alan en garant la voiture. Il en descendit et se dirigea vers le musée. Un officier de police le salua à l'entrée alors qu'il s'approchait. « Des problèmes ici ? », demanda Alan.

« Non Monsieur », répondit l'officier. « Les journalistes ne sont pas là depuis très longtemps », ajouta-t-il en pointant vers quelques hommes de l'autre côté de la route. « Je ne suis pas sûr de ce qu'ils veulent, à moins qu'ils ne soient juste curieux. Mais ils traînent dans le coin depuis environ vingt minutes. »

Alan se retourna dans la direction pointée par l'officier et dit : « Probablement rien. Mais je vais leur parler. »

Les types se déplacèrent d'un pas inquiet à l'approche de l'inspecteur en chef. « Nous n'avons rien fait », dit l'un d'eux en éteignant sa cigarette.

« Personne n'a dit que vous aviez fait quelque chose, dit Alan, calmement. Mon officier se demandait simplement pourquoi vous traîniez tous à quelques mètres de la scène d'un meurtre. »

« Nous ne sommes au courant d'aucun meurtre, dit un autre garçon. Nous sommes ici pour chercher du travail. » Il montra du doigt le bâtiment derrière eux. « L'agence pour l'emploi nous a envoyés ici. Ils ont dit que le contremaître voulait des ouvriers. Mais il n'est pas encore là. »

Alan regarda le bâtiment où de grands panneaux indiquaient au public qu'ils étaient désolés pour le dérangement, mais qu'une nouvelle boîte de nuit animée allait ouvrir très bientôt. Il fit un signe de tête aux jeunes gens. « Ok. Bonne chance pour le travail. »

De retour de l'autre côté de la route, il dit à l'officier qu'il n'y avait rien d'inquiétant. « Néanmoins, gardez un œil sur eux pour vous assurer qu'ils ne se moquaient pas de moi. Je vais aller jeter un coup d'œil en haut. »

À l'intérieur du musée, Alan se rendit directement dans la pièce d'où avait été jeté le corps la veille au soir. Les agents sur la scène du crime avaient confirmé que toutes les fenêtres avaient été bien fermées.

Le sergent Andrews allait parler à tous les détenteurs de clés ce matin-là. Mais honnêtement, Alan se rendit compte que personne n'allait admettre avoir été ici la nuit dernière ou avoir prêté la clé à quelqu'un.

Il regarda par la fenêtre, en bas dans la rue. Les journalistes étaient toujours là. Ils attendaient probablement qu'il revienne pour leur donner toutes les informations dont ils avaient besoin pour satisfaire leurs lecteurs. En déplaçant son regard vers l'autre côté de la rue, il aperçut les quatre jeunes gens discutant avec un individu. C'était probablement le contre-maître. Il levait trois doigts. Si cela signifiait qu'il n'y avait que trois emplois disponibles, alors un garçon allait être très malchanceux. Peut-être pourraient-ils s'arranger pour que le chantier emploie quatre ouvriers pour le prix de trois.

Alan se se retourna vers l'intérieur de la pièce et soupira. Il avait une affaire à résoudre. Mais par où commencer ? Il compta sur ses doigts ce que la police savait. Un : il y avait un corps. Deux : la victime a été abattue et jetée de cette fenêtre. Agnès et lui avaient vu la scène hier soir – ou presque. Trois : il n'y a pas de sang dans la chambre. Quatre : l'équipe d'officiers de la scène du crime n'avait trouvé aucune trace de sang dans tout le bâtiment. Cinq : selon le conservateur, les fenêtres et les portes étaient toutes verrouillées avant qu'il ne rentre chez lui ce soir-là. Pourtant, le meurtre avait forcément eu lieu à cet endroit. Pourquoi le meurtrier transporterait-il un cadavre jusqu'ici pour le jeter ensuite de cette fenêtre dans la rue ? Ça n'avait aucun sens. Et puis il y avait la question de savoir comment il était entré.

L'inspecteur en chef réfléchit un instant, réalisant qu'il avait fait le tour de la question et qu'il était revenu au point de départ. Tant qu'Andrews n'avait pas parlé aux détenteurs des clés et qu'ils ne lui avaient pas expliqué où ils se trouvaient la veille au soir, ou tant que la police scientifique n'avait pas trouvé de correspondance avec les empreintes digitales relevées la nuit dernière, il n'y avait aucun moyen de commencer à travailler sur l'affaire.

9

____

Après qu'Alan eut quitté l'hôtel, Agnès se demanda pendant un moment ce qu'elle allait faire. Elle devait retrouver Alan le soir pour dîner, mais ce n'était pas pour tout de suite. Elle avait fait une liste des endroits qu'elle voulait voir pendant son séjour dans le nord-est. Se souvenir de son passé avait été le but de cette visite. Pourtant, tout ça était passé par la fenêtre depuis les vols à l'hôtel et le meurtre au musée, plus loin sur les quais.

Elle sourit en pensant à son jeu de mots. Ses projets s'étaient envolés, tout comme le corps de la nuit dernière. Peut-être retournerait-elle se promener le long des quais tant que le temps était clément. Elle pourrait même traverser le pont du Millénaire et entrer dans le Sage Building et la Baltic Art Gallery, du côté de Gateshead, sur le Tyne. Le Sage est un nouveau bâtiment, mais dans le passé, le Baltic était un moulin à farine.

L'air frais sur ses joues la rafraîchit alors qu'elle sortait de l'hôtel et se dirigeait lentement vers le quai. Celui-ci était assez animé. Beaucoup de gens ressemblaient à des touristes profitant du soleil de fin d'été. Elle était sur le point de s'engager sur le pont, quand elle eut l'étrange impression d'être observée.

D'ordinaire, elle aurait pris la chose à la légère. Avec autant de monde autour d'elle, n'importe qui pouvait la regarder simplement parce qu'elle était dans leur champ de vision. Or, cette fois-ci, c'était très différent. Elle sentait qu'on la scrutait. Elle frissonna. Peut-être qu'elle réagissait de façon excessive. Mais depuis l'épisode de l'homme à l'hôtel, elle ne voulait pas prendre de risques. A mi-chemin sur le pont, elle s'arrêta pour admirer le paysage. Ou du moins, c'est ce qu'elle voulait faire croire. Elle balaya le pont du regard, comme si elle prenait une photo mentale des deux côtés du quai. Puis elle se retourna pour regarder dans la direction opposée. Elle s'efforça de donner l'impression qu'elle regardait réellement dans la direction à laquelle elle faisait face. Mais en réalité, ses yeux fixaient les deux côtés du quai.

Soudain, elle vit l'homme de l'hôtel. Il portait un pardessus dont le col était relevé. Elle ne savait pas si c'était pour le protéger de la brise fraîche ou pour se cacher d'elle. Le deuxième cas n'aurait pas marché car elle l'avait reconnu instantanément. Réconfortée de l'avoir au moins repéré, elle se retourna et continua son chemin sur le pont vers la galerie d'art.

Agnès s'arrêta quelques instants au bout du pont avant de prendre la direction de la galerie. En s'approchant du grand bâtiment, elle put voir le reflet des personnes marchant derrière elle sur les grandes fenêtres du café. Au début, elle ne vit pas l'homme. Il avait peut-être décidé de rentrer. Mais ensuite, elle l'entrevit. Il était caché derrière un groupe de personnes qui se dirigeaient toutes vers elle.

S'il avait fait nuit, avec peu de gens autour, elle aurait été terrifiée. Mais en ce matin ensoleillé, avec des gens partout, elle se sentait en sécurité. De plus, Alan lui avait donné son numéro de portable. Si elle se sentait menacée de quelque manière que ce soit, elle n'hésiterait pas à l'appeler. En attendant, elle allait prendre du bon temps et mener ce type en bateau.

En pensant soudain à l'inspecteur en chef, elle se demandait comment il évoluait dans l'affaire du musée.

** * **

Avant de quitter le musée Bessie Surtees, Alan jeta un coup d'œil aux alentours. On ne sait jamais, l'équipe SOCO pourrait avoir manqué quelque chose dans l'une des autres pièces. Mais il savait que ce n'était généralement pas le cas. Ils étaient très minutieux.

Il déambula dans les pièces en espérant trouver un indice qui lui permettrait de trouver une piste. Mais en vain. Comme l'équipe l'avait dit, il n'y avait aucune trace de sang versé. En fait, rien ne permettait de penser que quelqu'un était entré depuis que le conservateur était rentré chez lui. Honnêtement, il commençait à douter qu'un meurtre ait pu réellement avoir lieu. Aurait-il pu tout imaginer ? Puis il se rappela le corps gisant à la morgue et du fait qu'Agnès était avec lui quand il le découvrit. Non ! C'était bien réel.

Malgré le sérieux de l'enquête, il ne pouvait s'empêcher de s'arrêter pour admirer le décor. Autant la ville pouvait être animée à l'extérieur, autant dans cette maison, c'était comme si le monde s'était arrêté depuis sa construction au XVIIIe siècle. Les boiseries en chêne sculpté au-dessus de la cheminée et le magnifique plafond avaient tous résisté à l'épreuve du temps.

Il secoua la tête. Que fait-il ? Il était censé enquêter sur un meurtre et il était là, debout, comme un touriste émerveillé. Convaincu qu'il n'y avait plus rien à trouver dans la vieille maison, il descendit et sortit du bâtiment.

L'officier se tenait toujours près de la porte quand Alan réapparut. Comme il l'avait prévu, les journalistes se précipitèrent vers lui dès qu'il posa le pied sur le trottoir.

« Vous avez avancé dans la résolution du meurtre ? »

« Pouvez-vous nous donner plus d'informations ? », cria un autre. « Qui était la victime ? »

Les questions fusaient de toutes parts. Alan ne pouvait que répéter qu'il n'avait pas d'autres informations à leur communiquer. « Pour ce qui est de l'identité de la victime, j'ai bien peur que vous deviez patienter jusqu'à ce que nous puissions contacter le plus proche parent. »

Il y eut quelques murmures de la part des journalistes frustrés et plusieurs autres photos prises par les photographes avant qu'ils ne se dirigent tous vers leurs voitures stationnées.

Les types de l'autre côté de la route avaient disparu. Pendant un moment, Alan se demanda ce qui leur était arrivé. Avaient-ils tous réussi à trouver un emploi ou l'un d'entre eux devait-il retourner à l'agence pour l'emploi ? Envoyer quatre personnes sur un chantier de construction alors qu'il n'y avait que trois emplois disponibles semblait plutôt déplacé. Il se contenta de hausser les épaules. Ce n'était pas vraiment ses affaires. Sauf que, d'une certaine manière, ça finissait souvent par devenir ses affaires. Si les jeunes hommes de la ville n'avaient pas de travail, ils pouvaient se tourner vers le crime.

L'inspecteur en chef échangea quelques mots avec l'officier qui montait la garde avant de monter dans sa voiture pour se rendre au poste de police.

Le sergent Andrews était au téléphone quand Alan entra dans le bureau. Il leva les sourcils vers son sergent, demandant discrètement s'il y avait d'autres développements. Mais le léger mouvement de tête de ce dernier lui indiqua qu'il n'y avait rien de nouveau.

Après avoir raccroché, le sergent répondit à son patron : « Rien. Personne ne semble savoir quoi que ce soit et la SOCO insiste sur le fait qu'il n'y a aucune trace de sang dans la pièce. »

« Pas même près de la fenêtre ? », demanda Alan en haussant les sourcils. « Il me paraît difficile de traîner le corps sur le sol, puis de le jeter par la fenêtre sans laisser la moindre goutte de sang. »

Andrews secoua la tête. « Non, absolument rien, les experts qui étaient sur place sont aussi déconcertés que nous. »

« Et les empreintes digitales ? demanda Alan. Ils ont sûrement relevé des empreintes ? » Il se raccrochait à la moindre hypothèse à présent.

« Il y a trop d'empreintes digitales pour que cela soit utile. La maison était ouverte au public hier, comme d'habitude, et il y avait pas mal de monde. Je crois qu'il y a eu deux voyages en car dans la journée. Un certain nombre d'empreintes ont été brouillées. Toutes les empreintes trouvées pourraient appartenir à des personnes qui ne sont peut-être même pas à Newcastle aujourd'hui. »

« Il ne manquait plus que ça ! », cria Alan en levant les mains au ciel, désespéré. « Quand est-ce qu'est nettoyée la chambre ? » ajouta-t-il, en s'adressant plus à lui-même qu'au sergent.

« Pardon, Monsieur », dit Andrews. Il n'avait pas bien saisi la dernière remarque de son patron.

« Je pensais tout haut, expliqua Alan. Je me demandais simplement s'ils avaient un agent d'entretien et, si oui, quand est-ce que la pièce a été nettoyée pour la dernière fois. »

« Bonne remarque, Monsieur. Je vérifie ? »

Alan acquiesça. « En attendant, je vais voir s'il y a d'autres éléments de réponse de la part du médecin légiste. Il faut que nous trouvions une piste quelque part. Pour l'instant, nous n'avons rien du tout pour avancer. »

* * *

Agnès dégustait un café et un délicieux gâteau dans le petit bar sympathique, au rez-de-chaussée de la Baltic Art Gallery. Elle avait choisi un siège près de la fenêtre, ce qui lui permettait d'avoir une vue dégagée sur ce côté du quai. L'homme ne l'avait pas suivie dans le café. Cependant, il n'attendait pas à l'extérieur non plus. Il devait donc être en train de se prélasser quelque part dans le hall d'entrée, pensa Agnès. Elle devra faire attention en quittant le café.

Elle soupira. Bien sûr, il ne la suivait peut-être pas vraiment. Elle se faisait peut-être des idées. En ce moment même, il pouvait être à l'étage et admirer les œuvres d'art exposées dans la galerie. Ou même dans la boutique de cadeaux de l'autre côté du couloir.

En pensant à la boutique de cadeaux, elle pensa en faire sa prochaine escale. Elle pourrait trouver un ou deux cadeaux pour les enfants qui habitaient à côté de chez elle, dans l'Essex.

Elle régla l'addition et sortit du petit bar, en veillant à rester discrète en scrutant les environs. Elle s'efforça de donner l'impression aux passants qu'elle n'avait pas encore décidé de ce qu'elle allait faire.

Au début, il n'y avait aucun signe de l'homme qui l'avait suivie. Puis elle l'aperçut juste avant qu'il ne se dissimule derrière un grand panneau publicitaire.

« Hmm, marmonna Agnès à elle-même. Moi qui pensais qu'il ne me suivait peut-être pas vraiment.» Elle poussa un soupir et quelques minutes plus tard, elle était à l'intérieur de la boutique, parcourant les étagères bien garnies.

Près d'une heure s'était écoulée avant qu'elle ne quitte le magasin. Elle se demanda si elle devait monter dans la galerie ou si elle devait remettre sa visite à un autre jour. Finalement, elle opta pour la découverte du bâtiment Sage, ce qu'elle avait l'intention de faire en quittant l'hôtel.

En montant les marches menant au Sage, Agnès s'arrêta lorsqu'elle vit le pont du Millénaire se soulever pour permettre à un bateau de traverser. Elle sortit son téléphone portable et prit une vidéo. Elle en profita également pour scruter les quais, dans l'espoir de capturer l'homme étrange qui l'avait suivie.

Puis elle le vit. Il ne la regardait pas vraiment à ce moment-là. Il observait le pont qui se levait. Mais il reporta ensuite son attention sur le navire qui passait. Agnès réorienta rapidement sa caméra sur le pont lorsque l'homme porta son regard sur elle. Elle voulait lui faire croire qu'elle n'était qu'une touriste de plus intéressée par le fonctionnement de ce pont impressionnant.

Pourtant, elle savait qu'elle l'avait pris en photo avec son téléphone. Une fois le pont rétabli, Agnès poursuivit sa montée vers le sommet du Sage Building. Un bref coup d'œil vers le quai lui indiqua que l'homme ne la suivait plus. En fait, il semblait s'être complètement désintéressé d'elle. Ses yeux étaient plutôt rivés sur le yacht amarré le long de la jetée.

Agnès avait la tête qui tournait tandis qu'elle continuait vers la Sage. Elle avait d'abord pensé rester en haut des marches pour voir ce qui allait se passer, mais elle changea rapidement d'avis. Et si l'homme attendait simplement qu'elle disparaisse de sa vue pour la suivre en haut des marches ? Il pourrait s'apercevoir qu'elle le surveillait. Mieux valait lui laisser croire qu'elle n'avait aucune idée de sa présence. De cette façon, elle pourrait garder un œil sur lui et, en temps voulu, elle pourrait même apprendre ce qui se tramait.

Elle ne revit pas l'homme de l'après-midi. Pourtant, elle n'arrivait toujours pas à se détendre. Elle ne cessait de jeter des regards furtifs derrière elle, s'attendant à ce qu'il surgisse à tout moment.

10

———

Comme convenu, Alan passa à l'hôtel prendre Agnès à dix-neuf heures. Elle avait pensé qu'il serait peut-être en retard à cause de l'enquête sur le meurtre, mais il arriva pile à l'heure. Il avait choisi un autre restaurant sur les quais. Celui-ci était situé entre le Tyne Bridge et le Millennium Bridge, offrant une excellente vue sur les deux.

« J'avais prévu de vous emmener dans un restaurant loin des quais après la nuit dernière, s'excusa Alan. Mais vu la situation, j'ai pensé qu'il valait mieux rester près de l'hôtel et du musée. »

« C'est parfait », répondit Agnès, tandis que le serveur les conduisait à une table près de la grande baie vitrée.

Bien que ce restaurant n'eût pas la même atmosphère chaleureuse et conviviale que celui qu'ils avaient utilisé la veille, la vue compensait largement. Alors même qu'elle parlait, les éclairages de couleur des ponts s'allumaient. « Alors, ajouta-t-elle lorsqu'ils furent assis. Où en êtes-vous avec votre enquête sur le meurtre ?»

« Quelle enquête ? » Alan répondit d'un air sombre. « Nous

n'avons aucune piste. Pas d'empreintes digitales. Pas de sang. En fait, rien ne permet de dire qu'il y a eu un meurtre en premier lieu. » « À part un corps », dit Agnès.

« Oui, à part un corps, répéta-t-il. Quoi qu'il en soit, oublions tout ça pour ce soir. Que voulez-vous boire ? »

La soirée passa rapidement. Encore une fois, Agnès trouva Alan d'une compagnie agréable. Malgré leurs expériences totalement différentes, ils avaient tant de choses en commun.

« J'ai été peiné quand votre famille a déménagé à l'étranger. J'ai compris que je ne vous reverrais jamais. » « Vraiment ? » Agnès était plutôt surprise. « Je ne pensais pas que vous me connaissiez – enfin, pas vraiment. Vous ne sembliez pas vous intéresser à moi. »

« J'étais timide à l'époque. Je voulais vous inviter à la fête de Noël, vous vous souvenez ? C'était la dernière avant que vous ne quittiez la région. Mais j'avais peur que vous refusiez. »

« Vous n'avez plus l'air d'être timide », dit Agnès en riant.

« Eh bien, ceci s'explique probablement par la période passée dans l'armée. Il n'était dans l'intérêt de personne de laisser les autres gars voir que vous étiez timide, craintif ou autre. Ils faisaient de telles farces. » Alan se tut alors que son esprit dérivait vers les jours où il avait rejoint l'armée.

Agnès lui donna un coup de coude et sourit pour lui remonter le moral. « Hé, où êtes-vous, revenez vers moi ! »

Alan lui sourit en retour. « Désolé, je me suis un peu égaré. »

« Eh bien, vous êtes de retour maintenant. » Agnès sourit. « Alors, parlez-moi un peu plus de l'affaire. »

« Comme je l'ai dit, il n'y a rien à dire. Nous n'avons absolument rien pour avancer. Je veux dire, si nous n'avions pas vu le corps poussé par la fenêtre, je ne l'aurais pas cru. » Agnès acquiesça. « Je suis d'accord ; c'est tellement étrange. Il n'y avait pas de sang sur le trottoir, il est donc évident que la chambre à l'étage est celle où le meurtre a eu lieu. Il devrait y avoir du sang là où le corps est tombé. Pourtant... » Elle se tut soudainement et ferma les yeux ; elle repensait à la soirée précédente et essayait de comprendre ce qu'elle et Alan avaient vu.

« Pourtant ? », demanda Alan.

« Chut, je réfléchis. » Agnès bat des mains pour lui dire de se taire.

Alan promena son regard dans la pièce pendant qu'Agnès mettait de l'ordre dans ses idées. Attirant l'attention d'un serveur qui passait, il commanda d'autres boissons.

Quelques instants plus tard, Agnès lui attrapa le bras. « Je viens de réaliser quelque chose de très important », dit-elle avec enthousiasme.

Alan la regarda fixement. « Vous parlez de l'affaire ? »

« Oui, bien sûr, de l'affaire ! Qu'est-ce que vous croyez – la fête de Noël à l'école ? »

« Alors, vous allez me le dire ou pas ? », dit Alan, impatient. Il n'arrivait pas à se souvenir de ce qu'ils avaient manqué la veille au soir.

Agnès prit une profonde inspiration. « Nous n'avons pas vraiment vu le corps poussé par la fenêtre. » Elle se rassit sur sa chaise, lui laissant un moment pour réfléchir à ce qu'elle venait de dire.

« Mais nous avons entendu un bruit sourd, c'est pourquoi nous nous sommes précipités pour voir ce que c'était. » « Pourtant, nous ne l'avons pas vu tomber de la fenêtre », ajouta-t-elle.

« D'où aurait-il pu venir, alors ? » Alan secoua la tête.

« Une voiture ou une camionnette qui passait », répondit-elle, sur un ton triomphant. « Mais nous n'avons entendu aucune voiture ou camionnette passer. » Alan n'était pas convaincu.

« Nous n'étions pas à l'affût du son d'une voiture, d'une camionnette, d'un camion ou autre. N'est-ce pas ? répondit-elle. Pensez-y, Alan. Tout ce que nous avons entendu, c'était un bruit sourd. Le corps aurait pu être jeté d'une voiture et le bruit sourd aurait pu être celui de quelqu'un fermant la portière du véhicule aussi silencieusement que possible. »

« Mais vous avez dit avoir vu la fenêtre se refermer. » Alan était toujours dubitatif.

« Oui, je l'ai vu. Mais ça ne veut pas dire que la personne qui la refermait a tué la femme et l'a poussée de là. Elle aurait tout aussi bien pu entendre un bruit et regarder dehors pour voir ce qui se passait dans la rue. »

Alan y réfléchit un moment et réalisa qu'Agnès pouvait avoir raison. La femme aurait pu être assassinée dans un autre quartier de la ville et le corps jeté sur le quai dans l'espoir que personne ne le voit avant que le meurtrier et ses complices ne soient loin.

Pourquoi n'avait-il pas pensé à ça ? Une toute nouvelle perspective sur l'affaire était née. Ils cherchaient au mauvais endroit. Mais il était convaincu que le corps de la femme avait été jeté par la fenêtre. Surtout quand Agnès lui avait dit avoir vu une fenêtre se refermer pendant qu'il examinait le corps. À présent, la police devait impérativement découvrir qui était dans le musée la nuit dernière. Cette mystérieuse personne avait peut-être vu la plaque d'immatriculation du véhicule.

« Alors ? » Agnès interrompit ses pensées. « Qu'est-ce que vous en pensez ? »

« Je pense que vous pourriez avoir raison. Nous devons envisager d'autres pistes. Et nous devons vraiment trouver les personnes qui étaient dans la pièce la nuit dernière. Ils ont peut-être vu ou entendu un véhicule et ont pu paniquer quand ils nous ont vus, surtout lorsque la police est arrivée peu de temps après, probablement parce qu'ils n'auraient jamais dû se trouver dans la pièce. »

« Maintenant nous avançons un peu. » Agnès applaudit. « Nous ? », demanda l'inspecteur en chef.

« Oui ! Nous ! répliqua Agnès. Je suis impliquée dans cette

affaire maintenant et je ne veux pas que vous me laissiez de côté. Et », poursuivit Agnès avant qu'Alan ne puisse placer un mot, « je sais que vous n'êtes pas censé discuter d'un crime, d'une affaire ou d'une enquête avec une civile. Mais je ne suis pas n'importe quelle civile. J'étais là avec vous quand le corps a été trouvé ! Et, ce soir, c'est moi qui ai émis l'idée que le corps aurait pu être jeté d'une camionnette plutôt que de la fenêtre. »

« Ok, ok. » Alan leva les mains en signe de reddition. « Mais c'est entre vous et moi. Vous comprenez ? Vous ne devez parler à personne d'autre de cette affaire. »

« Absolument », dit Agnès fermement. Elle avait croisé les doigts sous la table à ce moment-là.

En revenant vers l'hôtel, Alan se souvint soudain de David Drummond, l'homme qui avait observé Agnès plus tôt ce matin-là dans la salle à manger. Il lui demanda si elle l'avait revu ce jour-là.

« Ça alors ! Oui. Je voulais vous parler de lui tout à l'heure, mais nous avons commencé à parler du meurtre. » Elle marqua une pause pendant une seconde. « Je l'ai revu après avoir quitté l'hôtel ce matin. » Elle raconta ensuite à Alan comment il l'avait suivie sur le pont et était resté dans les parages jusqu'à ce qu'elle sorte de la galerie d'Art Baltic.

« Ce n'est qu'après la levée du pont pour le passage d'un yacht qu'il a perdu tout intérêt pour moi. J'ai continué à monter les marches jusqu'au Sage, mais il ne m'a pas suivie. Il était trop fasciné par le yacht. »

« Je me suis renseigné sur lui à la réception après vous avoir quitté, dit Alan. Il s'appelle David Drummond. Est-ce que ça vous dit quelque chose ? »

Agnès secoua la tête. « Non. Rien du tout. »

« D'après ses coordonnées à l'hôtel, il est ici pour affaires. »

« Il en a bien l'air, répondit Agnès. Son costume et sa mallette lui donnent un air très professionnel. Je ne comprends pas pourquoi il a une telle aversion pour moi. Je ne le connais certainement pas et, pour autant que je sache, il ne me connaît pas. S'il pense le contraire, ne pensez-vous pas qu'il viendrait me dire bonjour ou juste me parler ? »

Alan acquiesça de la tête, pensif. C'était vraiment très étrange. Sinistre, plutôt. Il n'avait pas oublié le regard de dégoût sur le visage de Drummond ce matin-là. Ou était-ce de la peur ? Cet homme pensait-il qu'Agnès avait été témoin de quelque chose qu'elle n'aurait pas dû voir ? Il était inquiet pour la sécurité d'Agnès et voulait la prévenir de ne pas s'approcher de lui. Mais en même temps, il ne voulait pas l'alarmer. « Je pense que tu n'as pas à t'inquiéter, dit-il enfin. Après tout, à l'hôtel, il y a toujours des gens qui vont et viennent dans les salles de réception. »

« Oui, vous avez raison », répondit Agnès. Elle tenta de paraître décontractée, mais, bien qu'elle eût pu se tromper, elle crut entendre une note de prudence dans le ton d'Alan. Suggérait-il qu'elle devait rester à proximité d'autres personnes ?

« Voulez-vous que je vous accompagne à votre chambre ? », demanda Alan lorsqu'ils arrivèrent à l'hôtel. Il avait jeté un rapide coup d'œil pour voir si David Drummond traînait dans le coin, mais ne l'avait pas vu. Néanmoins, l'homme pouvait être assis au bar ou dans n'importe laquelle des chambres donnant sur la réception.

« Non, ça va aller. Il y a un homme qui surveille l'ascenseur, donc je ne serai pas seul en montant à l'étage. C'est une vieille coutume pittoresque qu'ils ont gardée malgré toutes les coupes budgétaires. » Elle fit une pause et sourit. « Merci pour cette autre belle soirée. »

« Tout le plaisir a été pour moi », répondit Alan. Il était sur le point de se retourner quand Agnès lui attrapa le bras.

« Et n'oubliez pas de me tenir au courant de ce que vous savez. » Agnès sourit et se tapota le nez. « Comme si vous me laisseriez oublier ! », fut sa réponse rapide.

Après avoir quitté Agnès, Alan était sur le point de faire

signe à un taxi qui passait. Mais il se ravisa. Une promenade lui ferait du bien, et il avait vraiment besoin de se vider la tête de tout ce sur quoi son sergent et lui avaient travaillé. Ils allaient commencer une nouvelle piste d'investigation le lendemain matin.

11

———

La réceptionniste leva la tête lorsque Agnès arriva et prit la direction de l'ascenseur. Elle allait bientôt quitter son poste, un agent de sécurité allait la remplacer jusqu'au matin.

« J'espère que vous avez passé une bonne soirée », dit-elle.

« Oui, en effet, merci », répondit Agnès en passant devant le bureau.

L'employé de l'ascenseur sourit à Agnès alors qu'elle s'approchait. Il était également sur le point de rentrer chez lui, mais il lui proposa volontiers de la raccompagner à son étage d'abord.

Agnès le remercia d'un sourire en entrant dans l'ascenseur.

Mais alors que les portes étaient sur le point de se refermer, l'homme, dont elle savait maintenant qu'il s'appelait David Drummond, apparut soudainement de nulle part, et leur demanda de l'attendre.

Mais d'où sortait-il ? Le cœur d'Agnès fit un bond. Alan ou elle l'aurait sûrement vu s'il avait été à la réception. Maintenant elle paniquait. Était-il possible qu'il ait attendu son retour à l'hôtel ? Mais si c'était le cas, comment savait-il qu'elle était sortie ? Observait-il le moindre de ses mouvements ?

Elle devait se ressaisir, se reprendre, ou peu importe comment on disait de nos jours. Elle ne voulait en aucun cas que David Drummond sache à quel étage elle se trouvait. Elle fit un pas en arrière, le laissant donner son numéro d'étage en premier. Mais, comme un gentleman, il fit un geste vers elle.

« Vous étiez là en premier », dit-il en lui adressant un bref sourire, mais qui n'était pas chaleureux et amical. Ce sourire était froid et forcé.

« Merci. Dixième étage, s'il vous plaît. » Elle espérait que le liftier ne se souviendrait pas qu'elle était descendue du quatrième étage plus tôt dans la soirée. En tout cas, il ne dit rien. Il porta simplement son attention sur l'homme. « Je crois que vous êtes au huitième, n'est-ce pas ? »

« Bonne mémoire », marmonna Drummond.

Agnès pouvait voir qu'il n'avait pas l'air très heureux de la tournure des événements. S'il avait prévu de la suivre jusqu'à sa chambre, c'était raté.

Au huitième étage, l'ascenseur s'arrêta et les portes s'ouvrirent. David Drummond quitta l'ascenseur, mais il ne s'éloigna pas. Il était toujours là quand les portes se refermèrent.

« Vous êtes au quatrième étage, n'est-ce pas ? », dit le liftier, une fois les portes bien fermées. « Oui, dit Agnès. Mais je ne voulais pas qu'il le sache. »

« Je l'avais compris. » Il appuya sur le bouton du dixième étage. « Mieux vaut continuer à jouer la comédie. Il pourrait traîner par là, vérifier où s'arrête l'ascenseur. Une fois que nous aurons atteint le dixième étage, je vous ramènerai au cinquième. Vous pourrez prendre les escaliers à partir de là. »

« Bonne idée. Merci. » Agnès réfléchit. « Comment saviez-vous que j'étais inquiète à son sujet ? » « Je l'ai juste senti. » Il haussa les épaules. « Je suppose que ça vient avec le travail. »

À présent, ils avaient atteint le dixième étage. L'ascenseur s'arrêta et les portes s'ouvrirent. Une pression rapide sur le bouton fit redescendre l'ascenseur au cinquième étage.

Agnès sourit. « Merci pour votre aide », ajouta-t-elle en descendant de l'ascenseur. Elle s'apprêta à ouvrir son sac pour donner un pourboire au jeune homme, mais celui-ci l'en empêcha.

« Non, je suis heureux de pouvoir vous aider. De plus, tout cela ajoute un peu de mystère à mon travail autrement ennuyeux. »

Dans sa chambre, Agnès se versa un verre de vin provenant d'une bouteille offerte par l'hôtel et s'assit sur une chaise près de la fenêtre. Mais que se passait-il ? Qui était ce David Drummond et pourquoi s'intéressait-il tant à elle ? Même dans l'ascenseur, où elle avait été très proche de lui, elle ne l'avait pas reconnu comme quelqu'un qu'elle avait déjà rencontré.

En sirotant son vin, elle l'imaginait parcourir le dixième étage le lendemain à sa recherche. Eh bien, il serait malchanceux. Mais combien de temps lui faudrait-il pour réaliser qu'il s'était fait avoir ? Au moins, elle savait à quel étage se trouvait sa chambre. Elle devait remercier le liftier pour ça.

Dès le matin, elle transmettrait cette dernière bribe d'information à Alan et verrait ce qu'il en ferait. Elle bailla. Mais à présent, il était temps de se coucher.

Agnès venait de s'endormir lorsqu'elle entendit des grosses voix venant de la chambre voisine. En jetant un coup d'œil à l'horloge, elle constata qu'il n'était que deux heures. C'était probablement quelqu'un qui revenait d'une des nombreuses boîtes de nuit de la ville. Ils allaient probablement se calmer dans quelques minutes.

Mais les voix ne cessèrent pas. Elles devinrent plus fortes. La femme avait probablement découvert à son retour qu'un bijou avait disparu. « Appelle le gérant », cria-t-elle.

Son mari semblait furieux au téléphone lorsqu'il demanda le gérant. « Je me fiche de savoir où il est. Ma femme a été volée.

Faites-le venir ici tout de suite. Et pendant que vous y êtes, appelez la police ! »

Agnès frissonna, mais elle ne savait pas pourquoi. Ce n'était pas ses bijoux qui avaient été volés. Elle les avait tous pris avec elle quand elle était sortie hier soir. Ce qu'elle n'avait pas porté, elle l'avait mis dans son sac à main. Par conséquent, personne n'avait rôdé dans sa chambre.

À cette pensée, elle se redressa rapidement. Ou bien si ? Un cambrioleur n'aurait pas su qu'il n'y avait rien à voler dans la chambre. Elle alluma la lampe de chevet et regarda dans la chambre. Tout semblait être dans l'état où elle l'avait laissé lorsqu'elle était sortie hier soir.

Toujours assise dans le lit, elle ramena ses genoux contre sa poitrine et les entoura de ses bras. La pensée que quelqu'un ait pu avoir accès aux chambres pendant que les invités étaient sortis devenait plutôt inquiétante. La réputation de l'hôtel ne s'en trouvait certainement pas améliorée. Elle entendit frapper à la porte de la chambre voisine. C'était sûrement M. Jenkins, le gérant. Ce dernier n'avait encore dit un mot que l'homme se mit à lui crier dessus. « Quel genre d'hôtel vous dirigez ici ? Nous sommes sortis pour la journée et à notre retour, nous avons découvert que le collier de ma femme avait été volé, sans parler de deux paires de mes boutons de manchette en or. » S'ensuivit un silence d'une seconde. « C'est une honte absolue. J'espère que vous avez appelé la police comme je l'ai demandé ! » « Oui, la police est en route. Puis-je suggérer que nous nous asseyions tous pour en parler calmement ? »

La voix du gérant n'était pas aussi forte que celle du client en colère, mais Agnès pouvait quand même entendre chaque mot de ce qui était dit.

« Je ne peux que m'excuser pour ce qui s'est passé. Mais je suis sûr que le personnel n'est pas à blâmer », poursuivit M. Jenkins.

« Qui d'autre peut entrer dans les chambres ? Celui qui fait ça doit avoir une carte magnétique. »

« S'il vous plaît, parlez moins fort. Les gens essaient de dormir. » Agnès entendit le gérant inviter les clients à se calmer. « Je vous assure qu'aucun membre du personnel n'est à blâmer. L'hôtel vérifie minutieusement tous les candidats avant d'employer quelqu'un. » M. Jenkins fit une pause quand une personne frappa à la porte. « C'est la police. » Il semblait plutôt soulagé que quelqu'un d'autre eut à s'occuper de cet homme.

Les cris cessèrent à l'arrivée de la police. Agnès ne pouvait donc plus entendre grand-chose de ce qui se disait. Elle se recoucha et essaya de s'endormir, mais elle était à présent bien réveillée et son esprit se remémorait tout ce qu'elle avait entendu.

Apparemment, le couple de la chambre voisine était resté dehors toute la journée de la veille. Ils avaient probablement passé un bon moment en profitant des vues et des sons de la ville pour revenir et découvrir qu'ils avaient été volés.

Mais si ce n'était pas un membre du personnel, qui pouvait-il être ? Une carte-clé était nécessaire pour entrer dans n'importe quelle chambre. Le gérant avait dit à Alan que toutes les clés maîtresses étaient enfermées dans le coffre-fort chaque matin, une fois que les chambres avaient été nettoyées, que la literie avait été changée ou qu'une autre tâche avait été accomplie. Seuls son gérant adjoint et lui connaissaient la combinaison du coffre. Il était donc impossible pour quiconque de récupérer les clés du coffre, sauf le gérant ou son adjoint. Mais pourquoi risqueraient-ils leur emploi et leur réputation simplement pour voler les clients sur leur lieu de travail ? Cela n'avait pas de sens.

Puis il y avait le mystérieux David Drummond. Quelle était sa place dans ce tableau ? Avait-t-il participé aux vols ? Ou pouvait-il être impliqué dans le meurtre ? Et pourquoi s'intéressait-t-il autant à elle ? Agnès s'efforçait de comprendre quand elle tomba dans un sommeil profond et troublé.

12

———————

L'inspecteur en chef était déjà à son bureau lorsque le sergent Andrews arriva le lendemain matin. « Vous avez passé la nuit ici ? »

« Pas tout à fait », répondit Alan en levant la tête. « Mais je voulais prendre de l'avance. » « Ça veut dire que vous avez de nouvelles preuves ? »

« Asseyez-vous », dit Alan. Il lui parla ensuite de ce qu'Agnès avait dit la veille. « Elle pourrait avoir raison. Nous étions tellement convaincus que le corps a été jeté par la fenêtre que nous n'avons pas pensé à d'autres pistes possibles. Et c'est peut-être là que nous nous sommes trompés. » Il fit une pause pour permettre à Andrews de réfléchir à ce qu'il venait de lui dire.

« Eh bien, ça expliquerait l'absence de sang dans la pièce à l'étage et sur le trottoir », réagit le sergent Andrews en se grattant le menton d'un air pensif.

« Exactement ! », s'exclama Alan en tapant du poing sur le bureau. « J'aurais dû y penser plus tôt. Maintenant, j'ai laissé le temps au vrai coupable de s'enfuir. »

« Nous devons encore découvrir qui était dans la maison à

76

cette heure de la nuit. Mais jusqu'à présent, tout le monde se tait. Personne ne veut admettre avoir été dans la pièce, ni avoir prêté les clés à qui que ce soit. » Andrews soupira. « Voulez-vous que je réessaie aujourd'hui ? »

« Oui, répondit Alan, et assurez-vous qu'ils savent tous qu'ils entravent une enquête pour meurtre. Accusez-les d'entrave à la justice ou menacez-les de les faire venir pour les interroger. Faites tout ce qu'il faut pour qu'ils parlent. Cette absurdité a assez duré. »

Andrews était sur le point de quitter le bureau, quand Alan le rappela. « Je suis un peu préoccupé par un homme qui semble suivre Agnès. » Il toussa et se corrigea. « Je veux dire Mme Lockwood. Cet homme séjourne à l'hôtel et est enregistré sous le nom de David Drummond. Elle ne se souvient pas l'avoir rencontré auparavant, mais il semble penser le contraire. Je le mentionne juste maintenant au cas où son nom serait évoqué pendant que vous interrogez le personnel du musée. »

« Où serez-vous, si j'ai des informations. »

« Je vais à l'hôtel. Il semble qu'un autre vol ait eu lieu hier dans la journée. Le vol n'a été découvert que tard hier soir. J'ai été chargé de l'examiner. » L'inspecteur en chef leva les yeux au plafond. « Je crois que Mme Hargreaves a encore parlé au chef de la police. Quoi qu'il en soit », ajouta-t-il en balayant sa dernière remarque, « je vous rejoindrai plus tard. »

* * *

À l'hôtel, Agnès finissait son petit-déjeuner lorsque l'inspecteur en chef entra. Malgré sa nuit tardive, elle s'était réveillée tôt. Elle avait espéré apercevoir le couple quand ils quitteraient la chambre voisine, mais en vain. Ils avaient sans doute commencé leur journée de bonne heure ; un membre du personnel était déjà dans la chambre en train de faire le lit quand Agnès se dirigeait vers l'ascenseur.

« J'ai cru comprendre qu'il y avait eu un peu d'agitation à votre étage la nuit dernière », avait dit le liftier pendant la descente vers le rez-de-chaussée. « La police a été contactée. »

Cependant, Agnès, ne voulant pas dire qu'elle avait entendu quoi que ce soit, tenta de paraître surprise en lui disant qu'elle était si fatiguée qu'elle avait dormi comme une bûche. « Alors, que s'est-il passé ? »

Malheureusement, il n'avait pas été capable de lui dire autre chose que ce qu'elle savait déjà. Elle avait plutôt l'impression qu'il cherchait à obtenir d'elle plus d'informations sur l'incident. Sans doute que tout ce qui se passait dans l'hôtel était filtré et transmis sous l'escalier, pour ainsi dire. Ce serait peut-être une bonne idée qu'Alan commence son enquête sur le vol par là.

Alan la vit quitter la salle à manger alors qu'il sortait du bureau du gérant. Il lui adressa un sourire chaleureux et se dirigea vers elle. « Il y a eu un autre cambriolage », dit-il.

Agnès regarda autour d'elle pour s'assurer que personne ne l'écoutait. « Oui, je sais. Ça s'est passé dans la chambre voisine de la mienne. » Elle lui fit traverser le salon et s'assit. « L'agitation m'a réveillée. En rentrant, le couple a découvert que des bijoux avaient disparu. Je suppose que c'est l'agent de la sécurité qui est arrivé en premier. Ensuite le gérant a été appelé. Je pense que M. Jenkins a un studio ici, à l'hôtel, car il n'a pas mis longtemps. Puis la police est arrivée. » Elle fit une pause. « Ce n'est vraiment pas bon, n'est-ce pas ? Je veux dire que personne ne se sentira en sécurité dans cet hôtel, avec la disparition d'objets personnels, le meurtre d'un client et un homme qui suit les clients partout – enfin, qui me suit moi en tout cas. »

Elle hésita, se demandant si elle devait parler à Alan de la nuit dernière dans l'ascenseur, mais elle se dit qu'il valait mieux être franche. « Il est monté dans l'ascenseur avec moi hier soir. » Elle poursuivit en lui racontant comment le liftier l'avait piégé. « De toute façon, sa chambre est au huitième étage, ce qui signifie que s'il est dans l'ascenseur avec moi, alors je vais devoir aller au dixième étage et descendre en prenant les escaliers sans traîner. »

« Je savais que j'aurais dû te raccompagner à ta chambre hier soir, dit Alan. À l'avenir, je te raccompagnerai à ta chambre et il n'y aura pas de discussion. »

« Ça veut dire qu'on va ressortir ensemble ? »

« J'ose espérer que vous me permettrez de vous inviter à nouveau à dîner pendant votre séjour », répondit-il, penaud. « En fait, j'espérais plutôt que nous pourrions sortir ce soir ou nous pourrions même dîner ici si vous préférez. » Il sourit. « À moins que vous soyez fatiguée de me voir traîner dans le coin tout le temps ; vous devez avoir vos propres projets. »

« Pas pendant la soirée, lui dit-elle. J'ai prévu quelques activités dans la journée. Je voulais visiter certains lieux historiques que j'avais l'habitude de fréquenter. Mais assez parlé de ça, comment se passe l'affaire ? »

« Laquelle ? » demanda Alan. « Les deux. »

« Eh bien, en ce qui concerne les vols, nous n'avons pas d'indice sur les bijoux manquants. Le vol d'hier a pu avoir lieu à n'importe quel moment de la journée, car le couple est sorti directement après le petit-déjeuner et n'est rentré que très tard. Jusqu'à présent, nous n'avons pas été en mesure d'attribuer les vols à un moment particulier de la journée. Toutes les personnes qui ont été volées semblent avoir passé beaucoup de temps loin de l'hôtel ce jour-là. »

« Et le meurtre ? », demanda Agnès.

Alan jeta un coup d'œil derrière lui pour s'assurer qu'il n'y avait personne dans les parages. « Vous savez que je ne devrais pas discuter de tout cela avec vous ? »

« Mais », dit Agnès en penchant la tête sur le côté.

« Sincèrement, nous n'avons pas non plus d'informations à ce sujet. Hier soir, après vous avoir quitté, j'ai marché le long des quais en essayant de me faire une idée plus précise de tout cet épisode. Rien n'a de sens. » Alan voyait bien qu'elle était sur le point de l'interrompre, alors il leva la main et poursuivit rapidement. « Oui, je suis d'accord avec ce que vous avez dit concernant la présence d'une voiture ou d'une petite camionnette dans le secteur lorsque nous avons entendu le bruit sourd. Mais ce n'est qu'un point de départ. Il y a encore un grand nombre de choses sans réponse. Pourquoi déposer le corps à cet endroit ? Pourquoi ne pas avoir fait quelques mètres de plus et l'avoir jeté dans la rivière ? Ou peut-être que le tueur a tiré sur la femme là où nous l'avons trouvée et a utilisé un silencieux ? »

Il s'arrêta un instant pour permettre à Agnès de se jeter à l'eau. Mais elle demeura silencieuse. Il ne savait pas si elle n'en avait aucune idée ou si elle réfléchissait encore à ce qu'il avait dit.

« Le restaurant où nous nous trouvions cette nuit-là se trouve en face du musée, poursuivit-il. Mais il est aussi hors de vue de l'endroit où nous avons trouvé le corps en raison du virage de la route. Donc oui, nous avons entendu un bruit sourd et lorsque nous avons vu une fenêtre se fermer, nous avons supposé que le corps avait été jeté de là. Tout ce que nous, et j'entends par là la police, avons fait par la suite était basé sur l'idée que le corps avait été jeté de la fenêtre. Mais il n'y a absolument aucune preuve que ce soit le cas. Il n'y a pas de sang dans la pièce. En fait, il n'y a pas de sang dans toute la maison, ce qui indique que la fusillade n'a pas eu lieu à cet endroit. »

À présent, Alan balançait ses pensées d'un côté à l'autre de sa tête dans une bataille pour se montrer plus malin que ses adversaires, plutôt que de réciter les faits à Agnès.

« Pourtant, la fusillade n'a pas eu lieu à l'extérieur du musée non plus, sinon nous aurions entendu le coup de feu et votre équipe aurait trouvé du sang sur le trottoir », dit Agnès pensivement. Elle poussa un soupir. « Par conséquent, le meurtre a dû avoir lieu dans une autre rue, dans une autre partie de la ville.

Quelque part dans le centre de Newcastle, quelque part où le bruit d'un coup de feu aurait été étouffé par les voix des gens qui vont et viennent des night-clubs. J'ai entendu dire que ça pouvait être très bruyant... »

« Je pourrais vous embrasser ! l'interrompit soudainement Alan. Vous avez tout à fait raison. Mais bien sûr ! Toute la ville est bruyante la nuit, mais pas autant que les rues du Bigg Market. »

Alan sortit son téléphone et appela son sergent. « Andrews, dès que vous en aurez fini avec le personnel du musée, allez au Bigg Market. Prenez quelques garçons avec vous et commencez à chercher du sang. » Il y eut une pause pendant qu'Andrews lui répondait. « N'importe où, Andrews, vous devez vérifier toute la zone du Bigg Market. Si vous ne trouvez rien, allez dans une autre partie de la ville où il y a de la musique forte et une foule de gens tard dans la nuit. » Il y eut une autre pause, tandis qu'Andrews contestait. « Pour l'amour du ciel, Andrews, je sais que toute la ville grouille de monde la nuit. Allez-y. Vous perdez du temps ! Je vous rejoins dès que je peux. »

Alan referma son téléphone d'un coup sec. À quoi avait-il pensé ? Il s'était tellement trompé dans cette affaire. Normalement, si aucune trace de sang n'avait été trouvé sur la scène d'un crime, il aurait élargi les recherches. Il ne serait jamais resté dans cette seule zone. Ce n'était pas du tout son genre.

Mais depuis qu'il avait rencontré Agnès, son esprit n'était plus vraiment concentré sur le travail. Il appréciait leur amitié – peut-être un peu plus qu'il ne le devrait. Elle allait bientôt retourner dans l'Essex et il ne la reverrait probablement plus. Il devait se ressaisir et se concentrer sur son travail.

« Tu vas bien ?», demanda Agnès. Depuis qu'Alan avait donné ses instructions à son sergent, il était devenu très silencieux.

« Oui. Désolé, Agnès, je pensais à l'affaire. Il semble que j'ai complètement raté celle-ci. Je suis normalement très absorbé quand je travaille sur une enquête, mais mon attention semble se relâcher sur celle-ci. » Il regarda en direction de la réception. « Et puis il y a ces fichus cambriolages. Une personne qui séjourne à l'hôtel semble incroyablement maligne. »

Alan baissa les yeux vers le sol. Pour la première fois depuis longtemps, il se sentait découragé. D'habitude, lorsqu'il repérait un détail anormal, il s'y attardait jusqu'à ce que l'affaire soit résolue. Il se souvint qu'Andrews l'avait souvent comparé à Sherlock Holmes, un détective de fiction qui, une fois qu'il avait trouvé la moindre preuve, ne la lâchait pas jusqu'à sa résolution. Pourtant, dans ces deux affaires, il était totalement perdu.

« Alors, qu'est-ce que tu fais aujourd'hui ? », demanda Alan en levant la tête.

« Je vais prendre un taxi et passer par Gateshead pour aller à Low Fell. Je veux faire un tour dans le quartier où j'ai été élevée et ensuite marcher jusqu'à l'école où nous allions – si elle est toujours là. Elle pourrait être démolie pour ce que j'en sais. »

Alan sourit. « Oui. Elle est toujours debout et en pleine forme. C'est là que je vous ai rencontré pour la première fois. »

« En effet, c'était là », dit Agnès.

Son esprit dévia vers toutes ces années passées. Et si elle avait perçu le désir d'Alan de mieux la connaître ? Aurait-elle gardé le contact ? Aurait-elle repris le chemin du Tyneside, pour le retrouver ? Sa vie aurait pu prendre un chemin complètement différent. Elle ferma les yeux une seconde avant de les rouvrir brusquement. Le passé est loin derrière elle.

« Ce serait merveilleux d'entrer et de regarder à l'intérieur », dit-elle en affichant un sourire enjoué. « Mais je doute qu'ils le permettent. Il y a beaucoup de règles et de règlements quand les enfants sont concernés. »

« Je ferais mieux d'y aller », dit Alan en se levant. Il savait qu'il avait passé trop de temps à parler à Agnès. Mais il était réticent à l'idée de la quitter. « Voulez-vous vous joindre à moi pour dîner ce soir ? »

« Oui, merci », dit Agnès. Elle sourit. « Je vous laisse choisir le restaurant. » « D'accord. Je passe vous prendre à dix-neuf heures. »

Agnès le regarda traverser jusqu'à la réception où il eut quelques mots avec l'un des employés avant de quitter l'hôtel.

13

———————

De retour dans sa chambre, Agnès enfila son manteau, et après s'être assurée qu'elle avait bien rangé tous ses bijoux au fond de son grand sac à main, elle quitta la pièce et alla vers l'ascenseur.

Il y avait déjà un groupe de personnes dans l'ascenseur quand elle y entra. Heureusement, David Drummond n'en faisait pas partie. Personne ne dit un mot pendant que l'ascenseur descendait, mais lorsqu'ils parvinrent au rez-de-chaussée, elle entendit l'une des passagères dire à son amie qu'elle portait tous ses bijoux aujourd'hui.

« Quoi, tous ? », s'étonna l'amie.

« Il est hors de question que je laisse quoi que ce soit dans ma chambre pendant que je suis dehors. » « Tu aurais pu les laisser dans le coffre-fort de l'hôtel », risqua l'amie.

« Je n'ai pas confiance dans le coffre de l'hôtel. La personne qui a pris les bijoux pourrait avoir accès au coffre. Sinon, comment peuvent-ils entrer dans les chambres ? »

Agnès se demandait combien d'autres femmes séjournant à l'hôtel faisaient la même chose.

Dehors, sur le trottoir, Agnès se dirigea vers la station de taxis. Elle aurait aimé regarder autour d'elle pour voir si elle était suivie, mais elle pensa qu'il valait mieux ne pas attirer l'attention sur elle. Si David Drummond rôdait quelque part dans le coin, il valait mieux qu'il ne sache pas qu'elle l'avait à l'œil.

En montant dans le taxi, elle se permit un bref regard par-dessus son épaule, mais elle ne le vit pas. Dès qu'elle indiqua au chauffeur sa destination, le taxi s'éloigna de l'hôtel. Elle poussa un soupir de soulagement. Peut-être Drummond avait-il enfin compris qu'elle n'était pas celle qu'il croyait.

Agnès apprécia son trajet de Gateshead à Low Fell. Comme la ville avait changé depuis la dernière fois qu'elle était venue. C'était presque un autre monde. Des routes très fréquentées semblaient se croiser dans toutes directions. Elle se souvenait qu'il n'y avait qu'une seule route, qui descendait tout droit dans la rue principale et traversait le pont de Tyne.

Le taxi ne tarda pas à s'arrêter dans la rue où elle était née. Elle descendit du taxi et regarda autour d'elle. À première vue, rien n'avait changé. Mais elle remarqua ensuite qu'une grande maison individuelle se dressait désormais sur ce qui avait été un petit terrain abandonné. À l'autre bout de la rue, les jardins familiaux, autrefois si soigneusement entretenus par leurs propriétaires, avaient tous disparu. À la place se trouvait un immeuble d'appartements pour retraités. Mais sinon, c'était presque comme si elle avait été transportée dans le passé.

C'était la même chose à l'école. Oui, il y avait quelques nouvelles extensions, mais, dans son esprit, rien n'avait vraiment changé au fil des années.

C'est alors qu'elle remarqua une voiture qui roulait lentement. Elle avait déjà vu cette voiture en marchant vers l'école. Est-ce qu'elle la suivait ?

La voiture la dépassa et s'arrêta un peu plus loin, mais personne n'en sortit. Elle se dit qu'elle devait arrêter de paniquer. Après tout, il pouvait y avoir une explication raisonnable.

Elle décida de retourner dans les magasins ; au moins, elle

pourrait entrer dans l'un d'entre eux si la personne la suivait vraiment. Marcher lentement le long de la route lui demanda beaucoup d'efforts. Elle voulait courir jusqu'à la boutique la plus proche. Quand Agnès atteignit le groupe de magasins au coin de la rue, elle se plaça devant l'un d'eux et regarda dans la vitrine. De là où elle se tenait, elle pouvait voir la voiture. Elle était toujours garée. Mais elle se mit soudain à avancer, puis elle tourna à droite.

Agnès émit un soupir de soulagement. Le conducteur avait dû s'arrêter pour prendre un appel téléphonique. Cependant, elle était sur le point de partir quand elle aperçut la voiture surgir du virage et se diriger vers elle. Pendant un instant, elle resta figée sur place. Mais la voiture continua, se rapprochant un peu plus à chaque seconde qui passait. Elle devait faire quelque chose. Elle devait entrer dans la boutique. Il y avait quelques clients. Il ne la suivrait pas à l'intérieur.

Une fois dans le magasin, elle se plaça au bout de la file d'attente. Elle se retourna à moitié, pour voir si le véhicule était là. Au début, il n'y avait aucun signe de sa présence, puis la voiture se gara près de la porte. Agnès ne put distinguer le visage du conducteur, mais lorsque celui-ci se pencha sur le côté, il se mit à faire signe à une personne. S'adressait-il à elle ? Elle ne le reconnut pas du tout. Au moins, ce n'était pas David Drummond.

Agnès observa anxieusement pendant quelques secondes encore, puis ce fut pour elle un grand soulagement lorsqu'elle vit une femme se précipiter vers la voiture et prendre place sur le siège à côté du conducteur. La femme sembla heureuse de le voir et se pencha pour l'embrasser sur la joue. L'homme démarra et la voiture partit.

Agnès se sentit soudain stupide. Elle était maintenant paranoïaque et croyait que tout le monde la suivait. Heureusement, elle n'avait pas couru dans le magasin en se plaignant d'être suivie. Elle attendit son tour dans la file d'attente et acheta du chocolat. Le chocolat était l'un de ses préférés et elle savait que cela la calmerait un peu.

Une fois dehors, elle n'arrivait pas à se décider sur ce qu'elle allait faire ensuite. Elle avait prévu de visiter le parc Saltwell. Elle avait adoré jouer sur les différentes balançoires et manèges avant de nourrir les canards dans l'énorme lac.

Mais depuis sa frayeur, qui n'était en fait rien du tout, elle n'avait pas envie de continuer son voyage dans le passé. Peut-être pourrait-elle y revenir un autre jour et, si Alan avait un jour de congé, il pourrait même l'accompagner.

Avec cette idée en tête, elle décida de trouver un bus ou un taxi pour la ramener à son hôtel.

* * *

La journée de l'inspecteur en chef Alan Johnson s'était un peu mieux passée. En quittant l'hôtel, il se rendit au Bigg Market pour y retrouver son sergent. Il trouva Andrews passant au crible la zone avec l'aide de plusieurs officiers de police. Jusqu'à présent, ils n'avaient rien trouvé. Mais peu après l'arrivée d'Alan sur les lieux, l'un des officiers, un peu plus loin dans Grainger Street, signala par radio qu'il avait trouvé des traces de sang près de l'église.

Alan se précipita sur la route pour trouver l'officier qui exhortait les piétons à ne pas s'approcher de la marque rouge. Le sang était bel et bien sec à présent, pourtant Alan espérait désespérément que les médecins légistes seraient en mesure de faire correspondre le sang à la victime qui se trouvait à la morgue. Heureusement, malgré la pluie, il faisait encore assez clair.

Il regarda les magasins des environs. Aucun d'entre eux ne vendait de la viande, ce qui signifiait que le sang ne provenait pas d'une livraison de viande fraîche à une boucherie.

Quelques minutes plus tard, la zone sur le trottoir avait été scellée.

« Bien joué, Monsieur », Andrews était arrivé sur les lieux. « Bonne idée de commencer à chercher plus loin. J'ai demandé à la police scientifique de venir ici dès que possible. » Il regarda le ciel. « La dernière chose dont on a besoin, c'est la pluie. »

Alan fit un signe de tête vers les magasins voisins. « Heureusement qu'aucun d'entre eux n'a décidé de déverser de l'eau sur le trottoir. Sinon, nous n'aurions peut-être rien trouvé. » C'était vrai. Certains magasins avaient pris l'habitude de laver rapidement le trottoir devant leurs locaux avant d'ouvrir chaque matin, pour sauver les apparences. « Maintenant, nous ne pouvons qu'espérer que si c'est du sang, il provient de la victime à la morgue, sinon nous pourrions avoir un autre meurtre sur le dos. »

Lorsque les médecins légistes arrivèrent, ils confirmèrent que la marque rouge sur la chaussée était du sang. Ils effectuèrent des prélèvements et plusieurs autres tests avant de retourner au laboratoire.

« Je veux les résultats dès que possible », lança Alan au dernier homme qui remontait dans la camionnette.

L'homme acquiesça en fermant la porte et la camionnette repartit.

Alan se retourna vers Andrews. « Je ne veux pas que ce pavé soit nettoyé avant que nous ayons les résultats des tests. »

Une foule s'était rassemblée autour de la zone délimitée. Certains avaient des téléphones portables et prenaient des photos d'Andrews et lui, sans parler du sang sur le trottoir. Alan supposait qu'elles finiraient probablement sur les réseaux sociaux. « Dommage qu'aucun d'entre eux n'était là quand le meurtre a eu lieu », marmonna Alan. Il observa la foule pendant un moment avant de se diriger vers eux.

« Je suppose qu'aucun d'entre vous n'a sorti son appareil

photo ici il y a deux nuits quand ce meurtre a eu lieu. » Alan fit un geste vers le sang sur le trottoir.

Comme prévu par Alan, quelques personnes marmonnèrent quelques mots avant de s'éloigner. Mais il ne put s'empêcher de remarquer une jeune femme qui semblait quelque peu mal à l'aise, comme si elle essayait d'éviter son regard. Elle était élégamment habillée, pas le genre de personne que l'on associe habituellement à des activités criminelles. Bien que, à la réflexion, il soit difficile de faire la différence de nos jours.

Alan ressentait vraiment le besoin de lui parler. Cependant, il ne voulait pas que tout le monde sache qu'il concentrait son attention sur cette femme. Elle était manifestement prudente pour une raison. Avait-elle vu quelque chose il y a quelques jours, avait-elle filmé quelque chose, mais n'avait pas réalisé à ce moment-là à quel point cela pouvait être important ? Ou encore, se sentait-elle simplement coupable d'avoir filmé la scène d'un crime ?

Il savait qu'il devait faire preuve de prudence. La dernière chose qu'il voulait faire était de l'effrayer. Il jeta un coup d'œil derrière lui pour voir s'il y avait une femme gendarme en civil sur les lieux, mais malheureusement elles étaient toutes en uniforme. La femme se serait peut-être sentie plus à l'aise en parlant avec une autre femme. Quelqu'un qu'elle n'associait pas vraiment à la police. C'est alors qu'il aperçut Agnès sortant d'un taxi.

Le taxi partit à la recherche de sa prochaine course. Agnès était sur le point de traverser la route quand elle entendit une voix familière.

« Et vous, Madame, avez-vous vu quelque chose d'étrange se passer ici il y a deux nuits ? »

Agnès jeta un coup d'œil de part et d'autre, s'attendant à voir quelqu'un à ses côtés. Mais il n'y avait personne. Alan lui parlait-il ? Cette histoire de « Madame », c'était quoi ? « Qui, moi ? », demanda-t-elle en posant sa main sur sa poitrine.

« Oui, vous, Madame, je sens que vous avez quelque chose à dire. » Alan lança des regards de part et d'autre, espérant qu'elle comprendrait le message qu'il avait besoin de son aide.

« À propos de quoi ? demanda-t-elle en s'approchant de lui. Je n'ai aucune idée de ce dont vous parlez. Je viens de descendre d'un taxi. Pensez-vous que je pourrais vous aider de quelque manière que ce soit ? » Elle marqua une pause. « Qui êtes-vous, au fait ? »

« Je suis l'inspecteur en chef Johnson et j'enquête sur un crime potentiel ici. » Il désigna le sang. « Je demandais si quelqu'un ici avait pu voir quelque chose il y a deux nuits. J'ai simplement pensé que vous étiez sur le point de dire quelque chose. »

« Non », dit Agnès, lentement. Elle observait les yeux d'Alan qui allaient et venaient sur la dame à côté de lui. Elle se rapprocha de lui, devinant qu'il voulait lui confier un rôle. « Comme je l'ai dit, je venais de sortir d'un taxi. Mais pour être honnête, j'étais un peu curieuse de ce qui se passait ici. » Elle se tourna vers la dame qu'Alan avait indiquée. « Ai-je manqué quelque chose ? »

Alan se retira, permettant à Agnès de discuter en tête-à-tête avec la dame.

« Pas vraiment, répondit la dame. Je pense que l'inspecteur espérait que quelqu'un aurait filmé quelque chose sur sa caméra l'autre soir. » Elle pointa vers son téléphone portable.

« Oh, je vois, exclama Agnès. Comme c'est excitant. » Elle regarda la foule. « Et quelqu'un s'est présenté ? » « Non, je crains que non. »

« C'est bien dommage. Je suppose que la police a besoin de toute l'aide qu'elle peut obtenir. » Agnès posa son regard sur le téléphone de la femme. « Je suppose que vous n'étiez pas dans le coin ? Je veux dire, ce serait assez passionnant pour vous si vous pouviez aider la police dans son enquête. »

La femme baissa la tête vers le sol pendant quelques instants.

Agnès avait l'impression que la femme savait quelque chose, mais qu'elle hésitait à s'impliquer.

« Eh bien, j'étais près d'ici il y a deux nuits », dit enfin la femme en montrant le coin de la route. « J'attendais mes amis. On allait aller dans l'une de ces boîtes, mais on n'avait pas encore décidé laquelle. Bref, j'ai entendu un bruit. J'ai pensé que c'était peut-être une voiture qui pétaradait, alors je ne me suis pas trop inquiétée. Mais ensuite, un homme est passé devant moi, en manquant de me renverser. J'avais mon téléphone à la main, car j'étais sur le point d'appeler un ami pour lui demander s'il était en route, alors j'ai rapidement pris une photo de lui. Je ne sais pas pourquoi. Pour autant que je sache, il n'avait rien fait. Il était peut-être simplement pressé parce qu'il était en retard pour un rendez-vous ou autre. »

« Vous avez toujours la photo ? », demanda Agnès, calmement. Elle sourit chaleureusement en essayant de ne pas contrarier la seule personne qui pourrait avoir le seul indice sur le meurtre.

« Oui. » Elle alluma son appareil photo et trouva la photo qu'elle avait prise l'autre soir. « Elle n'est pas très claire. L'homme se dépêchait à ce moment-là, mais il a jeté un coup d'œil sur le côté au moment où j'ai pris la photo. Il a peut-être aperçu le flash. »

« Puis-je la voir ? », demanda Agnès patiemment. Bien qu'elle eût réellement envie d'arracher l'appareil photo à la femme pour découvrir la personne sur la photo par elle-même.

La femme acquiesça et lui tendit l'appareil. Agnès sursauta en voyant la photo. Elle était comme la femme l'avait dit ; elle était floue et l'homme se trouvait à quelques mètres de là lorsque la photo fut prise. Néanmoins, Agnès le reconnut en un instant. C'était David Drummond, l'homme qui l'avait suivie sur le Millennium Bridge l'autre jour.

« Vous le connaissez ? demanda la femme. C'est juste que vous semblez le reconnaître. »

« Non, je ne le connais pas », répondit Agnès. Elle culpabilisa, bien qu'elle eût effectivement dit la vérité. Elle ne connaissait pas vraiment cet homme. « Mais je pense que vous devriez montrer cette photo à l'inspecteur. Il saura quoi faire. Comme vous l'avez dit, ce n'est peut-être rien du tout. Mais vous pourrez avoir l'esprit tranquille en sachant que vous avez fait votre devoir en aidant la police dans son enquête. »

« Oui, je pense que vous avez raison. » La femme chercha Alan du regard et lui fit signe de s'approcher.

Alan, accompagné de son sergent, se dirigea vers les deux femmes.

« Je vous expliquerai plus tard, mais pour le moment, prétendez que Mme Lockwood est une étrangère pour nous », marmonna Alan alors qu'ils s'approchaient des deux femmes.

« J'ai pris cette photo l'autre soir », dit la femme en tendant l'appareil à Alan. « Mais je n'ai rien vu qui puisse avoir un rapport avec le sang... », s'empressa-t-elle d'ajouter en faisant un geste vers la zone scellée de la chaussée. « Mais juste après avoir entendu une pétarade de voiture, cet homme a débarqué en trombe du coin de la rue. Il a manqué de me renverser. » Elle fit une pause et regarda Agnès. « Comme je l'ai dit à cette dame, c'est tout ce que je sais. »

Alan prit l'appareil photo et regarda l'image avant de la montrer à Andrews. « Qu'est-ce qui vous a poussé à prendre cette photo ? », demanda-t-il.

La femme lui raconta ce qu'elle avait déjà expliqué à Agnès. « C'était sous l'impulsion du moment. Si le téléphone n'avait pas été dans ma main, je n'aurais pas pris la peine de le faire. » Elle hésita. « Écoutez, je peux y aller maintenant ? »

« Vous me permettez de transférer une copie de la photo sur mon téléphone ? », dit Alan, en sortant son téléphone portable de sa poche. « En attendant, vous pourriez peut-être donner votre nom et votre adresse de contact au sergent Andrews au cas où nous aurions besoin de vous parler davantage. »

Alan envoya une copie de la photo sur son téléphone portable et rendit le téléphone à la dame. « Merci beaucoup pour votre aide, Mlle Thurgood », dit-il en jetant un coup d'œil au nom qu'Andrews avait écrit dans son carnet. « Nous allons vérifier qui est cet homme. »

Mlle Thurgood reprit son téléphone. « Je vais supprimer cette photo, si vous n'avez pas d'objection ».

Le détective jeta un coup d'œil à son téléphone pour s'assurer que la photo était bien conservée. « Non, je n'ai pas d'objections. »

Il aurait préféré que la femme laisse la photo sur son téléphone comme sauvegarde. Mais en l'état actuel des choses, il ne pouvait pas insister sur ce point. Elle aurait pu effacer la photo à tout moment et ils n'auraient pas été plus malins. Même si, en y réfléchissant bien, il était possible de la récupérer sur la carte mémoire, si c'était absolument nécessaire.

« Donc je peux y aller maintenant ? »

Alan acquiesça, et après avoir adressé un bref sourire à Agnès, Alice Thurgood se hâta de reprendre la route.

Agnès était pensive en regardant Alice Thurgood se retourner et lui faire un signe de la main avant de disparaître en bas de la rue. Elle ne l'avait pas remarqué lorsqu'elle lui parlait, mais de loin, Alice lui ressemblait beaucoup. Se pouvait-il que, lorsque David Drummond l'avait vue à l'hôtel, il eût cru à tort que c'était elle qui avait pris la photo ce soir-là et non Alice ? Cette idée lui donna des frissons.

« Vous allez bien ? » demanda Alan après avoir remarqué qu'Agnès était devenue soudainement pâle. « Voulez-vous vous asseoir dans ma voiture ? », ajouta Andrews.

« Ça ira mieux dans une minute. Je crois que de voir le visage de David Drummond sur cette photo m'a fait un choc. » Agnès tenta de prendre la chose à la légère. Elle permit néanmoins à Andrews de la conduire à sa voiture. « Si je pouvais juste m'asseoir ici quelques minutes, je suis sûre que ça irait mieux. »

Alan n'avait pas quitté Agnès des yeux lorsqu'elle était montée dans la voiture du sergent. Oui, il était d'accord, Agnès avait dû être choquée de voir le visage de Drummond surgir de la sorte. Mais il sentait qu'il y avait plus que la photo. Agnès avait vu la photo quelques minutes avant lui. Elle avait eu le temps de s'y adapter, le temps de persuader Alice Thurgood de la lui montrer. Quelque chose était arrivé dans les dernières minutes après qu'Alice les eut quittés pour reprendre Grainger Street. Alice Thurgood avait-elle fait à Agnès un petit mot d'adieu qui l'avait beaucoup affectée ? Il n'avait pas entendu d'échanges entre elles. Alice avait simplement souri et était partie. Mais y avait-il quelque chose derrière ce sourire, quelque chose qui lui avait échappé ?

Il devait retrouver Agnès ce soir-là. Il ne pouvait rien faire ou dire tant qu'ils n'étaient pas seuls. Il était évident qu'elle n'allait pas dire un mot tant qu'Andrews serait là.

« C'est un coup de chance que Mme Lockwood arriva au bon moment », remarqua Andrews en rejoignant son patron.

« Oui. Je n'en revenais pas quand elle est sortie du taxi au moment où Mlle Thurgood allait partir. » « Une réflexion rapide de votre part, Monsieur »

« Une réflexion rapide de la part de Mme Lockwood, je dirais », dit Alan.

Il admira la façon dont Agnès avait détecté ses signes pour interroger la femme à côté d'elle. Il jeta un œil dans la voiture de police.

« Est-ce qu'elle va bien ? Peut-être que je n'aurais pas dû l'impliquer. Mais j'ai senti que c'était le seul moyen pour que Mme Thurgood se confie. »

« Elle ira bien une fois à l'hôtel, après s'être rafraîchie », répondit Andrews. Il regarda de nouveau dans la voiture. « Les femmes sont comme ça. Elles veulent s'impliquer, mais finissent par trouver que c'est trop pour elles. »

Alan lança un regard noir à son sergent. Comme il aurait aimé lui dire que c'était un crétin. Mais il décida de réserver ce plaisir à April, la dernière petite amie d'Andrews, qui, d'après ce que celui-ci lui avait dit, défendait farouchement l'égalité des sexes. « Hmm, je me demande ce qu'April dirait de ça. »

* * *

Alan avança jusqu'à la voiture où Agnès était assise et ouvrit la portière. « Voulez-vous que je vous ramène à l'hôtel ? », demanda-t-il avant de jeter un coup d'œil à l'endroit où la police avait bouclé la zone. « Il n'y a plus rien à faire ici. » Il hésita, avant d'ajouter : « Je peux me tromper, mais je pense qu'il y a autre chose que je dois savoir. »

Agnès ferma les yeux quelques secondes avant de les rouvrir. « Oui, il y a autre chose. »

Sans un moment d'hésitation, Alan se retourna vers son sergent. « Je ramène Mme Lockwood à son hôtel. Je vous renverrai la voiture. » Sans attendre de réponse, il fait signe à un policier de prendre place sur le siège conducteur. Il sauta dans la voiture à côté d'Agnès avant d'indiquer au chauffeur la direction à prendre.

Pas un mot ne fut prononcé dans la voiture pendant le trajet vers l'hôtel du quai.

À l'hôtel, Alan dit à l'agent de ramener la voiture à l'endroit où Andrews attendait. « Demandez à un collègue de ramener ma voiture à la gendarmerie. Je rentrerai par mes propres moyens. »

À l'hôtel, Agnès proposa à Alan de l'accompagner à sa chambre. « Nous devons parler doucement. »

Sur ce, ils empruntèrent les escaliers plutôt que l'ascenseur. Agnès craignait qu'un autre liftier soit en service. Elle ne voulait pas que l'étage où elle se trouvait soit remarqué par un autre employé.

Dans sa chambre, elle s'assit sur le grand canapé et fixa Alan pendant quelques minutes avant de regarder le sol. « Je sais que tu vas penser que je suis folle, mais j'y ai réfléchi depuis que j'ai vu Alice s'éloigner dans la rue et je sais que j'ai raison. » Elle fit une pause.

« Vous avez raison à propos de quoi ? », demanda Alan, après un long silence.

« D'accord. » Agnès serra les mains avant de les poser sur ses genoux. « Aujourd'hui, en voyant Alice s'éloigner le long de Grainger Street, je me suis soudain rendu compte qu'elle et moi nous ressemblions beaucoup. » Elle s'arrêta un instant puis elle reprit. « Je veux dire, nous nous ressemblons de loin. »

Alan la dévisagea.

« Oui, je sais qu'Alice Thurgood est beaucoup plus jeune que moi. Mais quand je l'ai vue marcher dans la rue cet après-midi, j'ai réalisé qu'on aurait pu nous confondre. »

Alan ne dit toujours rien.

« Par pitié, réfléchissez-y, Alan. Nous avons, plus ou moins », elle montra ses cheveux récemment coupés, « la même coiffure – et même une couleur similaire. Nous avons sûrement la même taille. Nous portions des manteaux comparables, tous deux presque de la même couleur. On dirait qu'elle penche légèrement d'un côté quand elle marche – tout comme moi. »

Alan haussa les sourcils. Elle montra sa hanche.

« Je ne sais pas pour Alice, mais dans mon cas, c'est à cause d'une chose stupide que j'ai faite il y a des années. Cependant, dans ma tête, ce que cela signifie, c'est qu'un soir, David Drummond éprouve le besoin de courir dans la rue. Nous ne savons pas encore pourquoi. Il se retourne brusquement lorsqu'il voit le flash d'un appareil photo, mais il ne fait qu'apercevoir la personne qui prend la photo, avant de poursuivre sa course. Puis, sans crier gare, il me voit à l'hôtel et il se remémore la nuit où quelqu'un l'a pris en photo. » Elle secoua la tête. « Vous ne vous rendez pas compte, Alan ? Il pense sans doute que cette personne était moi ! »

Alan se leva et alla à la fenêtre. Il repensait à ce qui s'était passé plus tôt dans l'après-midi, quand il avait parlé à Alice Thurgood. Il ne l'avait pas remarqué avant, mais Agnès avait raison. Il y avait une légère ressemblance entre elles. Il se retourna pour lui faire face. « Je pense que vous devez faire vos bagages et quitter l'hôtel dès que possible. Si Drummond est mêlé à cette affaire et qu'il pense que vous avez une photo de lui où il fuit la scène, alors il vous verra comme une menace. »

Agnès savait que le détective avait raison. Jim lui aurait dit la même chose. C'était vrai. La meilleure chose à faire pour elle maintenant était de retourner à Essex, préparer une valise et partir en Australie rendre visite à ses fils.

Pourtant, elle n'avait jamais été du genre à faire ce qu'il fallait. Même Jim ne s'était jamais mis en travers de son chemin une fois qu'elle avait pris une décision. Même si, honnêtement, la situation n'avait jamais été aussi grave que celle-là. Sa vie pouvait être en jeu cette fois.

Elle leva la tête vers Alan et prit une profonde inspiration. « Non. Je vais rester ici et voir ce qui se passe. Et avant que vous ne disiez quoi que ce soit », elle pouvait voir qu'il était sur le point d'intervenir, « il n'y a rien que vous puissiez faire pour m'arrêter. » Elle se leva et le fixa dans les yeux. « Alors, qu'est-ce qu'on fait maintenant ? »

<h1 style="text-align:center">14</h1>

De retour au poste de police, Alan expliqua à son sergent pourquoi Agnès avait été si bouleversée. « Je pense qu'elle a raison. Pendant qu'elle me racontait toute l'histoire, je n'arrêtais pas de penser à Alice Thurgood. Je n'ai pas remarqué une quelconque ressemblance entre elle et Agnès à ce moment-là, mais après réflexion, elle pourrait avoir raison. »

Alan sortit son téléphone et regarda encore une fois la photo. « Je veux que des copies de cette photo soient imprimées et remises à chaque officier de police travaillant sur cette affaire. Ils doivent savoir que cet homme est un suspect. Cependant, assurez-vous qu'ils comprennent qu'ils ne doivent rien faire qui puisse l'alerter sur le fait que nous le surveillons. Nous devons avoir la preuve qu'il est impliqué avant de l'arrêter. En attendant, nous devons garder un œil sur lui. » Il marqua une pause. « Je veux connaître tous ses mouvements. »

Andrews transféra la photo sur son ordinateur et commença à en imprimer quelques copies.

« Pourquoi ne pas simplement aller à l'hôtel et l'interroger ? »

« Pour l'amour du ciel, sergent, pour l'instant, nous

n'avons absolument rien sur lui. Même la photographie ne vaut rien sans éléments pour la confirmer. Pour l'instant, nous allons continuer à le laisser croire qu'il s'en est tiré avec ce qu'il a fait et espérer qu'il fasse un geste qui déclenchera une alarme. »

Andrews récupéra les photos de l'imprimante. « Je vais les distribuer à tout le monde au bureau. »

Alan hocha la tête. « Et rappelez-vous. Nous gardons profil bas, nous guettons et nous tendons l'oreille ; assurez-vous que tout le monde le comprenne. Espérons que nous aurons quelque chose de plus solide pour continuer. »

Lorsqu'Andrews disparut dans le couloir, Alan se rassit dans son fauteuil. Si seulement Agnès n'était pas impliquée dans cette affaire. D'un côté, il était heureux qu'elle eût refusé de quitter l'hôtel. Cela aurait été décevant si elle avait fait ses bagages et était partie. Mais, d'un autre côté, il était très inquiet pour sa sécurité. Si Drummond était impliqué dans le meurtre, il était alors extrêmement dangereux. Surtout s'il pensait qu'Agnès avait des preuves qui pouvaient l'incriminer.

Comment faire prendre conscience à Drummond qu'il se trompait de cible ? Et si Agnès laissait son téléphone à portée de main lorsque Drummond serait à proximité ? Peut-être que s'il le ramassait et regardait les photos stockées sans rien trouver qui puisse l'incriminer, il la laisserait tranquille.

Alan regarda le sol et secoua la tête. Il pouvait sûrement trouver une idée moins flagrante. Pourtant, malgré une réflexion plus poussée, rien d'autre ne lui venait à l'esprit. Ils en parleraient probablement autour d'un dîner ce soir-là.

L'idée de dîner lui rappela qu'il devait réserver une table dans un restaurant de son choix. Il réfléchit un moment à l'endroit où il pourrait emmener Agnès ce soir. Il y avait encore quelques restaurants plutôt agréables sur les quais qui pourraient lui plaire.

Mais préférait-elle aller en ville ? Il aurait dû insister pour qu'elle prît la décision cette fois-ci. Pourtant, il avait l'impression qu'elle lui aurait quand même laissé le choix.

Il aurait aimé s'attarder sur ces pensées un peu plus longtemps, mais une personne passa la tête par la porte pour l'informer que le commissaire voulait le voir tout de suite.

* * *

Agnès resta confortablement assise dans sa chambre après le départ d'Alan. Elle avait été surprise lorsqu'elle avait vu la photo de David Drummond sur le téléphone d'Alice. Elle ne s'attendait vraiment pas à voir un visage familier.

Elle avait été très secouée quand elle avait compris pourquoi il la suivait. Encore à l'heure actuelle, elle se sentait mal à l'aise de savoir qu'il séjournait dans le même hôtel. Pour l'instant, il ne savait pas dans quelle chambre elle se trouvait – ni même à quel étage, grâce au liftier. Mais il pourrait le découvrir assez facilement. Il lui suffirait d'en parler à l'un des réceptionnistes, qui lui donnerait tous les détails.

Il y avait l'option d'aller dans un autre hôtel. Mais Drummond risquait de la trouver. Il pourrait téléphoner à plusieurs hôtels de la ville et demander si elle y séjournait, en avançant comme excuse avoir besoin de la contacter d'urgence. Elle devrait, dans ce cas, s'enregistrer sous un autre nom.

Alan n'avait pas répondu à sa question avant de partir. Quand elle lui a demandé ce qu'il allait faire, il lui avait simplement dit qu'il retournait au poste. « Je veux que des copies de cette photo soient imprimées. »

Ce n'était pas du tout ce qu'elle voulait dire. Bien qu'elle eût l'impression qu'il le savait déjà. Il ne voulait probablement pas qu'elle s'impliquât davantage. Elle soupira. Pourtant, elle était déjà impliquée et elle voulait continuer à à apporter son aide pour découvrir ce qui se passait à l'hôtel.

Elle énuméra les événements sur ses doigts. D'abord, il y

eut des cambriolages. Ensuite, une femme, qui séjournait à l'hôtel, fut assassinée, bien que son corps ne fût pas retrouvé à cet endroit. Enfin, aujourd'hui, ils découvrent qu'un autre client pourrait être impliqué dans l'un des crimes, voire les deux. Quelle était la prochaine étape ?

Elle soupira. Elle n'avait jamais été aussi proche d'une enquête sur un vrai crime et elle n'allait pas se laisser décourager par le détective qui travaillait sur l'affaire, même s'il essayait de la garder en sécurité. Mais que devait-elle faire à présent ? Quel serait le numéro quatre sur la liste ?

Agnès prit une profonde inspiration. Elle devait reprendre depuis le début, lorsque le premier vol avait eu lieu. Mais si ce n'était pas le premier vol ! Quelque chose aurait pu se produire avant son arrivée. Peut-être qu'à ce moment-là, les gens avaient quitté l'hôtel sans savoir qu'ils avaient été volés.

Elle secoua la tête. Non. Il n'était pas question pour elle de s'engager dans cette voie. Elle ne pouvait que se concentrer sur ce qui s'était passé depuis son arrivée à l'hôtel, il y a quelques jours. Dieu du ciel ! Il y a à peine quelques jours ? Il s'était passé tellement de choses qu'elle avait l'impression d'être là depuis deux semaines.

* * *

Alan frappa à la porte du commissaire et entra. « Vous vouliez me voir, Monsieur ? »

« Oui, asseyez-vous. » Le commissaire fit un geste vers une chaise de l'autre côté de son bureau.

« Comment puis-je vous aider ? », demanda Alan une fois installé. « C'est à propos de ces vols à l'hôtel. J'ai eu le chef de la police au téléphone. Il m'a demandé ce qui se passait et j'ai été incapable de lui dire quoi que ce soit. » Le commissaire se redressa dans son fauteuil. « Avez-vous progressé dans l'enquête ? »

« Il y a eu un meurtre depuis que j'ai commencé à enquêter sur le cambriolage. Une femme séjournant à l'hôtel a été retrouvée morte devant le musée Bessie Surtees il y a deux nuits. J'ai pensé que c'était la priorité. » Alan remarqua que le commissaire s'agitait sur sa chaise.

« Oui, bien sûr », répondit le commissaire. Il toussa. « Le chef de la police veut être tenu au courant et compte sur moi pour obtenir des réponses. »

« Nous pensons que le meurtre et les vols pourraient être liés », suggéra Alan. Il espérait ne pas avoir à expliquer comment il était arrivé à cette conclusion, parce pour le moment il n'avait pas de véritable preuve.

« Je vois. » Le commissaire marqua une pause avant de se pencher en avant. « Oui, je vois comment il pourrait y avoir un lien. Cette pauvre femme a peut-être vu quelque chose et on a dû la faire taire avant qu'elle ne le signale. Très bien, Johnson, je vais transmettre ça au chef de la police. »

Très peu d'échanges ont eu lieu ensuite avant qu'Alan soit libéré. Il poussa un soupir de soulagement en sortant dans le couloir. Il s'en était sorti indemne. Le fait que le chef de la police fit passer un vol avant un meurtre l'avait surpris. Mais il supposait qu'avec Mme Hargreaves sur le dos, il devait trouver le moyen de la rassurer.

De retour au bureau, Andrews était au téléphone. Il plaça sa main sur l'écouteur quand il vit Alan entrer. « Il y a eu un autre vol à l'hôtel, Monsieur. »

« Non, pas ça », murmura Alan, s'affalant dans son fauteuil en attendant qu'Andrews eût terminé son appel.

« Un collier de diamants et une paire de boucles d'oreilles en diamant ont disparu cette fois-ci », précisa le sergent en lisant ses notes. « Le couple aurait quitté l'hôtel pour deux heures seulement. Ils avaient rendez-vous avec des amis au Sage. Quand ils sont rentrés, la femme est allée mettre ses bijoux dans une boîte près du lit et a constaté que des bijoux avaient disparu. Avant d'appeler le gérant, ils ont tous les deux fouillé tous les tiroirs pour s'assurer qu'elle ne les avait pas mis ailleurs par erreur. Mais ils n'étaient pas là. »

« C'est ridicule. » Alan tapa du poing sur son bureau. Toute cette affaire commençait à l'irriter. « Comment le voleur a-t-il pu accéder aux chambres sans carte magnétique ? » Désormais, il parlait plus à lui-même qu'à Andrews. « Le gérant nous dit que seul le personnel de confiance est autorisé à utiliser ces cartes pour le nettoyage, etc. Le reste du temps, les cartes-clés sont mises sous clé. Pourtant, d'une manière ou d'une autre, une personne est capable de s'emparer d'une de ces cartes, d'entrer dans les chambres et de voler des bijoux de valeur. » Il regarda Andrews en face. « Malgré ce que dit le gérant, ça doit être un coup monté de l'intérieur. L'un des employés doit savoir quelque chose. Avec un peu de chance, quand nous saurons qui c'est, nous trouverons notre meurtrier. »

15

Agnès éprouvait le besoin de sortir de sa chambre. Alan lui avait recommandé de rester à l'hôtel jusqu'à ce qu'il vienne la chercher le soir même. Mais elle commençait à se sentir emprisonnée. En jetant un coup d'œil par la fenêtre, elle vit plusieurs personnes grouiller sur les quais en contrebas. Avec autant de monde, elle pouvait sûrement s'aventurer dehors en toute sécurité. Même une promenade à l'extérieur de l'hôtel serait mieux que d'être une prisonnière dans sa chambre.

Elle savourait un verre de vin à l'une des tables sur la terrasse d'un café situé près du pont du Millénaire lorsque quelque chose au-dessus d'elle attira son attention. Levant la tête, elle sourit en voyant un oiseau voler au-dessus du café. Il était probablement à la recherche de nourriture laissée par les gens qui déjeunaient dehors. Mais au moment où elle allait détourner le regard, elle aperçut quelqu'un accoudé à l'une des fenêtres de l'hôtel. Une autre personne profitant du paysage, pensa-t-elle. Cependant, elle réalisa soudain que la personne ne contemplait pas la vue sur le Tyne. Elle regardait le trottoir en dessous de la fenêtre.

De là où elle se trouvait, Agnès ne parvenait pas à voir qui ou ce que la personne regardait ; le bâtiment du café cachait la partie inférieure de l'hôtel. Au début, elle fut tentée de quitter sa chaise et de se positionner sur le côté du café pour voir ce que cette personne regardait. Mais elle remarqua que les tables à l'extérieur du café se remplissaient plutôt rapidement. Il y avait de fortes chances que son vin fût emporté par un serveur qui passait et qu'elle perdît sa place. Avec cette pensée décourageante à l'esprit, elle décida de rester où elle était.

Quelques minutes plus tard, son attention s'était tournée vers les personnes qui affluaient vers le pont du millénaire. Certains portaient des vêtements décontractés, manifestement des touristes, mais d'autres étaient habillés comme s'ils allaient à une réunion d'affaires. De sa brève visite au Baltic, elle avait retenu le fait qu'il y avait des salles disponibles, pour de telles réunions.

Elle prit son verre et but une gorgée de vin. Elle faillit s'étouffer lorsqu'elle vit inopinément un visage qu'elle reconnut. Posant son verre sur la table, elle jeta un nouveau coup d'œil pour s'en assurer. Elle avait vu juste. C'était David Drummond.

Elle le suivit du regard alors qu'il s'approchait du pont. Au début, il semblait concentré sur sa destination.

Cependant, alors qu'il était sur le point de s'engager sur le pont, il s'arrêta brusquement et regarda vers l'endroit où elle se trouvait. C'était presque comme s'il savait que quelqu'un l'observait.

Elle tourna rapidement la tête en direction du café, espérant qu'il n'avait pas vu qu'elle l'observait.

Cependant, il s'avéra qu'elle pouvait voir son reflet dans les fenêtres du café. Il s'était arrêté là un moment, comme s'il se demandait s'il devait traverser pour aller lui parler. Mais lorsque les gens rassemblés derrière l'incitèrent à avancer, il continua son chemin et traversa rapidement le pont.

Agnès poussa un soupir de soulagement. Pourtant, elle se demanda s'il n'aurait pas été préférable qu'il l'interroge sur ce qui le tracassait. Si c'était la misérable photo qui le préoccupait, elle aurait pu lui dire honnêtement qu'elle ne l'avait pas sur son téléphone. Elle aurait même pu lui montrer son téléphone comme preuve.

Lorsqu'elle se risqua à se retourner, il avait déjà traversé la moitié du pont. Elle le repéra facilement, puis il disparut soudainement parmi une foule de gens.

Ses yeux passèrent d'une personne à l'autre alors que de nombreux passants traversaient le pont, mais elle ne revit pas Drummond. Une partie d'elle voulait se précipiter sur le pont pour voir si elle pouvait retrouver sa trace. Il pourrait être allé au yacht, qui était toujours amarré de l'autre côté de la Tyne. S'il rencontrait quelqu'un du yacht, peut-être pourrait-elle prendre une photo d'eux en train de parler ensemble. La police pourrait être très intéressée de la voir.

Mais son côté prudent prit le dessus. Si elle avait raison, et que Drummond croyait qu'elle l'avait photographié cette nuit-là, elle ne ferait que jeter de l'huile sur le feu s'il la surprenait en train de l'espionner. C'est pourquoi, après mûre réflexion, elle décida de jouer la carte de la sécurité et de rester où elle était.

Elle ne pouvait s'empêcher de se demander si c'était Jim, son défunt mari, ou son ami, l'inspecteur principal Alan Johnson, qu'elle entendait lui crier à l'oreille de jouer la carte de la sécurité et de laisser tomber.

* * *

David Drummond poursuivit sa marche sur le pont. Il voulait se retourner pour voir si la femme l'observait, mais il s'obligea à continuer d'avancer. Il n'y avait aucune raison de se faire encore plus remarquer. D'ailleurs, ce n'était pas la peine. Il pouvait sentir ses yeux suivre chacun de ses pas. Cette misérable femme semblait être partout où il allait.

En se rapprochant de l'extrémité du pont, il accéléra légèrement le pas et se mêla à un groupe de personnes devant lui. Il les avait vus sortir d'un car stationné de l'autre côté de la rivière. À leurs voix élevées, il apprit que certains d'entre eux visitaient Tyneside pour la première fois. Le guide touristique leur expliquait tous les changements qui avaient eu lieu ces dernières années. S'il quittait le pont en toute sécurité avec eux, il aurait peut-être une chance de s'éclipser pour rejoindre ses partenaires sans être vu par la fouineuse de l'autre côté.

Tout s'était déroulé comme prévu jusqu'à ce que Mary le surprenne au téléphone un soir. Comment avait-il pu être aussi négligent ? Pourquoi n'avait-il pas attendu d'être en sécurité dans sa chambre avant de passer l'appel ? Il avait utilisé son téléphone portable à l'extérieur de l'hôtel. Mary était au coin de la rue en train de fumer une cigarette. Encore aujourd'hui, il s'en voulait. Cette erreur stupide avait coûté la vie à cette femme.

* * *

Agnès entendit un coup sur sa porte vers sept heures. « Qui est-ce ? », dit-elle prudemment. Elle avait pris la décision d'être très prudente si quelqu'un frappait à sa porte, surtout si elle n'avait pas appelé le service d'étage.

Reconnaissant la voix d'Alan, elle ouvrit la porte.

« Je suis heureux de voir que vous avez suivi mon conseil de faire attention », dit Alan en entrant dans la pièce. « Oui et vous allez être fier de moi quand je vous raconterai ma dernière nouvelle ».

Alan haussa les sourcils, l'invitant à poursuivre. Mais Agnès était peu disposée à en dire plus avant qu'ils fussent assis à une table du restaurant pour en discuter. Ne jamais se précipiter, avait toujours dit Jim. Donner un peu, prendre un peu. Il était hors de question de changer ce principe, quelle que fût la personne à qui elle avait affaire.

« Vous d'abord », dit Agnès, une fois qu'ils furent attablés. « En fait, » Alan baissa la tête sur ses mains serrées. « Je n'ai pas d'autres informations. Et pour couronner le tout, le commissaire m'a convoqué dans son bureau pour savoir pourquoi nous n'avons toujours pas trouvé le voleur de bijoux. »

« Oh, Alan, je suis vraiment désolée. » Agnès se pencha en avant sur la table puis ajouta : « Il doit sûrement comprendre qu'un meurtre passe avant un stupide vol. »

« Oui, je suis sûr qu'il le sait, soupira Alan. Mais, en même temps, il a le chef de la police sur le dos parce que Mme Hargreaves lui a demandé une faveur. Elle semble le connaître personnellement et lui a demandé de trouver le coupable et de retrouver ses bijoux. Bien sûr, les ordres viennent d'abord de lui, mais ils passent ensuite dans la chaîne jusqu'à ce qu'ils atteignent des gens comme moi. Alors je suis censé tout laisser tomber jusqu'à ce que des gens comme Mme Hargreaves soient satisfaits. » Il changea de sujet. « Alors, qu'avez-vous à me dire ? » Il fit une pause. « Je croyais que vous deviez m'appeler avant de sortir. »

« Pour l'amour du ciel, Alan, je suis ici en vacances. J'essaie de retrouver ma vie passée. Je ne peux pas le faire en restant dans ma chambre toute la journée. Si je dois en arriver là, autant oublier tout ça et rentrer chez moi. »

Alan acquiesça. Ce qu'elle disait était vrai. Mais il serait très triste de la voir partir. Les soirées qu'il avait passées avec elle ces derniers jours étaient bien meilleures que les semaines et les mois qu'il avait passés seul. De temps en temps, il invitait quelqu'un à sortir pour un repas. Mais personne n'avait répondu à ses attentes – pas comme Agnès.

Agnès était différente. Il y avait quelque chose en elle qui l'excitait. C'était une femme indépendante. Elle faisait ce qu'elle voulait faire et y pensait après coup.

Quand il était dans l'armée, il était un peu comme ça. Il aimait ne pas savoir ce qui l'attendait. À l'époque, chaque jour était une aventure. Oui, le sergent ou le sergent-major étaient intervenus pour lui donner leur avis à propos de qu'il devait faire ou comment il devait le faire. Pourtant, à la fin, ils avaient accepté sa décision et l'avaient soutenu. Mais ici, dans les forces de police, même si vous êtes assez haut placé, vous devez adhérer à tout ce que disent les dirigeants.

« D'accord », Agnès était désolée pour Alan. Même sans qu'il ne dise quoi que ce soit, elle perçut son problème. « Permettez-moi de vous raconter ma journée. » Elle commença par le début, racontant comment elle avait vu quelqu'un se pencher par l'une des fenêtres de l'hôtel. « Ce n'était pas la première fois que je voyais quelqu'un admirer la vue. Je dois dire que la vue depuis les fenêtres de l'hôtel est vraiment... »

« Ok, j'ai compris », interrompit Alan. Il balança ses mains en l'air. « La vue est bonne, et alors ? »

« Si vous êtes de cette humeur, alors je retourne à l'hôtel. » Agnès ramassa son sac à main comme si elle était sur le point de partir.

Alan contourna la table et lui prit la main. « Agnès, je suis vraiment désolé. Je ne voulais vraiment pas vous contrarier. Je suppose que je suis frustré par la façon dont cette affaire se déroule. Parlez-moi du visage à la fenêtre. »

Agnès reposa son sac sur le sol. Elle pouvait comprendre sa frustration. Son affaire semblait aller à reculons. Néanmoins, ce n'était pas une raison pour s'en prendre à elle.

« Très bien », dit-elle après une longue pause. « Comme je l'ai dit, j'ai vu plusieurs fois des gens se pencher aux fenêtres de l'hôtel. Je pensais qu'ils essayaient d'avoir une meilleure vue sur les ponts le long du Tyne. » Elle haussa les épaules. « C'est peut-être le cas. Mais en y réfléchissant, je me suis rendu compte que toutes les fenêtres donnant sur le Tyne ont une légère baie. Il est possible de voir le fleuve de droite à gauche sans avoir à se pencher au point de tomber sur le trottoir en contrebas. »

Pendant qu'elle parlait, Agnès gesticulait avec ses mains pour démontrer qu'il était facile de tomber de la fenêtre. « Je vois, dit Alan. En fait, non, pas vraiment. Je reconnais qu'une personne pourrait perdre l'équilibre et tomber si elle était un peu trop enthousiaste à propos de la portée de la vue. Mais je ne suis pas sûr de savoir où vous voulez en venir. »

« J'y viens », dit Agnès avec enthousiasme. « Aujourd'hui, alors que j'étais assise à l'extérieur du café, j'ai encore vu quelqu'un accroché à la fenêtre. Je n'ai pas pu voir qui c'était. Mais la personne ne regardait pas le fleuve de long en large. Elle fixait le trottoir en dessous de la fenêtre. »

« Et alors ? », demanda Alan. Il ne voyait toujours pas pourquoi elle faisait tout un plat de quelqu'un qui regardait par la fenêtre. Les clients d'un hôtel le faisaient sûrement tout le temps.

« Eh bien, pendant que j'étais assise là, je me suis mise à réfléchir. Et s'il n'était pas simplement en train d'admirer la vue ? Et s'il y avait une autre raison pour laquelle cette personne se tenait à la fenêtre. Et si c'était arrangé à l'avance ? Et s'il ou elle était à la fenêtre ouverte pour une autre raison ? »

« Attendez une minute. Il y a beaucoup de "si" là. Quelle arrière-pensée ? » Alan fronça les sourcils. « Je pense vraiment que vous avez lu trop de livres d'Agatha Christie. Qu'est-ce que quelqu'un pourrait faire de mal en se penchant simplement par la fenêtre ? » Il leva les yeux lorsque le serveur leur tendit à chacun un menu. Il fit un signe de la tête et commanda une bouteille de vin, avant de regarder à nouveau Agnès.

Agnès leva son menu et regarda à l'intérieur. Mais ensuite elle le rabaissa et regarda Alan en face. « Et si... ? » « S'il vous plaît Agnès, interrompit Alan, plus de « et si... ».

Agnès sourit. « Et si », reprit-elle, ignorant son commentaire, « celui qui vole les bijoux les fait sortir de l'hôtel en les laissant tomber de la fenêtre ouverte dans les mains d'un complice ? Un complice qui se trouve justement à attendre sur le trottoir en contrebas ? ». Elle porta lentement le menu à ses yeux et commença à regarder les plats alléchants qui lui étaient proposés.

Alan fixa la table et réfléchit à ce qu'Agnès venait de dire. Était-il possible qu'elle avait raison ? Au poste de police, la grande question était de savoir comment le voleur avait réussi à faire sortir les bijoux de l'hôtel. Personne n'avait été autorisé à quitter l'hôtel avant d'avoir été fouillé, ainsi que les bagages et la chambre. Bien sûr, il y eut des cas où le vol ne fut découvert que bien plus tard dans la journée. Le voleur avait donc pu sortir avec les bijoux dans sa poche. En revanche, comment le voleur savait-il quand les victimes allaient rentrer à l'hôtel ? Elles auraient pu simplement s'absenter quelques minutes et découvrir à leur retour que leurs bijoux avaient disparu. Dans ce cas, elles auraient appelé le gérant et la police sans plus attendre. Toute personne voulant quitter l'hôtel aurait été arrêtée jusqu'à ce qu'une fouille complète ait été effectuée.

Le serveur revint avec le vin et leur versa un verre à chacun.

« Qu'est-ce que vous en pensez ? » demanda Agnès. Elle prit une gorgée de son vin.

« Je pense que vous pourriez être sur quelque chose », répondit Alan. "Non, idiot », dit Agnès en riant. « Je veux dire, qu'allez-vous prendre dans le menu ? »

« Je n'ai même pas regardé. J'étais trop occupé à penser à ce que vous avez dit. »

« Eh bien, j'ai quelque chose d'autre à vous proposer. » Agnès referma le menu et se pencha sur la table. « Quand j'ai vu la personne se pencher par la fenêtre cet après-midi, j'ai été tentée de me glisser jusqu'au coin du café pour voir si quelqu'un attendait en bas. Mais je ne l'ai pas fait. Je suis restée à ma place parce que je ne voulais pas perdre ma table. Quoi qu'il en soit, ce n'est que quelques minutes plus tard que j'ai vu David Drummond apparaître dans mon champ de vision. Il se dirigeait vers le Millennium Bridge. Il a remarqué que je le regardais, alors j'ai détourné le regard jusqu'à ce qu'il soit à mi-chemin du pont. Quand je me suis retournée, je l'ai brièvement aperçu avant de le perdre dans la foule. » Elle fit une pause. « Mais ça m'a fait réfléchir. Et si... », elle leva la main lorsqu'Alan fut sur le point de l'interrompre. « S'il te plaît, Alan, écoute-moi. Et s'il avait attendu sur le trottoir, sous la fenêtre, pour attraper le bijou volé une fois par terre ? »

Alan réfléchit à ce qu'elle avait dit. C'était faisable. Néanmoins, il y avait peu de chances. Des gens passaient tout le temps devant l'hôtel. Personne n'aurait remarqué et trouvé étrange que l'on jette quelque chose à un homme en bas ?

« Je sais ce que tu penses. » Agnès interrompit ses pensées. « Le quai est très fréquenté, les passants auraient vu ce qui se passe. Mais si ces deux individus avaient une sorte d'arrangement ? »

« Quel arrangement ? »

« Je ne sais pas. » Agnès battit des mains en signe de frustration. « Je ne peux pas penser à tout... » Elle se tut quelques secondes. « Attends ! J'ai une idée. Et si le type en haut appelait le type au sol pour lui dire qu'il est prêt à déposer le butin ? Les gens à proximité pourraient penser que le gars au sol a laissé quelque chose dans sa chambre, qu'il n'a pas envie de remonter le chercher et qu'il demande à son pote de le balancer pour lui, surtout s'il est debout avec son téléphone à l'oreille. Ça marche pour toi ? »

Avant qu'Alan ne pût répondre, le serveur apparut pour prendre leur commande. Avec toutes ces discussions, aucun des deux n'avait vraiment fait attention à ce qui était proposé. Ils regardèrent tous les deux le menu et commandèrent la première chose qu'ils virent, avant de reprendre la conversation.

« C'est possible », dit lentement Alan, une fois que le serveur eut disparu. « Mais ne crois-tu pas que c'est un peu trop facile ? »

« C'est ce qui rend cette hypothèse si probable, répondit Agnès. Pourquoi élaborer un plan long et compliqué, alors qu'il existe un moyen parfaitement simple de faire disparaître les objets volés de l'hôtel. Les bijoux sont très légers, ce ne serait donc pas un problème pour la personne en bas de les attraper. »

Alan n'était toujours pas convaincu de la pertinence de cette idée. Cependant, il était disposé à y réfléchir davantage. Entre-temps, il changea d'approche. « Il y a toujours la question de savoir comment le voleur peut pénétrer dans les chambres pour voler les objets. »

Agnès secoua la tête. « J'y ai pensé aussi. Mais je n'ai pas trouvé de réponse. À moins que quelqu'un n'ait réussi à inventer un passe-partout, il semble que l'un des membres du personnel soit impliqué. » Elle réfléchit. « Mais je ne préfère pas penser que l'un d'entre eux puisse être un voleur. Ils sont tous si polis et serviables avec les clients. »

« Changeons de sujet. » Alan fit un signe de tête en direction du serveur qui s'approchait d'eux. Il portait leurs repas.

« Au contraire, répondit Agnès. Nous n'avons pas encore parlé du meurtre de Mary Swinburne. Avez-vous eu des résultats de votre laboratoire ? Pensez-vous qu'il soit possible que le meurtre et les vols soient liés ? Pourrait-elle être impliquée ? Ou aurait-elle simplement été au mauvais endroit au mauvais moment ? »

« Oh, doucement ! » Alan leva les mains comme pour se protéger du flot de questions. « À ce moment précis, nous ne sommes pas plus avancés. Avec un peu de chance, nous aurons des nouvelles du laboratoire demain. Mais si le sang sur le trottoir ne s'avère pas être celui de Mary Swinburne, alors cela pourrait signifier que nous avons un second meurtre sur les bras. » Il réfléchit un moment. « À moins qu'il y ait eu une sorte d'accident. Dans ce cas, nous devrions vérifier les hôpitaux pour savoir si quelqu'un a été admis au cours des deux derniers jours. » Il regarda Agnès et soupira. « Maintenant, pouvons-nous simplement profiter de notre repas sans toutes ces histoires de meurtre et de vol ? »

16

Le soleil brillait au travers de la fenêtre quand Agnès se réveilla le lendemain matin. Elle avait eu beaucoup de chance avec le temps jusqu'à présent. Il pouvait faire froid et humide en octobre. Cependant, l'été refusait de se retirer pour laisser place à l'automne cette année.

Elle resta allongée pendant quelques minutes, réfléchissant à la soirée de la veille. Alan avait insisté pour la raccompagner dans sa chambre. Il était assez tard lorsqu'ils étaient rentrés à l'hôtel et le liftier n'était peut-être plus en service. Elle ne le contredit pas. Il était hors de question qu'elle se retrouvât seule dans l'ascenseur avec David Drummond.

En fait, le liftier était toujours en service et il n'y avait aucun signe de Drummond. Mais mieux valait prévenir que guérir.

Elle se demanda si elle devait en parler à ses fils en Australie. Elle se sentait un peu coupable de les laisser dans l'ignorance. Ils savaient qu'elle passait une semaine ou deux dans le Tyneside. Elle leur avait téléphoné le jour de son arrivée, mais n'avait pas donné de nouvelles depuis. Il vaut mieux que je garde ça pour moi, pensa-t-elle en s'extirpant de sous la couette. Ils ne feraient que s'inquiéter et lui diraient sans doute de rentrer chez elle. Non pas qu'elle ferait ce qu'on lui dirait. Mais si elle résistait, l'un d'eux pourrait faire le voyage jusqu'en Angleterre pour la convaincre.

En tirant les rideaux, elle regarda les quais. La vue était saisissante de là-haut. C'est alors qu'elle aperçut une petite chaîne en haut de la fenêtre qui s'ouvrait. L'autre extrémité était fixée à une fenêtre fixe, probablement pour empêcher la fenêtre de s'ouvrir trop grand. Si c'était le cas, comment la personne pouvait-elle ouvrir la fenêtre suffisamment pour se pencher dehors et lâcher le butin ?

Elle se rapprocha, tendit le bras et saisit la chaîne. Elle la bougea un peu, mais elle restait ferme. Elle renifla. Il devait y avoir un moyen de la libérer. Elle fit un pas en arrière et la regarda pendant quelques instants. Puis elle comprit que l'un des maillons était légèrement plus grand que les autres. C'était l'endroit où elle était attachée à la fenêtre fixe. Elle saisit à nouveau la chaîne et constata qu'avec un peu de manœuvre, le maillon pouvait être glissé par-dessus le boulon qui le maintenait en place.

Satisfaite d'avoir résolu l'énigme, Agnès décida de s'habiller.

* * *

Pendant le petit-déjeuner, elle réfléchit à ce qu'elle allait faire ce jour-là. Devait-elle traîner dans l'hôtel dans l'espoir de découvrir qui était à l'origine des cambriolages et comment le voleur s'introduisait dans les chambres ? Mais, après réflexion, comment pourrait-elle s'y prendre ? Elle ne pouvait pas errer dans les couloirs toute la journée dans l'espoir de trouver un individu en train de forcer une serrure. Elle attirerait l'attention. On pourrait même la soupçonner d'être le voleur ! Elle n'apprendrait rien non plus en restant assise dans le salon à observer les gens qui vont et viennent à leur guise. Et puis, ce serait terriblement ennuyeux.

Finalement, elle décida de se promener le long du quai jusqu'à la Maison Bessie Surtees, à l'endroit où Alan et elle avaient trouvé le corps quelques nuits auparavant. Elle ne s'attendait pas vraiment à trouver de nouveaux indices. La police, la police scientifique, et Dieu sait qui d'autre, avaient passé la zone au peigne fin le soir du meurtre et le lendemain matin.

Néanmoins, la promenade lui ferait du bien et elle pourrait même entrer dans la maison, si la police avait autorisé sa réouverture.

* * *

La matinée d'Alan ne s'était pas bien passée. Le sang trouvé sur le trottoir n'était pas celui de Mary Swinburne. « Alors nous sommes de retour à la case départ ! » Alan tapa du poing sur son bureau. « Alors pourquoi David Drummond traînait autour de Grainger Street l'autre soir ? Et si ce n'était pas le sang de Mary Swinburne, à qui était-il ? »

« Monsieur, pensez-vous qu'il faille reprendre cette enquête depuis le début ? », demanda le sergent Andrews à voix basse. Le sergent était conscient que le fait de revenir en arrière et de recommencer depuis le début d'une affaire était une chose que l'inspecteur en chef Johnson détestait. C'était un homme qui aimait réussir ses enquêtes du premier coup. Pourtant, ce n'était pas toujours possible. Il y avait des fois où les indices menaient tous à une impasse et il fallait tout recommencer. C'était ennuyeux, mais c'était une caractéristique du travail.

« Et où se trouve le début ? rétorqua Alan. Est-ce qu'on revient aux vols, comme le veut le commissaire ? Ou est-ce qu'on commence par le meurtre de Mary Swinburne ? Ou encore, par enquêter sur le méfiant David Drummond ? »

Alan secoua la tête. Il ne cherchait pas à s'en prendre à son sergent ; ce n'était pas sa faute si l'enquête tombait à l'eau. Pourtant, en ce moment, Alan savait que sa concentration n'était pas entièrement sur l'affaire. D'une part, il n'arrivait pas à oublier Agnès. Il n'avait pas hâte de voir son retour à sa vie normale dans l'Essex. Mais, en même temps, il était très inquiet pour sa sécurité.

En effet, Mary Swinburne, qui avait été invitée à l'hôtel, était à la morgue en ce moment même et personne ne savait pourquoi. Était-il possible qu'elle eût vu ou entendu quelque chose de compromettant et qu'on eût assassiné cette femme pour l'empêcher de donner des informations à la police ? Si tel était le cas, Agnès pourrait être la suivante. Elle fouinait partout, essayant de rassembler le plus de preuves possibles. À l'heure actuelle, elle pourrait être dehors à surveiller David Drummond.

Cette dernière pensée emplit Alan de terreur. Il devait aller à l'hôtel pour s'assurer qu'elle allait bien.

« Trouvez le médecin légiste et demandez-lui de réexaminer le corps, il y a peut-être un détail qui lui a échappé. » Alan aboya ses instructions en attrapant son manteau. « Ensuite, essayez d'en savoir un peu plus sur David Drummond. Par pitié, il doit bien y avoir quelqu'un qui sait qui il est. »

« Ok, Monsieur. » Andrews saisit son téléphone. « Où serez-vous ? »

« Je vais retourner à l'hôtel pour approfondir un peu plus mon enquête. J'ai soudain l'impression qu'il s'y passe plus que des vols de bijoux. »

« Comme quoi ? », demanda Andrews.

« Je ne sais pas », répondit le l'inspecteur en chef, impatient.

C'était vrai, il ne savait pas. Mais en pensant à Mary Swinburne, aux vols et maintenant à la possibilité d'un autre meurtre dans le centre-ville, tous liés, il se demandait pourquoi Drummond n'avait pas simplement disparu quand il croyait qu'Agnès le surveillait. Il devait y avoir autre chose, une raison plus importante pour qu'il traîne autour de l'hôtel. Mais pour l'instant, sa principale préoccupation était Agnès.

« Tenez-moi au courant de tout ce que vous trouverez. Et vérifiez à nouveau les hôpitaux. Nous devons être absolument sûrs que quelqu'un n'a pas été ramassé sur Grainger Street et jeté devant un centre hospitalier de la ville. »

* * *

Agnès savourait sa promenade le long des quais. Cette activité allait lui manquer lorsqu'elle retournerait dans l'Essex. Elle vivait dans un village tranquille, et bien que cc soit très agréable, elle regrettait le manque de monde dans sa vie. Bien sûr, elle avait beaucoup d'amis dans le village. Mais être ici était différent. Même si elle ne connaissait pas les gens qu'elle croisait dans la rue, ils hochaient tous la tête et souriaient comme si elle les rencontrait tous les matins. Un aspect du Tyneside dont elle se souvenait bien - la gentillesse des gens.

Elle ne tarda pas à arriver devant la Maison Bessie Surtees. Elle leva les yeux vers la fenêtre qu'elle avait vue se refermer cette nuit fatidique. Il y avait quelqu'un qui regardait par la fenêtre ; de toute évidence, la maison était à nouveau ouverte aux visiteurs. Elle traversa la route et se tint à l'endroit même où Alan et elle avaient trouvé le corps. Elle ne voyait rien. C'était comme si elle avait rêvé de tout cela. Elle n'était pas sûre de ce qu'elle s'attendait à trouver. Alan lui avait dit qu'on n'avait pas trouvé de traces de sang, ni sur le trottoir ni dans la maison. La police non plus n'avait pas réussi à identifier qui se trouvait dans la maison au moment de la découverte du corps.

Pourquoi Mary Swinburne avait-elle été assassinée ? Qu'a-vait fait la pauvre femme pour énerver un individu au point qu'il la tue ? Pourquoi son corps avait-il été jeté ici ? Agnès dirigea son regard vers la rivière Tyne. Auraient-ils pu cnvisager de jeter le corps dans la rivière ? Si oui, pourquoi avaient-ils jugé nécessaire de s'arrêter pour le jeter sur le trottoir ? Et David Drummond avait-il quelque chose à voir avec cette affaire ? Toutes ces questions, et bien d'autres encore, lui traversaient l'esprit tandis qu'elle se tenait là, le regard fixé sur le sol.

« Vous allez bien, ma belle ? »

Agnès releva la tête, une femme âgée la regardait fixement. « Oui, merci. »

« C'est juste que vous aviez l'air un peu perdue en vous tenant là. J'ai pensé que vous ne vous sentiez pas bien. »

« Je vais bien, merci. » Agnès sourit à la femme.

La femme hocha la tête et s'apprêtait à partir, quand Agnès lui attrapa rapidement le bras. « C'est juste que mon ami et moi avons trouvé un corps ici il y a quelques nuits et je comprends que la police ne sait toujours pas pourquoi cette pauvre femme a été tuée. » Agnès lâcha le bras de la femme. Elle fut surprise de sa réaction. Pourquoi avait-elle parlé ainsi ?

« Oui, c'est déplorable. La pauvre femme, je l'ai lu dans les journaux. Un sacré choc pour votre ami et vous, quand même, de tomber sur un corps comme ça. »

« Oui, c'est vrai, acquiesça Agnès. Il y a des gens horribles dans le monde. Je suis désolée de vous avoir dérangée. Merci de votre considération. »

La femme allait partir, mais elle se ravisa et se retourna vers Agnès. « Je l'ai vue un jour. » La femme fit un signe de tête vers le trottoir. « Elle. La dame qui s'est fait tuer. Je l'ai vue un jour, ici, sur le quai. Je l'ai reconnue quand j'ai vu sa photo dans les journaux. Ce n'était pas une bonne photo, vous voyez, parce qu'elle était morte à la morgue quand la photo a été prise. Mais c'était la même femme. »

« Quand l'avez-vous vue ? », demanda Agnès, tout excitée.

« C'était quelques jours avant qu'elle ne soit retrouvée morte. J'ai dit à mon cher Alf que j'avais vu la femme assassinée ici, sur le quai. Mais il a dit que j'étais à côté de la plaque. Pourtant, je sais ce que j'ai vu. »

« Était-elle avec quelqu'un ? », demanda Agnès.

« Oui, elle était avec un homme. » La femme regarda devant elle en essayant de se souvenir ce qu'elle avait vu. « Ils parlaient, mais je ne pouvais pas entendre ce qui se disait. Je me souviens que l'homme semblait essayer de la convaincre de partir avec lui. À un moment donné, il lui a attrapé le bras, mais elle ne l'a pas supporté. Elle s'est éloignée et l'a laissé là tout seul. »

« Elle s'est enfuie ? »

« Non. Elle est partie en ayant l'air un peu énervée ; exactement comme je le fais avec mon Alf, quand on se dispute ! »

« Avez-vous dit à la police ce que vous avez vu ? », demanda Agnès.

« Non, mon Alf a dit qu'il valait mieux ne pas s'en mêler. » Elle haussa les épaules. « Il a dit que j'avais probablement tout faux de toute façon. »

« Encore une chose », dit Agnès en sortant son téléphone de son sac à main. « Est-ce l'homme que vous avez vu parler avec la femme assassinée ? » Elle lui montra la vidéo qu'elle avait prise de David Drummond sur le quai, il y a quelques jours.

« Oui, c'est lui. » La femme releva brusquement la tête. « Vous n'êtes pas un flic, n'est-ce pas ? »

« Non, je ne suis pas de la police », répondit Agnès.

La femme semblait soulagée. « Je vais m'en aller, alors. Ravie d'avoir parlé avec vous. » Elle s'empressa de partir avant qu'Agnès ne pût dire un mot de plus.

Agnès resta devant la Maison Bessie Surtees pendant quelques minutes, réfléchissant à ce que la femme lui avait dit.

Mary Swinburne avait parlé à David Drummond peu avant d'être assassinée. De quoi avaient-ils parlé ? La dame ne pensait pas que Mary l'avait fui. Elle semblait plutôt être en désaccord avec lui sur un point puis elle se serait éloignée. Donc, maintenant la grande question était, quel était le problème ? Était-ce suffisant pour la tuer ?

La femme avait disparu de son champ de vision. Agnès

regrettait de ne pas avoir demandé son nom pendant la conversation. Mais il était trop tard maintenant.

Agnès était sur le point de faire un pas vers l'entrée de la maison, quand elle a eu l'impression que quelqu'un l'observait. Elle préféra ne pas se retourner. Elle continua plutôt de marcher vers la maison. Néanmoins, ses yeux étaient fixés sur les grandes fenêtres en face d'elle. Avec un peu de chance, le reflet lui montrera si elle avait raison et si quelqu'un la surveillait – ou prouverait-il qu'elle devenait vraiment paranoïaque ?

* * *

Alan Johnson arriva à l'hôtel peu de temps après le départ d'Agnès. La réceptionniste lui apprit qu'elle l'avait vue partir il y a quelques minutes.

« A-t-elle dit où elle allait », demanda Alan. « Non, je suis désolée. »

Alan allait demander si le gérant était disponible, quand ce dernier sortit soudainement de son bureau. Il avait l'air plutôt agité et semblait soulagé de voir l'inspecteur en chef à la réception.

« Inspecteur en chef Johnson », lança M. Jenkins en se précipitant vers lui. « Il y a eu un autre cambriolage. Je monte à l'étage, peut-être pourriez-vous me rejoindre. »

« Qu'est-ce qui a été volé cette fois ? Plus de bijoux ? » Alan répondit à sa propre question avant même que le gérant eût le temps de répondre.

« Oui », répondit Jenkins en se dirigeant vers l'ascenseur. « C'est maintenant bien plus qu'une blague. Mon travail et la réputation de cet hôtel sont en jeu. Vous n'avez pas la moindre idée de la personne qui pourrait faire une telle chose ? »

« J'ai bien peur que non. Mais nous sommes impatients d'attraper le voleur et bien sûr le meurtrier. »

« Ne mentionnez pas le meurtre de Mary Swinburne quand nous serons dans la chambre de M. et Mme Anderson. » M. Jenkins agita vigoureusement ses mains. « Avoir un voleur dans l'hôtel est déjà assez grave. Je ne veux pas qu'ils pensent aussi que nous avons un meurtrier qui loge ici. »

Alan hocha la tête. Il pouvait comprendre le problème du gérant. On avait dépensé beaucoup d'argent pour faire de cet hôtel l'un des plus grands de la région. Sa position privilégiée sur les quais avait, jusqu'à présent, attiré des clients de partout. Cependant, une fois que la rumeur que l'hôtel avait un voleur résident, pour ne pas dire un meurtrier, se répandrait, les visiteurs de la région choisiraient très vite un autre endroit où séjourner.

À présent, les deux hommes étaient arrivés à l'ascenseur. Le portier s'écarta, leur permettant de pénétrer à l'intérieur. Mais la dernière pensée d'Alan le fit s'arrêter net. Ce pourrait-il que ce soit la raison ? Serait-ce le but de tout ce qui s'était passé au cours de la semaine dernière ? Y aurait-il quelqu'un, là-dehors, qui voudrait que cet hôtel soit menacé de fermeture ?

« Vous venez, inspecteur en chef ? »

La voix du gérant ramena Alan à la réalité. « Oui », dit-il, en entrant rapidement dans l'ascenseur. « Désolé, j'ai soudainement pensé à quelque chose qui pourrait être pertinent. »

Les portes de l'ascenseur se refermèrent et peu de temps après, Alan et M. Jenkins atteignirent l'étage prévu.

Le gérant n'avait rien dit pendant qu'ils étaient dans l'ascenseur, mais une fois qu'ils furent seuls dans le couloir, M. Jenkins voulut savoir ce que l'inspecteur pensait être pertinent pour l'affaire.

« Je ne peux rien dire pour le moment, répliqua Alan. J'ai besoin de vérifier quelques détails. Mais je reviendrai assurément vers vous. »

Alan sentit bien que Jenkins n'était pas content de devoir rester dans le flou. Mais il n'était lui-même sûr de rien en ce moment, alors comment pouvait-il lui dire des choses qu'il ne savait pas ? « Je vous promets que je reviendrai vers vous dès que j'aurai une image plus claire dans mon esprit. En attendant, allons voir les Anderson. »

Le gérant poussa un soupir. Le regard fixe de l'inspecteur en chef lui disait qu'il n'obtiendrait rien de plus et qu'il devait abandonner l'affaire. Sans un mot de plus, il se retourna et prit la direction de la pièce où les Anderson attendaient.

On leur a dit que le collier volé était un héritage. Mme Anderson, une femme d'une quarantaine d'années, avait l'air si désemparée qu'elle pouvait à peine parler. Elle fit signe à son mari de parler.

M. Anderson avait une cinquantaine d'années. Il devenait chauve. Cependant, il portait une moustache assez fournie, comme pour compenser sa perte de cheveux. « Nous n'avons pas eu un seul problème de vol ou de cambriolage jusqu'à ce que nous venions ici. Ce collier vaut une fortune, dit-il enragé. Si nous ne le récupérons pas, nous allons poursuivre cet hôtel en justice. »

« Je ne suis pas sûr que ce soit possible, répondit le gérant. Vous voyez, nous avons un coffre-fort où il est conseillé à tous les clients de déposer leurs bijoux, leurs cartes de crédit, tout ce qu'ils pensent avoir de la valeur. Si vous choisissez d'ignorer notre conseil, alors la responsabilité vous incombe totalement. »

Alan pouvait voir que M. Anderson n'était pas impressionné.

« Ne pensez pas une seule minute que vous serez tiré d'affaire. » Anderson s'approcha du gérant et le fixa d'un air menaçant. « J'ai parlé avec mon avocat. Il est d'accord pour dire qu'il est permis de douter qu'un coffre d'hôtel soit vraiment sûr. D'ailleurs, si quelqu'un peut entrer dans notre chambre sans avoir la carte magnétique, quelle est la sécurité de votre fichu coffre ? »

M. Jenkins déglutit et désigna Alan. « Voici l'inspecteur en chef Johnson du service des enquêtes criminelles. Il m'a assuré qu'ils feraient tout leur possible pour trouver le coupable et récupérer les bijoux de votre femme. »

« C'est vrai ? » M. Anderson reporta son attention sur Alan. « Eh bien, je l'espère, car lorsque mon avocat en aura fini avec cet hôtel, il se penchera sur la police de Newcastle. Ne vous y trompez pas ! »

Alan n'avait pas l'intention de se laisser intimider par cet homme. Bien qu'il comprît que M. Anderson fût contrarié par la perte d'un bijou coûteux, il n'avait pas l'intention d'être victime de chantage. Il n'allait pas non plus permettre à cet homme d'intimider le gérant de l'hôtel. Enfin ! Les clients devaient assumer la responsabilité de leurs biens, surtout s'ils étaient aussi chers qu'ils le prétendaient.

« M. Anderson, vous ne faites absolument rien pour améliorer votre situation en accusant le gérant de l'hôtel ou la police d'être responsables des bijoux volés. »

« Alors qui est à blâmer ? », fulmina M. Anderson.

Alan hésita un moment avant de répondre. « Ça pourrait être vous ; l'un ou l'autre. Vous dites tous les deux avoir apporté un bien en héritage dans cet hôtel, quelque chose d'une immense valeur. Pourtant, aucun de vous n'a enregistré ce bijou très cher à la réception. Vous n'avez même pas demandé à le déposer dans le coffre de l'hôtel, que je sais très sécurisé. » Il fit une pause. « Comment pouvons-nous croire à l'existence d'un tel objet ? Et, si c'est le cas, comment pouvons-nous savoir que vous l'avez apporté à l'hôtel ? Et pourtant, vous attendez de l'hôtel et de la police qu'ils fassent des pieds et des mains pour le retrouver, alors que personne ici n'a encore vu cet objet. »

« Comment osez-vous nous parler de la sorte ? », bafouilla M. Anderson. Il jeta un coup d'œil à sa femme, puis se tourna à nouveau vers l'inspecteur en chef. « Votre supérieur va entendre parler de ça. »

« Oui, j'en suis sûr », répondit Alan, calmement. Il commençait à se lasser des menaces de cet homme. « Si ce n'est pas de vous, alors il l'apprendra de moi. » Il fit une pause pour permettre à l'ambiance de la pièce de se calmer.

« Maintenant, M. Anderson, on recommence ? »

17

Agnès continua à fixer les reflets à travers les grandes
fenêtres du musée. Au début, elle ne voyait personne qui
se tenait de l'autre côté de la route. Un certain nombre de
personnes vaquaient à leurs occupations et quelques véhicules
attendaient que les feux deviennent verts. Toutefois, lorsqu'une
voiture démarra, elle aperçut un homme qui la regardait fixement. C'était David Drummond.

Elle avait désespérément envie de se retourner et de le fixer,
de lui faire comprendre qu'elle savait qu'il l'observait. Peut-être
s'éclipserait-il quelque part, fâché contre lui-même d'avoir été
surpris. Mais après quelques instants de réflexion, elle réalisa
que ce n'était pas une bonne idée.

Pour l'instant, elle savait exactement où il se trouvait. De
plus, il ignorait qu'elle savait qu'il la suivait. Il était donc dans
son intérêt de continuer de faire comme si elle ne l'avait pas vu.

Elle entra dans le Maison Bessie Surtees et emprunta les
escaliers en bois. À l'étage, elle se dirigea vers la fenêtre qu'elle
avait vue se fermer quelques nuits auparavant. Elle se
rapprocha et regarda le trottoir où Alan et elle avaient trouvé le
corps. Puis lentement, sans bouger la tête, elle déplaça son

regard vers l'endroit où elle venait de voir Drummond un instant plus tôt. Il était toujours là. Cependant, il ne regardait pas la fenêtre. Ses yeux étaient fixés sur l'entrée ; il attendait qu'elle reparût.

Qu'allait-il faire ensuite ? Allait-il continuer à la suivre pour le reste de la journée ? Chaque fois qu'elle se retournerait, le verrait-elle se cacher quelque part, un peu en retrait ? Elle se détourna de la fenêtre et regarda à nouveau dans la pièce. À tout autre moment, elle aurait été ravie d'être ramenée à l'époque où Bessie Surtees avait pris la décision de s'enfuir avec l'homme qu'elle aimait. Mais aujourd'hui, Agnès devait se concentrer sur son propre avenir.

* * *

Dehors dans la rue, les yeux de Drummond étaient fixés sur l'entrée du musée. Il se rendait à une réunion quand il aperçut soudain Agnès. Elle fixait le trottoir où le corps de Mary avait été retrouvé. Il était sur le point de traverser la route pour lui parler, mais il changea vite d'avis lorsqu'une femme s'arrêta et commença à parler à Agnès.

Il ne parvint pas à saisir le sens de leur conversation, mais Agnès paraissait très intéressée par ce que la dame avait à dire. Il jeta un coup d'œil à sa montre à plusieurs reprises ; il n'avait vraiment pas le temps de rester ici ; il allait être en retard pour sa réunion.

Enfin, la femme s'éloigna. Il s'apprêtait à traverser la route lorsque les feux changèrent et que la circulation se remit en mouvement. « Mince », murmura-t-il en voyant Agnès disparaître dans le musée. Si seulement cette misérable femme ne s'était pas arrêtée pour parler.

Il demeura sur place pendant quelques minutes, se demandant s'il devait entrer et la rejoindre à l'étage. Mais il décida de ne pas le faire. Il y avait peut-être plusieurs personnes là-haut et il ne tenait vraiment pas à se faire surprendre en train de parler avec elle. Après avoir jeté un dernier coup d'œil à la porte, il se rendit à son rendez-vous.

* * *

Agnès consacra un certain temps à déambuler dans les pièces de la vieille maison, admirant les sculptures et l'architecture. Cependant, alors qu'elle devait partir, elle commença à paniquer. Et si Drummond était toujours là ? Elle retourna à la fenêtre et regarda en bas, là où elle l'avait vu pour la dernière fois. Mais il était parti. Elle se demanda s'il n'attendait pas devant la porte d'entrée, mais, sans ouvrir la fenêtre et attirer l'attention, elle ne pouvait pas voir l'entrée.

Pendant un moment, elle fut tentée de téléphoner à Alan pour lui dire qu'elle était surveillée, mais elle se ravisa. Si Drummond était parti, il ne pourrait rien faire. En y réfléchissant, même si Drummond était toujours dehors, ni elle ni Alan ne pouvaient prouver qu'il l'avait suivie ou qu'il avait l'intention de lui faire du mal.

Son cœur battait la chamade quand elle prit l'escalier. Elle profita de sa conversation avec l'homme de service pour se donner le temps de regarder par les fenêtres et voir si Drummond rôdait dans les alentours. Mais il n'y avait aucun signe de lui. Prenant une profonde inspiration, elle sourit et fit un signe de tête à l'homme, avant de sortir au soleil.

Agnès regarda la rue de long en large, mais aucun signe de Drummond. Elle fit signe à un taxi qui passait. « Où allez-vous ? », demanda le chauffeur, tandis qu'elle se glissait à l'intérieur. « Je n'en ai aucune idée », dit Agnès en s'installant dans le grand siège confortable. « Contentez-vous de conduire. Pourquoi ne pas simplement me faire visiter la ville ? »

Le chauffeur se retourna et la regarda avec stupéfaction. « Vous êtes sérieuse ? » Les gens qu'il prenait étaient normalement pressés de se rendre à une destination donnée – ou du moins c'est ce qu'ils disaient ; probablement pour réduire le prix du trajet.

« Oui, je suis sérieuse. » Elle haussa les épaules. « Pourquoi pas ? Je suis née ici, mais je suis partie depuis longtemps. Les choses ont changé et j'aimerais voir certains de ces changements. » Agnès réfléchit un instant. « Peut-on commencer par passer par le Swing Bridge et revenir par le Tyne Bridge ? » Elle gloussa. « Et puis, juste pour le plaisir, peut-être pourrions-nous recommencer avant d'aller ailleurs. »

C'est alors qu'une voiture attira son attention. Les phares clignotaient alors qu'elle se dirigeait vers le taxi. S'agissait-il de David Drummond ? Avait-il récupéré sa voiture et était-il revenu ?

« Il y a autre chose que vous devriez savoir. Je pense que je suis suivie. » Elle fit un signe de tête en direction de la voiture noire, désormais momentanément coincée dans le trafic. « Voulez-vous que je descende de votre taxi et que je vous laisse continuer votre route ? Ou y a-t-il une chance que vous décidiez de mettre le pied sur le champignon et de semer cette voiture ? »

Le conducteur sourit avant de se retourner rapidement face à la route. Il plaça le levier de vitesse sur la première. « Vous savez quoi ? Pendant toutes les années où j'ai conduit un taxi, jamais personne n'est entré en disant "contentez-vous de conduire" ou "semez la voiture derrière". J'ai vu ça dans les films, mais je n'ai jamais pensé que ça m'arriverait un jour. Madame, je dois dire que vous venez d'illuminer ma journée. »

* * *

De retour à l'hôtel, M. Anderson s'était calmé et il commença à décrire le collier à l'inspecteur en chef.

Alan était plutôt perplexe quand Anderson marqua une

pause et regarda sa femme comme pour obtenir des conseils. Ne savait-il pas à quoi il ressemblait ? Cependant, il ne put s'y attarder car Anderson se leva d'un bond et commença à sortir divers objets de sa valise.

Lorsqu'il trouva enfin ce qu'il cherchait, il remit la photographie d'un collier dans les mains de l'inspecteur en chef.

« Voilà ! », dit-il, triomphant. Il passa sa main sur le dessus de la photo. « C'est le collier en question.

Maintenant, vous allez peut-être enfin croire que ce bijou existe bel et bien. »

« Oui, je crois qu'un tel collier existe. » Alan parlait lentement. La photo qui lui avait été remise entre les mains montrait le collier enfilé autour du genre de décolleté que l'on voit dans les vitrines des bijoutiers. Alan leva les yeux.

« Mais cette photo ne prouve pas qu'il appartienne à votre femme. » Il regarda à nouveau la photo. « Il n'y a absolument rien ici qui indique qu'il appartient à l'un de vous deux. »

Alan lança un regard à Mme Anderson pendant qu'il parlait. Était-ce son imagination ? Bien que les larmes coulaient toujours sur son visage, le regard affolé d'une personne à qui on aurait volé un héritage avait disparu. Il avait été remplacé par une expression de peur.

« Mais de quoi parlez-vous ? », cria M. Anderson. Il se jeta sur la photo que tenait Alan. Mais l'inspecteur en chef était plus rapide que lui. Il mit la photo hors de portée.

« J'en ai besoin pour l'assurance. » Anderson essayer à nouveau de saisir la photo.

« Moi aussi », répondit Alan en reculant d'un pas. « Je dois confirmer que votre femme et vous êtes les véritables propriétaires. »

« Je vous ferai payer pour ça ! »

« Ça s'est bien passé », dit le gérant de l'hôtel, une fois ressortis dans le couloir. « Ça s'est mieux passé que je ne le pensais », répondit Alan.

« Je voulais dire... »

« Oui, je sais ce que vous vouliez dire. Vous étiez ironique. » Alan appuya sur le bouton pour appeler l'ascenseur.

« Alors ? »

« Alors, quoi ? », demanda Alan en se tournant vers Jenkins. « Si vous voulez savoir si nous traitons toutes les victimes d'un crime de cette manière, alors la réponse est non. Par contre, je ne suis pas prêt à discuter de cette affaire avec vous. Vous devez juste savoir que je pense que nous progressons dans notre enquête et que je vous tiendrai informé. »

À ce moment-là, l'ascenseur arriva.

« Je vous contacterai », dit Alan lorsque l'ascenseur s'arrêta à la réception. Sans un mot de plus, il se dirigea vers la sortie.

À l'extérieur de l'hôtel, Alan sauta dans sa voiture et roula le long du quai. Il se demandait où Agnès avait pu se rendre aujourd'hui. Il savait que cette dernière avait envie de visiter plusieurs sites. Mais depuis cette affaire, elle avait suspendu ses projets. Il se demanda si elle avait décidé de retourner à la Maison Bessie Surtees. Bien que ce qu'elle pouvait espérer gagner en y allant lui échappait. Toute la zone avait été inspectée par la police scientifique la nuit où Agnès et lui avaient trouvé le corps. D'autres détectives et lui y étaient retournés le lendemain matin pour effectuer des prélèvements en plein jour, mais il n'y avait aucune preuve que des coups de feu aient été tirés à cet endroit.

Mais maintenant, sachant qu'Agnès n'était pas du genre à se laisser décourager facilement, il se rendait compte qu'elle avait pu décider d'y retourner pour voir par elle-même.

Le trafic est dense sur les quais. Le Palais de Justice avait siégé ce matin-là, peut-être y avait-il plus de procès que d'habitude. Il y avait assurément un grand nombre de personnes qui s'affairaient devant le bâtiment. Néanmoins, il ne tarda pas à s'approcher du musée. Au début, il ne vit pas Agnès, mais tout à coup, elle apparut à l'intérieur. Malheureusement, les feux de circulation étaient contre lui et il dut attendre avant de pouvoir avancer. Il la surveillait toujours quand il la vit héler un taxi qui passait. Il pensa d'abord à allumer les feux bleus clignotants et la sirène, mais en décida autrement, ce n'était pas vraiment approprié.

Les feux changèrent et le trafic commença à s'écouler, mais Agnès était déjà à l'intérieur du taxi, probablement en train de donner des instructions au chauffeur sur l'endroit où elle voulait aller. Il fonça vers elle en allumant ses phares, espérant qu'elle le verrait et sortirait du taxi. Mais en vain. Le taxi démarra soudainement et tourna à l'angle de la route. Il semblait se diriger vers le Swing Bridge.

« Merde ! », lança Alan en tapant sa main contre le volant. Il n'y avait rien qu'il puisse faire. Il était dans le mauvais sens. Le temps de trouver un moyen sûr de faire demi-tour, le taxi serait déjà loin.

Le bruit des klaxons tout autour de lui, lui indiquait qu'il devait avancer. « Tant pis », pensa-t-il en remontant The Side, en direction du centre-ville. Au moins, il se sentait un peu soulagé de l'avoir vue. Elle était hors de danger – pour l'instant, en tout cas.

De retour au poste de police, Alan constata que son sergent n'était pas plus avancé. Il semblait qu'aucune personne anonyme n'avait été déposée dans l'un des hôpitaux de la ville.

« En ce moment, la police scientifique essaie toujours de faire correspondre le sang de la scène de Grainger Street à quelqu'un de leur base de données, dit Andrews. Mais pour l'instant ils n'ont rien trouvé. » Il leva les yeux de son bloc-notes. « Avez-vous appris quelque chose de nouveau à l'hôtel ? »

« Si pour vous, trouver un autre vol est quelque chose de nouveau, alors oui, j'ai appris quelque chose. » Alan s'effondra sur sa chaise.

« Encore un autre ! »

« Oui, un autre », répondit calmement Alan. Il repensait à la conversation qu'il avait eue avec les Anderson.

« Le chef de la police risque de péter un plomb avec cette histoire », répondit Andrews.

« Celui-ci est un peu différent. Je ne suis pas sûr que le collier appartînt à Mme Anderson. »

Andrews releva vivement la tête. « Donc vous dites que le collier a été volé à… quel est son nom ? »

« Mme Anderson. » lança Alan.

« … Mme Anderson, répéta le sergent, était un bijou qu'ils auraient pu avoir volé à quelqu'un d'autre. »

« Ça résume bien la situation, acquiesça Alan. Et ça, Andrews, ça donne un tout nouvel angle à cette affaire. »

« Je vois. » Andrews y réfléchit un moment. « Non, je suis désolé, je ne vois pas. En quoi cela change-t-il l'affaire des bijoux disparus ? »

« Réfléchissez-y une minute », dit Alan, en prenant une grande inspiration. S'il n'arrivait même pas à convaincre son sergent, quelles chances avait-il avec son commissaire ?

« Supposons que ce bijou particulier soit ce que le voleur cherchait depuis le début ? Et si quelqu'un était payé pour voler un collier de valeur et qu'il se le faisait voler avant de pouvoir livrer la marchandise et toucher l'argent ? » Il sourit en lui-même ; maintenant, il commençait à ressembler à Agnès avec tous ces « et si ».

« C'est possible, répondit lentement Andrews. Mais que s'est-il passé pour que vous pensiez que les Anderson ont pu voler ce collier ? »

Alan sortit la photo de sa poche. « Quand j'ai demandé à quoi ressemblait le collier, M. Anderson m'a passé ça – ou plutôt, c'est ce qu'il m'a montré. Il était catégorique, je devais la lui rendre. » Alan tendit la photo à Andrews. « Mais j'étais tout aussi catégorique sur le fait que j'allais la garder. »

Andrews examina avec attention la photo, avant de sortir

une loupe du tiroir de son bureau pour y voir plus clair. « Étrange. Cette photo a été prise avec le collier exposé en vitrine. » Il pointa du doigt un détail sur la photo avant de passer la loupe à Alan. « Regardez là, derrière le collier. Ne serait-ce pas un autre présentoir de bijouterie ? »

« C'est exactement ce que je pensais ! répondit Alan. C'est la raison pour laquelle j'étais si déterminé à ne pas rendre la photo ». Il marqua une pause. « Alors maintenant, je me demande si ce ne serait pas plutôt un étalage de bijoux fins dans le cadre d'une exposition organisée dans un endroit donné. » Il se tut, laissant le temps à son sergent de comprendre.

« Un collier assez cher sera exposé dans le centre de Londres à la fin du mois », dit lentement Andrews en fixant toujours la photo. « Ma femme essaie d'obtenir des billets... » Il leva brusquement la tête, réalisant soudain où son patron voulait en venir. « Mon Dieu ! Vous ne pensez pas que l'attraction principale a été volée, tout de même ? Nous en aurions sûrement entendu parler. Les journaux en auraient fait leurs gros titres si une chose pareille s'était produite. » Il regarda à nouveau la photo. « Croyez-vous vraiment que c'est le modèle en question ? Comment quelqu'un aurait-il pu franchir le haut niveau de sécurité ? »

« Je ne sais pas, répondit Alan en soupirant. Cependant, si quelqu'un a réussi à le voler avant même qu'il ne soit exposé, il doit y avoir un grand nombre de personnes livides à Londres en ce moment. Les hauts responsables de la bijouterie ne voudraient pas que sa disparition soit diffusée dans le monde entier. Ce serait très embarrassant d'expliquer le vol au propriétaire. Je pense qu'ils espèrent le récupérer avant l'ouverture de l'exposition et donc que le propriétaire découvre sa disparition. » Il renifla. « Mais ce ne sont que des spéculations. Nous ne sommes sûrs de rien. »

« Néanmoins, ça vaudrait la peine de tuer pour un tel

collier, si quelqu'un avait vent qu'il se trouve à l'hôtel Millennium, ici à Newcastle, dit Andrews dit, enthousiaste. Nous pourrions partir du principe que le meurtre de Mary Swinburne est lié aux vols commis à l'hôtel. Et puis il y a le sang que nous avons trouvé sur Grainger Street. » Il s'affaissa sur sa chaise sous le poids d'une pensée soudaine. « Bien que nous n'ayons pas encore trouvé de correspondance. »

Alan acquiesça. « Pas encore, mais... »

* * *

Agnès apprécia la visite du Swing Bridge, puis du Tyne Bridge. Elle avait demandé au chauffeur de conduire aussi lentement que possible, mais avec le bouchon qui se formait derrière lui, il ne pouvait pas rouler trop lentement. Avec un peu de chance, la prochaine fois qu'ils traverseraient les deux ponts, il n'y aura pas autant de voitures.

Alors qu'ils approchaient le Swing Bridge pour la deuxième fois, Agnès se redressa sur son siège et regarda par la fenêtre du taxi. Elle ne voulait rien manquer. Ils étaient presque à mi-chemin du pont quand elle remarqua une forme dans l'eau. Elle semblait s'être enroulée autour d'un des supports du pont. Agnès pouvait jurer que cette chose n'était pas là la première fois qu'ils étaient passés par là. Pendant une seconde, la forme disparut sous l'eau, puis elle refit surface suffisamment pour qu'elle puisse distinguer la forme d'un corps.

18

« Arrêtez le taxi ! », cria Agnès au chauffeur. Elle voulait voir de plus près.

« Je ne peux pas m'arrêter ici », répondit le chauffeur en regardant dans son rétroviseur. Il y avait une file de véhicules derrière lui.

« Vous devez vous arrêter. S'il vous plaît, arrêtez-vous ! » Agnès était à présent agenouillée sur le siège arrière, cherchant frénétiquement l'endroit où elle venait de voir le corps dans l'eau.

Le chauffeur de taxi alluma ses feux de détresse et s'arrêta. Agnès bondit hors du taxi et courut le long du pont, se baissant et se relevant pour essayer de voir à travers les grilles.

Pendant ce temps, le taxi continua sa route avant de se garer de l'autre côté du pont. Le chauffeur se hâta alors de rejoindre sa passagère, il n'avait toujours aucune idée de ce qui s'était passé. Mais à en juger par ses gestes, elle avait dû voir quelque chose d'important. Le temps qu'il la rattrapât, elle était en train de composer un numéro sur son téléphone portable.

« Que se passe-t-il ? Vous allez bien ? », lui demanda-t-il.

Elle acquiesça, mais n'eut pas le temps d'en dire plus, car elle entendit la voix d'Alan à l'autre bout du fil. « Alan, il faut que vous veniez tout de suite au Swing Bridge ! » Elle regarda dans l'eau. « Je vois un corps dans le Tyne », ajouta-t-elle, avant qu'il ne pût l'interrompre.

L'inspecteur en chef lui répondit qu'il arrivait tout de suite.

Le chauffeur de taxi fixa l'eau tumultueuse. « Où est-il ? Je ne vois rien. »

« Là, près de la poutrelle, du support, ou je ne sais quoi. » Agnès montra du doigt l'endroit où elle avait vu le corps. « La police est en route. »

Pendant un moment, le conducteur ne vit rien, puis le corps réapparut soudainement. « Oui, oui, je vois quelque chose maintenant. »

De retour au poste de police, Alan informa rapidement son sergent de la raison de l'appel d'Agnès. « Je me rends tout de suite au Swing Bridge. Rassemblez quelques officiers et plongeurs et retrouvez-moi là-bas dès que possible. Nous venons peut-être de trouver notre deuxième victime de meurtre. »

L'inspecteur en chef ouvrit la porte et bondit hors de la voiture avant que son chauffeur eût mis le véhicule à l'arrêt. Il aperçut Agnès et se précipita vers elle. Elle était toujours debout sur le pont, regardant dans l'eau, comme si elle veillait sur le corps.

« C'est là. » Agnès désigna les supports massifs. « Il continue de disparaître sous l'eau. Peut-être que quelque chose le tire vers le bas. »

« Merci, Agnès. » Alan regarda le jeune homme asiatique, habillé avec soin, qui se tenait à côté d'elle. « Qui est-ce ? »

« C'est mon chauffeur de taxi. Je l'ai engagé pour me faire visiter Newcastle. » « Enchanté », dit le chauffeur en souriant. Il tendit la main. « Appelez-moi Ben. »

« Bonjour », dit Alan avec le sourire en lui serrant la main. « Je suis l'inspecteur en chef Johnson. » Il se tourna vers Agnès. « Je m'en occupe à partir de maintenant. Continuez à visiter la ville », insista-t-il, tout en sachant qu'il était dans une impasse.

« Vous êtes fou ? » rétorqua Agnès. Il était hors de question qu'elle quittât les lieux. « J'ai découvert le corps ; je suis un témoin sur la scène où un corps a été trouvé. Croyez-vous honnêtement que je vais simplement repartir pour contempler la ville ? »

Alan secoua la tête avant de reporter son attention sur le chauffeur de taxi.

« Je suis avec la dame », dit Ben, avant qu'Alan ne pût dire un mot. Il sourit. « C'est une sacrée journée qui s'annonce. »

Entre-temps, Andrews était arrivé avec d'autres officiers de police et des plongeurs. Alan donna quelques ordres. « Faites en sorte que la circulation se fasse normalement sur le pont. Nous ne voulons pas que le trafic soit bloqué tout le long du quai. Et gardez les gens loin du bord du quai. On ne veut pas que quelqu'un tombe dans la rivière en essayant de prendre un selfie. » Il se tourna vers son sergent et hocha la tête. « Veillez à ce que ce soit fait. »

Une fois que tout était sous contrôle, Alan entraîna Agnès et Ben vers le quai et dit aux plongeurs d'y aller. Maintenant c'était à eux de ramener le corps à la terre. « Où est votre taxi ? », demanda Alan au chauffeur. Ben montra l'autre côté du pont. « Je l'ai garée de l'autre côté, après avoir fait descendre la dame. »

« Appelez-moi Agnès », dit-elle en souriant à Ben. Elle se retourna vers Alan et lui expliqua comment elle lui avait ordonné d'arrêter la voiture lorsqu'elle avait cru voir quelque chose dans la rivière. « Évidemment, il ne pouvait pas se garer sur le pont, un gros embouteillage se serait formé autrement. » Mais ensuite, une idée lui traversa l'esprit. « Alan, Ben n'aura pas de contravention, n'est-ce pas ? Pourriez-vous lui remettre un document ou autre chose pour qu'il ne reçoive pas d'amende ? »

« Veillez à ce qu'un message de la police soit placé sur le taxi », lança Alan à l'un des agents.

Peu après, le corps d'un homme fut remonté sur le quai. Le médecin légiste, qui était arrivé sur les lieux, déclara que le corps était dans l'eau depuis quelques jours.

Une corde, attachée à la taille de la victime, indiquait que cette dernière avait été attachée à un poids, probablement pour maintenir le corps immergé. Cependant, la corde était effilochée. Elle a dû frotter contre un obstacle sous l'eau et se rompre.

« Heureusement, conclut le médecin légiste. Sinon, le corps aurait pu rester là pendant très longtemps. » « C'est très probablement ce que le meurtrier espérait, bredouilla Alan. Y a-t-il autre chose que vous pouvez me dire avant d'emmener le corps au laboratoire ? »

« Seulement que le pauvre homme a été abattu », répondit le médecin légiste en indiquant une blessure par balle à la tête. « Il est mort sur le coup. »

Agnès fit un pas en arrière. Le souvenir du moment où Alan et elle avaient découvert le corps de la femme sur le trottoir défila dans son esprit. À ce moment-là, il faisait nuit. Elle n'avait pas vu très clairement la blessure par balle. Aujourd'hui, malgré les nuages au-dessus de leur tête, il faisait encore assez clair. Bien que la blessure ait été nettoyée par l'eau de la rivière, elle était toujours aussi effrayante. Mais à part cela, les yeux de l'homme étaient grands ouverts et semblaient la regarder fixement. Cet homme, même dans la mort, essayait-il de lui dire quelque chose ?

C'est alors qu'un déclic se produit en son for intérieur. Elle avait déjà vu cet homme auparavant, mais où ? Agnès ferma les yeux. Réfléchis, ma chère, pensa-t-elle. Pense aux endroits où tu as été ces derniers jours.

Quand Alan vit Agnès les yeux fermés, il pensa qu'elle était en état de choc après avoir vu le mort sur le trottoir. « Je pense que vous devriez rentrer à l'hôtel et vous détendre », dit-il.

« Non, Alan. Vous ne comprenez pas. J'ai déjà vu cet homme, mais je ne me souviens plus où. »

Alan jeta un coup d'œil vers le corps. « Est-il possible que vous l'ayez vu avec Mary Swinburne à l'hôtel ? »

Agnès secoua la tête. « Non. La seule fois où j'ai vu Mary Swinburne, c'était au petit déjeuner, un matin, et elle était seule. »

« Et vous ? dit Alan en s'adressant Ben. Vous souvenez-vous avoir déjà vu cet homme à l'arrière de votre taxi ? »

Ben fixa la victime. Quelque chose remuait dans sa mémoire. « Non, pas dans mon taxi, mais je me souviens l'avoir vu dans un restaurant un soir. C'était il y a quelques jours. » Il fit un signe de tête vers le restaurant de l'autre côté de la rue. « Ma femme et moi prenions un repas pour fêter son anniversaire, expliqua-t-il. Je me souviens que cet homme s'est disputé avec l'un des autres convives. C'est devenu assez bruyant et le gérant est venu lui demander de baisser un peu le ton. »

Agnès regarda la route en direction du restaurant. « C'est là, dit-elle. C'est là que je l'ai vu. » Elle se retourna vers Alan. « J'étais avec vous, mais vous étiez dos à lui, vous ne l'avez pas remarqué. Il ne faisait pas d'histoires ou quoi que ce soit. Il était seul. Bien qu'un autre homme soit venu à sa table et ait eu quelques mots avec lui. » Elle ferma les yeux et se remémora la soirée. « La victime portait un costume bleu marine, une chemise blanche et une cravate bleue. »

Alan haussa les sourcils.

Agnès fit un mouvement d'épaules. « Et alors, j'aime bien regarder les gens. »

Alan prit une photo de la victime sur son téléphone. Une fois le restaurant ouvert, il parlerait au gérant. Peut-être qu'il pourrait lui dire quelque chose sur l'homme. Pour l'instant, personne ne savait qui il était. Tous les papiers qu'il aurait pu avoir sur lui la nuit du meurtre avaient été retirés avant qu'il ne soit jeté dans la rivière.

Lorsque le médecin légiste eut effectué toutes les démarches nécessaires, le corps fut placé dans une grande camionnette et ramené pour une autopsie.

« Il n'y a rien de plus à faire ici, Agnès. Pourquoi ne pas continuer votre promenade dans la ville ? »

« Mais vous n'avez pas besoin de moi au poste ? J'ai sûrement besoin de faire une déclaration. » Agnès était déterminée à aller jusqu'au bout. Si elle n'avait pas repéré le corps, il aurait pu retourner dans l'eau et ne plus jamais reparaître.

Alan savait qu'une autre collègue aurait insisté pour qu'ils fassent une déclaration. Néanmoins, il faisait de son mieux pour garder Agnès en dehors de la procédure, pour son propre bien. Bien qu'il dût admettre que la tâche devenait de plus en plus difficile, car elle parvenait à trouver toutes les preuves.

« Oui, vous avez raison, concéda-t-il. Je vais vous ramener au commissariat. »

Agnès se tourna vers Ben et ouvrit son sac. « Peut-être que je pourrais faire la visite demain matin. » Elle désigna l'autre bout du quai. « Je suis au Millennium, vous pourriez venir me chercher devant l'hôtel vers 10h30 ? » Elle sortit 30 livres de son portefeuille. « Ça couvre les frais pour aujourd'hui ? »

Ben écarta l'argent d'un geste de la main. « Pas de frais. Ça a été une sacrée expérience, dit-il en souriant. Je vous verrai demain matin. »

Agnès insista pour qu'il acceptât l'argent, mais elle le vit déjà s'éloigner vers l'autre côté du pont. Elle porta finalement son attention sur Alan. « Ok, allons-y, dit-elle. Où êtes-vous garé ? »

* * *

Une fois les formalités au poste de police terminées, Alan demanda à Andrews de vérifier à quelle heure le restaurant ouvrait.

« Il n'ouvrira pas avant cinq heures, mais le gérant est là maintenant », dit Andrews en mettant sa main sur le microphone. « Il attend une sorte de livraison dans l'heure qui vient. »

« Bien, dites-lui que je suis en route. » Il regarda Agnès, toujours assise devant son bureau. « Je peux vous déposer en chemin. »

Agnès ne dit rien jusqu'à ce qu'ils soient sortis du commissariat. « C'est quoi cette histoire de me déposer ? Je viens avec vous. »

Alan ouvrit la bouche pour répliquer, mais il se ravisa. À quoi bon ? Il savait qu'elle irait au restaurant avec ou sans lui. Au moins avec lui là-bas, il savait qu'elle était en sécurité.

« Maintenant, laissez-moi parler », dit Alan en se garant à l'extérieur.

« Ok », répondit Agnès en ouvrant la porte de la voiture. Elle se dirigea vers l'entrée du restaurant. « Je vais rester là en souriant gentiment. »

Le gérant apparut à la porte, empêchant Alan de faire d'autres commentaires.

« Bonjour », dit le gérant en tendant la main. « Je m'appelle Gordon Peterson, comment puis-je vous aider ? »

« Bonjour, je suis l'inspecteur en chef Johnson. » Il serra la main de Peterson.

« Et voici ? » Peterson fit un geste vers Agnès.

« Voici Mme Lockwood », répondit Alan en toussotant. « Elle nous aide dans notre enquête. » Il s'arrêta un moment. « Je ne sais pas si vous avez été informé, mais un corps a été repêché dans la rivière plus tôt dans la journée. Là-bas, près du Swing Bridge. »

« Oui, j'en ai entendu parler à la radio. Mais en quoi cela me concerne-t-il ? »

« Nous espérions que vous pourriez nous aider à identifier le corps. Il semblerait que la victime ait fréquenté ce restaurant à plusieurs reprises récemment. » L'inspecteur en chef sortit son téléphone portable et montra au gérant la photo qu'il avait prise plus tôt. « Vous le reconnaissez ? »

Alan fut alarmé lorsque Peterson devint soudainement pâle et s'effondra sur une chaise voisine. Il ne s'attendait pas à une telle réaction.

« Oui, je connais cet homme », dit Peterson après une longue pause. « Il s'appelle Dennis Drummond. »

Agnès sursauta en entendant ce nom. Elle posa sa main sur le dossier d'une des chaises pour se maintenir en place. Était-il possible que Dennis Drummond soit lié à David Drummond, l'homme qui la harcelait ?

« Voulez-vous vous asseoir, Agnes ? », dit Alan, en tirant une chaise d'une des tables. « Puis-je vous offrir un verre d'eau ? »

« Vous pouvez me servir un cognac », dit Peterson confus. Il désigna le bar en s'asseyant. « Faites-en un grand. Et prenez-en un vous-même. »

« Je m'en occupe », dit Agnès en se dirigeant vers le bar. Elle en avait certainement besoin.

« Je déduis de votre réaction, M. Peterson, que vous connais-siez bien Dennis Drummond », dit Alan.

« Il est – était mon cousin. Nous jouions ensemble quand nous étions enfants. Il venait manger ici la plupart des soirs. » Il releva la tête. « Qui a fait ça ? Pourquoi ? »

« C'est ce que nous voulons découvrir, répondit Alan. Était-il marié ? »

« Voulez-vous un cognac, inspecteur en chef ? », demanda Agnès à Alan en tendant la bouteille. Alan secoua la tête. « Pas pendant le service. »

« Dennis est divorcé depuis peu », répondit Peterson. Il

parlait doucement. « Je doute qu'il se soit remis de cette épreuve. Il aimait toujours Dorothy. Je vais devoir la contacter. » Il fit une pause, quand Agnès lui tendit le brandy. « Merci. »

« Avait-il des frères et sœurs ? » Alan sentait qu'il devait demander, même s'il était sûr de connaître la réponse.

« Oui », répondit Peterson en prenant une gorgée de son verre. « Un frère aîné, il s'appelle David. Il vit à Londres, mais il est à Newcastle en ce moment pour affaires. Il loge au Millennium. »

L'inspecteur en chef jeta un coup d'œil à Agnès, qui était maintenant assise sur une chaise à côté de Peterson. Elle but une grande gorgée de son verre de brandy.

« Quelqu'un a dit à la police que Dennis Drummond se disputait avec un autre client dans ce restaurant récemment, poursuivit Alan. Il a dit aussi que vous êtes intervenu pour empêcher que ça ne devienne incontrôlable. Savez-vous avec qui il se disputait ? »

« Oui, c'était son frère, David. Ce n'était pas vraiment une dispute, juste une différence d'opinion. Ils étaient... » Le gérant cessa de parler quand une pensée soudaine lui vint à l'esprit. « Vous n'êtes pas en train de suggérer que David a quelque chose à voir avec le meurtre de son frère, n'est-ce pas ? Laissez-moi vous dire que David n'est pas comme ça. Il ne tuerait pas son frère. Il ne tuerait personne. »

« Notre enquête est très ouverte pour le moment, M. Peterson. Vous devez comprendre que nous tâtonnons dans le flou ici. Si vous savez quelque chose qui pourrait nous aider à trouver le tueur, dites-le-moi. » Alan marqua une pause, pour laisser le temps à sa dernière déclaration de faire son chemin. « Maintenant, savez-vous sur quoi portait la divergence d'opinion ? »

Le manager prit un autre verre, avant de détourner le regard.

« Vous devez essayer d'aider l'inspecteur en chef », intervint

Agnès. Elle avait remarqué qu'Alan commençait à être un peu frustré par la réticence de M. Peterson à répondre à sa question. « C'est moi qui ai repéré le corps de votre cousin dans la rivière ce matin et qui ai appelé la police. Je fais tout ce que je peux pour aider la police à trouver qui a fait cette chose affreuse, même si cela ne me regarde pas. Mais vous êtes liée à Dennis Drummond. C'est votre cousin, quelqu'un que vous connaissez et que vous aimez. Vous devez faire tout ce que vous pouvez pour nous aider. »

Le gérant prit une nouvelle gorgée. « Oui, vous avez raison. Je suis désolé, mais je ne peux pas croire que David ait pu faire une chose pareille. Dennis et lui se sont toujours si bien entendus. »

« D'accord, je comprends », dit Alan. Il était resté debout jusqu'à présent, mais il s'assit. Peut-être cela aurait-il l'air moins formel. « Alors dites-moi ce qui s'est passé cette nuit-là, ici, au restaurant. »

« Leur divergence d'opinion concernait leur sœur », répondit Peterson.

« Il y avait une sœur ? » Alan voulait en dire plus, mais Agnès lui lança un regard qui disait "taisez-vous, vous êtes en train de tout gâcher". Il s'excusa pour l'interruption et fit signe à Peterson de continuer.

« Oui. Dennis et David avaient une sœur, poursuivit le gérant. Elle s'appelait Mary. Mary Swinburne. » Il s'arrêta quelques secondes, pensant à sa cousine. « C'est une femme charmante. Elle s'est mariée très jeune et je crois qu'ils étaient très heureux ensemble, jusqu'à ce que son mari meure subitement. Ils n'ont pas eu d'enfants. Elle va prendre cette nouvelle très mal quand elle... » Il s'interrompit lorsqu'il remarqua que l'inspecteur en chef et Agnès se regardaient fixement. « Qu'est-ce que je rate ? »

« Vous ne savez pas ? », dit Alan, lentement.

« Je ne sais pas quoi ? », s'exclama Peterson. Il devina rapidement que les nouvelles n'allaient pas être bonnes lorsqu'Agnès tendit la main et la serra autour de la sienne.

Alan prit une profonde inspiration. Il n'y avait pas de manière facile de le dire. « Je suis désolé d'être celui qui vous l'annonce, mais Mary Swinburne a été retrouvée assassinée il y a quelques nuits. On lui a tiré dessus ; la même chose que Dennis. »

« Non ! Pas Mary, aussi ! hurla Peterson. Je ne peux pas croire ce qui se passe. » Il engloutit le reste du brandy dans son verre.

Alan attendit, le temps que la nouvelle soit bien digérée, avant de reprendre la parole. « Je suis désolé pour vos proches. Mais, je dois vous le demander : comment se fait-il que vous n'ayez pas entendu parler de sa mort ? »

Peterson prit une profonde inspiration et tendit son verre à Agnès. « Un autre – et, s'il vous plaît, servez-vous. »

Puis il s'adressa à Alan. « J'ai été absent pendant quelques jours. J'étais à une conférence pour les directeurs et propriétaires de restaurants. Il ne devait y avoir aucun contact avec le monde extérieur. Le but était de se concentrer uniquement sur le cours. » Il haussa les épaules. « Apprendre à attirer les clients dans nos restaurants et à les faire revenir. Ce genre de choses ; c'était censé nous aider dans nos affaires. » Il marqua une pause. « Je n'aurais pas dû y aller. J'aurais dû rester ici. »

« Quelques jours ? », demanda Alan.

« C'était n'importe quoi. Des conneries sans nom, s'emporta Peterson. Je ne sais pas pourquoi je me suis inscrit. Je n'ai rien appris de plus. Pour commencer, ils m'ont dit qu'en tant que propriétaire de restaurant, je ne devais pas accepter de bêtises de la part de mon personnel. Je le savais déjà. » Il ferma les yeux. « Je suis désolé, je suis tellement choqué. C'était un cours de trois jours organisé à Londres. Je suis rentré du dernier atelier vers l'heure du déjeuner aujourd'hui, et mon chef de cuisine m'a informé que je devais être présent pour réceptionner une livraison cet après-midi. » Il secoua la tête. « Je sais. Je suis stupide. N'est-ce pas le but de ce cours ? Peut-être que ce n'était pas des conneries après tout. Peut-être que je suis trop indulgent. Bordel, à quoi sert le personnel ? Ils auraient dû être là aujourd'hui pour la livraison. Je dois vraiment faire le tri ! »

« Oui, en effet. » Alan était d'accord. « Mais ce n'est pas de cela qu'il s'agit. Nous parlons de vos deux cousins, qui ont tous deux été retrouvés assassinés. Tous deux ont été abattus. En ce moment, notre médecin légiste examine la possibilité qu'ils aient été tués avec la même arme. Maintenant, réfléchissez avant de parler ; y a-t-il quelqu'un qui peut confirmer que vous étiez là où vous avez dit que vous étiez ces derniers jours ? »

Agnès but une gorgée de son verre de brandy. Certes, elle se sentait un peu à l'étroit ; elle avait rempli son verre lorsqu'elle avait servi un autre verre à M. Peterson. Mais elle se rendait compte que l'entretien avec le gérant du restaurant ne se passait pas bien. Elle posa son verre sur la table la plus proche d'elle et suggéra qu'Alan et elle eussent une conversation en privé.

« Rien d'important », dit-elle, en se levant et en se plaçant hors de portée de voix.

« Mais qu'est-ce que vous faites ? », demanda Alan quand il eut rattrapé Agnès. « Ce type est le principal suspect. »

« Non, il ne l'est pas ! rétorqua Agnès. Vous avez vu comme il était choqué quand vous lui avez annoncé la nouvelle pour ses cousins. Mais ensuite, j'ai remarqué qu'il avait l'air effrayé. »

« C'est peut-être de la comédie. Je dois encore vérifier son alibi », soupira Alan.

« Alan, vous ne voyez toujours pas où je veux en venir. Les deux cousins de M. Peterson ont été assassinés. Il pense peut-être qu'il pourrait être le prochain. »

« Mais pourquoi serait-il le prochain ? Dans quoi ses cousins étaient-ils mêlés ? » « C'est ce que nous devons découvrir. »

« Nous ? », interrogea Alan. Mais avant qu'il ne pût ajouter quoi que ce soit, Agnès s'était déjà détournée et était retournée vers M. Peterson.

« Pouvez-vous nous dire ce que Mary a fait pour que ses frères se disputent ? », demanda Agnès, en s'asseyant à côté du gérant du restaurant. Mais une autre pensée lui traversa l'esprit. « La police a été informée que l'homme qui se disputait avec Dennis était assis à une autre table. N'avez-vous pas trouvé étrange qu'ils ne dînent pas à la même table ? » Elle jeta un coup d'œil à Alan. « Je veux dire, étant frères et tout, on aurait pu penser... »

« Je sais ce que vous voulez dire », interrompit M. Peterson. Il engloutit le reste du brandy avant de poser lentement le verre vide sur la table. « Dennis et David étaient des très bons frères », poursuivit-il. « Toujours en train de faire des bêtises et de s'amuser ensemble. J'avais l'habitude de me joindre à eux, mais d'une certaine manière, je m'entendais mieux avec Dennis. Nous semblions être sur la même longueur d'onde. » Gordon Peterson se tut un instant, alors qu'il se remémorait le passé. « David a toujours été le leader. Dennis et moi, dit-il en faisant une pause, je suppose que nous nous sommes ralliés à ses suggestions. » Il releva vivement la tête. « Ne vous méprenez pas. David était génial ; nous l'admirions tous les deux et étions heureux de suivre son exemple. Il n'y a jamais eu d'animosité entre nous. Mais ensuite, Mary est apparue. »

Les larmes abondèrent dans les yeux de Gordon. Il sortit un mouchoir de sa poche. « Je suis désolé. Tout cela devient trop pour moi », dit-il en essuyant les larmes de ses yeux. « Mary était la seule fille dans la famille », continua-t-il. « Elle était adorable et tout le monde lui portait de l'intérêt. Je suppose qu'elle était vraiment gâtée. En d'autres termes, elle avait tout ce qu'elle voulait. Néanmoins, je dois admettre que ses frères et moi tenions beaucoup à elle. »

« Mais nous avons grandi. Dennis avait toujours voulu s'engager dans l'armée de l'air, mais il a été refusé pour des raisons de santé. » Peterson secoua la tête. « Il s'est avéré qu'il avait un problème cardiaque dont personne n'était au courant. Ce n'était pas quelque chose de vraiment dangereux pour sa vie. Mais on lui a dit qu'il ne serait jamais autorisé à voler. Dennis ne voulait pas d'un travail de bureau – pas dans l'armée de l'air, en tout cas. » Gordon interrompit sa conversation et s'essuya à nouveau les yeux. « Je n'arrive toujours pas à croire qu'ils sont partis, dit-il. Bref, Dennis a abandonné son rêve et s'est lancé dans les assurances. C'était un peu une déception, mais je pense qu'il a bien réussi au fil des années.

« Mary était l'assistante personnelle du PDG d'une grande entreprise de Newcastle jusqu'à son mariage. Son mari et elle ont déménagé dans le Yorkshire. Elle a continué à y vivre après la mort de Peter. Cependant, elle retournait souvent à Newcastle pour retrouver ses anciens amis. Je sais qu'elle aimait rester à l'hôtel Millennium. »

« Et David ? », demanda Alan. Il avait envie d'apprendre quelque chose sur lui. « Il est aussi dans l'assurance ? »

Peterson éclata de rire. « David, dans les affaires, impossible. » Il regarda autour de lui pour s'assurer que personne n'était entré dans le restaurant pendant qu'ils parlaient. « Cela ne doit pas aller plus loin. Si quelque chose arrive à David à cause de ce que je vous dis, je vous tiendrai tous les deux pour responsables. C'est clair ? »

Il regarda tour à tour Agnès et Alan. Quand ils lui assurèrent tous deux qu'ils ne répéteraient pas un mot, il poursuivit.

« Enfant, David a toujours admiré le personnage de James Bond. Il a lu les livres et vu tous les films plusieurs fois. Un jour, il a dit à ses parents qu'il voulait être un espion. Naturellement, nous nous sommes tous moqués de lui. Ses parents pensaient qu'il s'agissait d'une phase et que ça lui passerait. Ils voulaient qu'il trouve un travail normal, qu'il trouve une femme charmante, qu'il s'installe et qu'il ait des enfants. Les choses habituelles que font les gens, quoi. Mais David n'a pas changé d'avis, pour ainsi dire. Un jour, sur un coup de tête, il est allé voir son député et, après quelques rencontres avec diverses personnes, d'une manière ou d'une autre, David a obtenu ce qu'il voulait. » Il fit une pause. « Je ne sais pas d'où ça venait ; personne dans notre famille n'était branché sur les codes, l'électronique ou autre chose du genre. Pourtant, David était très doué pour ce genre de choses. Il pouvait forcer des serrures, pirater des ordinateurs, toutes sortes de choses. C'est peut-être pour ça qu'ils ont décidé de lui donner une chance. »

« Donc, David Drummond est un membre des services secrets de Sa Majesté ? », demanda Alan avec étonnement en regardant Agnès. S'étaient-ils vraiment trompés à ce point sur cet homme ?

« Oui, je ne viens pas de le dire ? » Peterson fronça les sourcils. « Bien que je doute qu'il travaille sur une affaire en ce moment. J'ai cru comprendre qu'il était ici pour prendre des nouvelles de Dennis, Mary et moi. Mary avait écrit pour lui dire qu'elle serait à Newcastle cette semaine. »

« M. Peterson », intervint Agnès en levant son verre. « Vos nouvelles ont été une grande surprise pour moi. Puis-je avoir un autre verre de votre excellent brandy – un petit ? »

« Servez-vous », répondit Peterson en faisant un geste vers le bar. « Et vous ? Inspecteur en chef. »

Bien qu'Alan aurait aimé prendre un verre à ce moment précis, il déclina l'offre. Il avait vraiment besoin de garder ses esprits. Il y avait tellement de choses auxquelles il devait penser. David pouvait-il être ici pour une affaire alors qu'il avait dit à ses proches être venu des vacances ? Si oui, l'affaire sur laquelle David travaillait pouvait-elle être liée au vol de bijoux à l'hôtel ?

En y réfléchissant, s'était-il présenté avant ou après le premier vol ? Mais les services secrets n'auraient sûrement pas envoyé un de leurs hommes à l'hôtel parce que le chef de la police s'inquiétait de la disparition du collier de Mme

Hargreaves. Non, la présence d'un agent du MI5 à l'hôtel devait être pour quelque chose de bien plus important que cela. Était-il possible qu'il soit ici à cause du dernier vol ?

S'il avait raison, et que le collier que les Anderson prétendaient leur avoir été volé était en fait celui qui avait été volé à Londres, alors il ne faisait aucun doute que le gouvernement ferait tout son possible pour le récupérer. Des membres des services secrets pourraient même être sollicités.

Alan jeta un coup d'œil au gérant du restaurant. Croyait-il vraiment que David était en vacances à Newcastle ? Ou se contentait-il de parler ? Mais si David Drummond était un bon agent, il serait capable de tous les tromper.

Entre-temps, Agnès s'était servi un autre verre et était revenue s'asseoir dans son fauteuil. Alan était surpris qu'elle n'eût rien dit. Elle intervenait toujours quand elle sentait qu'il manquait quelque chose. Ou quand elle n'était pas d'accord avec certaines affirmations. Comme tout à l'heure, quand ils avaient failli jouer au bon flic, mauvais flic.

« Je dois retourner au poste », annonça soudainement Alan. Il sentait qu'il avait besoin de parler de toute cette affaire avec son sergent. « Je peux vous déposer quelque part, Agnès ? »

« Oui, s'il vous plaît, répondit Agnès. Auriez-vous l'amabilité de me déposer à mon hôtel ? » Elle termina rapidement son brandy et se tourna vers Peterson. « Je suis vraiment désolée pour cette terrible tragédie. C'est incroyable que vous perdiez deux proches parents en si peu de temps. Je suis sûre que David vous contactera dès qu'il saura que vous êtes de retour en ville. »

Une pensée soudaine lui traversa l'esprit. Elle jeta un regard à Alan, mais décida d'attendre qu'ils fussent seuls avant de parler.

Ils attendirent de se retrouver seuls dans la voiture pour parler. C'est Alan qui commença. « Il faut que je parle à David

Drummond. » « Oui, je suis d'accord, vous devez découvrir ce qui se passe avec Drummond », répondit Agnès.

« Vraiment ? » Alan était plutôt surpris. Jusqu'à présent, elle avait rarement été d'accord avec lui sur les questions relatives à l'affaire.

« Oui. Mais je ne pense pas que vous devriez parler à David. Je pense que ça devrait être moi. » Il était sur le point de l'interrompre, alors elle continua sans hésiter. « Réfléchissez-y, Alan. S'il est ici pour une affaire, alors il travaille sous couverture. Votre visage est bien connu à l'hôtel maintenant. Si quelqu'un vous voit lui parler, sa couverture pourrait être compromise. »

« Votre visage est connu à l'hôtel, aussi. »

« Oui, mais je suis une cliente, pas un membre de la police. Si l'on voit Drummond avec moi, on pourrait penser que je flirte avec lui. » Alan comprit que ce qu'elle disait avait du sens. Mais il s'inquiétait de la voir s'impliquer encore plus. « Une policière en civil pourrait sûrement faire la même chose. »

« Non, ce ne serait pas du tout la même chose. Comme vous l'avez dit, je suis connue à l'hôtel. Les gens me reconnaissent maintenant. Le liftier, le service d'étage et la réception me connaissent tous. Votre agente va-t-elle entrer seule dans l'hôtel un soir et prendre un repas au cas où David serait là ? Et s'il n'y est pas ? Va-t-elle continuer à essayer jusqu'à ce que le personnel de l'hôtel devienne suspicieux en voyant une femme prendre une table tous les soirs ? » Agnès gloussa. « Ils pourraient penser que c'est une prostituée. Allez, Alan, vous savez que j'ai raison. »

Alan savait qu'elle avait raison. Mais il n'était toujours pas satisfait de ce qu'elle suggérait. Il soupira lourdement. « Ok », dit-il, un peu à contrecœur.

« Super. Maintenant j'ai quelque chose d'autre à vous soumettre. »

Alan rangea la voiture sur le côté de la route et coupa le moteur. « Que voulez-vous faire maintenant ? »

« Rien, je vous le promets. » Agnès sourit. « J'ai simplement eu une pensée en parlant à M. Peterson. « Et si... » Alan gémit. « Non, pas encore. »

« Et si », répéta Agnès, ignorant la remarque d'Alan, « Dennis et Mary avaient été tués en même temps ? Leurs corps auraient pu être mis dans une voiture ou une camionnette pour être emmenés sur les quais et jetés dans la rivière. Mais... » « Pour une certaine raison, les portes du van se sont ouvertes et le corps de Mary est tombé sur le trottoir », dit Alan en terminant sa phrase. « Vous pourriez avoir raison. Le médecin légiste présent sur la scène du crime a déclaré que le corps, dont nous savons maintenant qu'il s'agissait de celui de Dennis Drummond, était dans la rivière depuis quelques jours. Cela aurait pu être la même nuit où nous avons trouvé le corps de Mary devant la Maison Bessie Surtees. »

« Les tueurs auraient même pu arrêter le van au coin de la rue et revenir chercher le corps », continua Agnès en reprenant l'histoire. « Mais ils sont arrivés trop tard. Ils nous ont trouvés au-dessus de la victime, se sont glissés dans la camionnette et ont continué leur route, en espérant que la police ne trouverait jamais Dennis et ne ferait pas le lien entre les deux. »

« Agnès, je pourrais vous embrasser », lâcha Alan, ne pouvant se retenir. Il regarda le pare-brise de la voiture, essayant désespérément de trouver quelque chose d'autre à dire pour combler le silence qui suivit.

« Ne croyez-vous pas que je devrais retourner à l'hôtel et essayer de trouver un moyen de tomber sur David Drummond ? », dit enfin Agnès en changeant de sujet. C'était la deuxième fois qu'Alan disait qu'il voulait l'embrasser. Le pensait-il vraiment ? Ou était-ce plutôt une façon de parler ? Un truc qu'il avait entendu à la télé ?

« Oui, vous avez raison. » Soulagé qu'Agnès ne l'eût pas interrogé sur sa remarque, Alan redémarra la voiture et partit en direction de l'hôtel Millennium.

19

Pendant le court trajet de retour à l'hôtel, Agnès exposa son plan pour rencontrer David Drummond le même soir. Elle expliqua qu'elle dînerait seule au restaurant de l'hôtel ; c'était l'endroit le plus probable pour le rencontrer « accidentellement ». À défaut, elle le trouverait dans le Drawing Room ou même au bar.

« Soyez rassuré, Alan. S'il passe du temps à l'hôtel ce soir, je le rejoindrai », dit-elle en sortant de la voiture.

Il ne faisait aucun doute dans l'esprit d'Allan qu'elle irait le rejoindre. Le seul point positif de cet arrangement était qu'elle allait le rencontrer dans un hôtel plein de monde. Néanmoins, il ne pouvait s'empêcher de se sentir mal à l'aise à ce sujet.

« N'oubliez pas, n'hésitez pas à m'appeler si jamais il vous contrarie », répondit-il. Elle acquiesça avant de repartir dans l'hôtel.

À l'étage de sa chambre, Agnès sortit plusieurs robes à la mode de l'armoire et les jeta sur le lit. Elle les aimait toutes. Mais ce soir, c'était différent. Bien qu'elle détestait l'admettre, elle était une dame qui cherchait à rencontrer un homme plus jeune qu'elle – beaucoup plus jeune qu'elle. Non pas qu'elle

155

cherchait autre chose qu'une conversation agréable. Néanmoins, elle devait porter une superbe tenue pour attirer l'attention de David.

Elle s'assit sur le lit et tria tranquillement les vêtements. Mais ensuite, elle se leva rapidement. Qu'est-ce qui n'allait pas chez elle ? David essayait de la rencontrer par hasard depuis quelques jours. Elle n'avait pas besoin de faire ou de porter quelque chose de spécial pour attirer son attention. Elle pouvait porter de vieux chiffons mités, dès qu'il la verrait assise seule, il en profiterait pour la rejoindre.

Néanmoins, elle choisit de porter une robe en dentelle plutôt révélatrice et décolletée. La nuance de bleu lui allait plutôt bien. Par contre, si ses cheveux gris commençaient à se faire voir, la robe ne serait pas vraiment adaptée. Ou était-elle trop pessimiste ?

Alan n'approuverait pas, mais, peu importe. Jim récitait toujours un vieux dicton : « Si tu veux gagner un combat, tu dois d'abord leur offrir quelque chose ». Elle ferma les yeux un instant en pensant à Jim. Qu'aurait pensé Jim si Alan l'avait embrassée dans la voiture cet après-midi ? Ou plus précisément, qu'aurait-il pensé si elle avait simplement dit à Alan de le faire ?

De retour au commissariat, Alan trouva son sergent au téléphone.

« J'étais sur le point de vous appeler, Monsieur. La police scientifique était en ligne. Ils ont trouvé une correspondance entre le sang prélevé sur le trottoir de Grainger Street et celui de la victime que nous avons sortie du fleuve plus tôt dans la journée. Ils vont envoyer les documents, mais comme ils savent à quel point cette affaire est urgente, ils ont appelé pour nous mettre au courant. »

Alan se laissa lentement glisser dans son fauteuil. Il avait besoin de temps pour réfléchir. Si Dennis et Mary étaient ensemble la nuit où ils ont été tués, comme Agnès l'avait supposé, pourquoi le sang de Mary ne se trouvait-il pas aussi sur le trottoir ? Était-il possible qu'ils soient sortis ensemble pour la soirée avant que le meurtrier ne les rattrapât ? Peut-être le plan était-il de les faire monter tous les deux dans la camionnette, de partir et de les tuer ailleurs, dans un endroit plus isolé. Mais peut-être le frère et la sœur ont-ils commencé à appeler à l'aide, ce qui a fait paniquer le tueur, et l'a poussé à abattre Dennis sur place et à mettre son corps dans la camionnette. Mary aurait pu être en état de choc en voyant son frère abattu devant elle, ce qui aurait facilité son embarquement après lui.

« Monsieur » Le sergent Andrews interrompit ses pensées. « Vous avez entendu ce que j'ai dit ? Le sang était un... »

Alan leva les yeux. « Oui, je vous ai entendu. Désolé, je pensais juste à quelque chose que Mme Lockwood a dit aujourd'hui. »

« Voulez-vous en parler avec moi ? » Le ton d'Andrews indiquait qu'il était mis à l'écart de l'enquête.

Alan toussota. « Oui, bien sûr, Michael. » Ce n'était pas très souvent qu'il appelait son sergent par son prénom. Mais ça semblait approprié en ce moment. « J'essayais simplement de faire le point dans ma tête d'abord. » Il continua à raconter à Andrews ce qu'il avait appris du gérant du restaurant au sujet des deux frères et de leur sœur. Enfin, il en vint à la partie où Agnès avait suggéré que Dennis et Mary avaient pu être tués en même temps.

« Comme Mme Lockwood l'a dit, le meurtrier aurait pu être en route pour se débarrasser des corps dans la rivière. Mais pour une raison ou une autre, la porte du van s'est ouverte et le corps de Mary est tombé. Après tout, le médecin légiste présent sur les lieux a dit qu'il pensait que le corps que nous avons repêché dans la rivière était là depuis quelques jours. »

Andrews réfléchit à ce qu'il venait d'apprendre. Il aurait aimé dire à l'inspecteur en chef que toute cette histoire ne tenait pas debout. Mais il n'avait rien de mieux à offrir. En outre, tout cela semblait faisable. La porte de la camionnette n'était peut-être pas bien fermée et le chauffeur, dans sa hâte de sortir les corps de la camionnette, aurait pu prendre le virage trop vite.

Après une longue pause, Andrews se racla la gorge. « Oui, je suis d'accord. Mme Lockwood pourrait avoir raison. Mais, je pense qu'il devait y avoir au moins deux personnes impliquées. Une personne ne peut pas avoir soulevé le cadavre dans la camionnette toute seule. Il devait y avoir une autre personne, d'autant plus qu'il y aurait eu deux corps à jeter dans le fleuve. »

« Ok, nous sommes d'accord sur ce point », dit Alan, heureux de constater qu'il n'y aurait pas d'escarmouche avec son sergent. « Mais est-ce que le meurtre de ces deux personnes est lié aux vols commis à l'hôtel et, » il fit une pause, « comment se fait-il qu'un agent du MI5 se retrouve dans cette affaire ? ».

« Voulez-vous que j'aille à l'hôtel parler à David Drummond ? » Andrews était déjà debout.

L'inspecteur en chef ferma les yeux. Comment allait-il expliquer à son sergent qu'Agnès était déjà sur l'affaire ?

20

———————

Agnès descendit au rez-de-chaussée avec l'intention de faire tout son possible pour tomber accidentellement sur David Drummond. C'était un changement radical par rapport à son habitude ; jusqu'à présent, elle avait essayé de l'éviter.

Elle espérait qu'il dînait à l'hôtel ce soir. Ce serait beaucoup plus facile de le rencontrer et de discuter avec lui. Néanmoins, même s'il ne faisait que passer par la réception pour sortir du bâtiment, il la trouverait soudainement sur son chemin. Il n'était pas question qu'il la manquât.

En sortant de l'ascenseur, elle se dirigea vers le bar. Pendant un moment, elle fut déconcertée de constater que Larry, le préposé habituel à l'ascenseur, n'était pas en service. Depuis l'épisode avec Drummond il y a quelques nuits, ils étaient devenus très amis.

Il lui avait dit son nom le jour suivant lorsqu'ils étaient dans l'ascenseur ensemble et maintenant elle se réjouissait de son agréable bavardage. Cependant, elle avait appris qu'il serait de retour au travail à sept heures. C'était bon de savoir qu'il serait là si sa rencontre avec David ne se passait pas bien.

Elle fut surprise de trouver le bar presque vide. Où étaient les autres ? La plupart des gens s'arrêtaient ici pour boire un verre avant de dîner. Plus particulièrement s'ils restaient à l'hôtel pour le repas. Ça voulait dire qu'ils ne craignaient pas de conduire sous l'emprise de l'alcool.

Agnès commanda une boisson au bar, s'assit à l'une des nombreuses tables vides et attendit qu'on la lui apportât. Elle n'avait demandé qu'un Tonic Water avec de la glace et du citron, car elle voulait garder l'esprit clair si David devait se montrer.

Alan lui avait donné des instructions claires quand il l'avait déposée. Ne quittez pas l'hôtel avec cet homme. N'allez en aucun cas dans sa chambre ; restez dans les salles publiques où vous êtes en permanence à la vue des autres clients. Nous devons être sûrs qu'il est bien celui qu'il prétend être. Si vous avez le moindre doute, appelez-moi immédiatement. Il avait même insisté pour qu'elle ajoute son numéro à la composition rapide de son téléphone. « On n'est jamais trop prudent », avait-il dit.

Le serveur lui apporta son verre et le posa sur la table. Il sourit en lui remettant la facture à signer. De retour au bar, elle serait ajoutée à son compte d'hôtel.

« Vous n'avez pas l'air très occupé ce soir », dit-elle, une fois qu'elle eut signé les papiers. Il avait l'air assez jeune et avait un sourire agréable. Il portait l'uniforme du personnel du bar, composé d'une chemise blanche et d'un pantalon noir. Il était certainement étranger ; égyptien, pensa-t-elle, très probablement en train de chercher sa voie, et apprenant divers métiers dans la restauration.

« Non. » Il jeta un regard en arrière vers le bar pour s'assurer que personne ne le regardait. « Un certain nombre de personnes ont quitté la maison et quelques réservations ont été annulées, après la découverte des vols. »

« Vraiment ? » Agnès était vraiment surprise. Elle n'avait pas réalisé que le bruit courait si vite. Elle n'en avait pas entendu parler à la télévision. Mais, en y réfléchissant, quand était la dernière fois qu'elle était restée dans sa chambre pour regarder le journal télévisé ? Elle était sortie la plupart des jours – et des soirs d'ailleurs. Et le reste du temps, elle se préparait à sortir.

Il jeta à nouveau un coup d'œil vers le bar.

Elle suivit son regard, s'attendant presque à voir un ogre de gérant de bar lui reprocher de perdre du temps. Mais personne ne semblait faire attention à eux. Pourquoi le feraient-ils ? Ils n'étaient pas vraiment pressés par le temps. Alors pourquoi était-il si inquiet ?

« Il y a beaucoup de gens qui travaillent ici et qui sont très inquiets à propos de leur travail. »

Il regarda autour de lui et quand il vit que personne ne regardait, il s'assit.« Avez-vous une idée de qui pourrait être le voleur ? »

« Moi ? » Agnès était très surprise. « Vous me demandez qui est le voleur. Comment le saurais-je ? »

Le serveur haussa les épaules. « Vous semblez être très ami avec le policier. J'ai pensé qu'il aurait pu vous dire quelque chose. » Il se pencha en avant sur sa chaise. « J'aimerais savoir ce que la police fait à propos des vols. »

Agnès commençait à se sentir un peu mal à l'aise face à l'attitude de cet homme. Il dépassait largement le cadre de son poste. Mais elle essaya de se détendre. Comme il l'avait dit, il était probablement inquiet pour son travail.

« Eh bien, je suis désolée de vous décevoir, mais je crains que la police ne m'ait rien dit que je ne sache déjà. » Ça, c'était vrai. En y réfléchissant, la plupart de ce qu'ils savaient, c'était parce qu'elle le leur avait dit, et non l'inverse.

« Et qu'est-ce que vous savez ? », demanda le serveur. Une expression sinistre traversa son visage.

« La même chose que vous, j'imagine », répondit Agnès. Cet homme avait besoin de travailler sur ses compétences en communication, pensa-t-elle. Les serveurs ne sont pas censés interroger les clients de cette manière. Était-il en train de chercher quelque chose ? Ou était-il réellement préoccupé par les conséquences des vols sur la réputation de l'hôtel ? Elle poussa un soupir de soulagement lorsqu'elle vit deux autres clients entrer dans le bar et s'asseoir à l'autre bout de la pièce.

« Je crois que vous avez un autre client, Achmed », dit-elle en notant le nom épinglé sur sa chemise.

Il jeta un coup d'œil aux clients et fronça les sourcils. Agnès pensa qu'il avait l'air furieux de devoir passer à autre chose.

« Nous pourrons peut-être parler plus tard, juste vous et moi. »

Pas si je peux m'en empêcher, pensa Agnès, en le regardant traverser le bar. Qu'est-ce qui se tramait ? Essayait-il vraiment de lui soutirer des informations parce qu'il s'inquiétait pour son travail ? Ou y avait-il une autre raison ? Plus sinistre ? Difficile à dire. Les étrangers, qui apprennent encore une nouvelle langue, ont parfois l'air agressif lorsqu'ils essaient de traduire des phrases dans leur tête.

Elle se souvenait que la même chose lui était arrivée lorsqu'elle et Jim étaient à l'étranger. Une occasion en particulier lui revint à l'esprit. Elle avait cru demander poliment quelque chose dans l'une des boutiques de souvenirs, alors qu'en réalité elle exigeait presque que le commerçant le lui donnât gratuitement. Il avait fallu qu'une autre cliente, qui parlait couramment les deux langues, intervînt pour calmer l'homme et l'empêcher d'appeler la police. Sans cette dame, Jim et elle auraient peut-être manqué leur vol de retour, croupissant dans une prison étrangère en attendant son procès. Depuis, elle essayait toujours d'accorder le bénéfice du doute à tous ceux qui apprenaient une nouvelle langue.

Agnès ruminait ces pensées lorsqu'elle vit David Drummond sortir de l'ascenseur. Elle s'était volontairement placée dans le bar de façon à pouvoir voir, non seulement les personnes sortant de l'ascenseur, mais aussi celles qui entraient dans l'hôtel. Ce dernier aspect était dû à l'un des miroirs qui ornaient les murs de l'hôtel. L'emplacement de celui-ci donnait une excellente vue sur les doubles portes de l'entrée. Elle se souvenait que la première fois qu'elle les avait vues, elle s'était sentie mal à l'aise, mais désormais elle les adorait. En se plaçant dans la bonne position, elle pouvait voir le bar et la réception sous différents angles.

Ne voulant pas que M. Drummond se rendît compte qu'elle le regardait, elle se détourna et se mit à fouiller dans son sac, s'assurant de faire tomber des objets. De manière exagérée, elle s'empressa ensuite de tout ramasser, dans l'espoir d'attirer son attention. Elle ne voulait sans doute pas qu'il se rendît compte qu'elle l'épiait, mais elle voulait qu'il remarquât sa présence.

Et sa tactique fonctionna. Elle entendit ensuite sa voix lui demander s'il pouvait l'aider.

« Merci », répondit Agnès en lui offrant l'un de ses plus beaux sourires. « Je cherchais simplement un mouchoir et tout est tombé. »

« Je pense que c'est tout », dit Drummond, en plaçant tous les accessoires sur la table. « Je ne vois rien d'autre. J'ai toujours pensé que les sacs à main des femmes étaient un puits sans fond. Un peu comme celui de Mary Poppins. »

Agnès remarqua que ses yeux s'attardèrent sur son téléphone portable plus longtemps que nécessaire. Elle rit en replaçant ses affaires dans son sac. « Oui, c'est vrai. Le problème, c'est que lorsque nous sortons pour la soirée, nous avons tendance à prendre un sac à main beaucoup plus petit, mais nous voulons transporter le même nombre de choses – que nous en ayons besoin ou non. »

Drummond regarda autour de lui et, voyant qu'il y avait peu de monde dans le bar, il demanda s'il pouvait la rejoindre.

« Oui, je vous en prie », répondit Agnès en faisant un geste vers le siège situé en face d'elle. Cependant, il choisit de s'asseoir sur la chaise la plus proche d'elle.

Pendant un moment, elle fut prise au dépourvu. Lui faire face de l'autre côté de la table était une chose, mais le voir assis juste à côté d'elle en était une autre. Et si c'était un agent double ? Et s'il avait attendu ce moment précis au cours des derniers jours et qu'il sortait soudainement une arme avec un énorme silencieux pour la tuer ? C'était possible. Ce genre de choses arrivait tout le temps dans les films de James Bond.

Agnès déglutit difficilement. Elle devait se ressaisir. C'est elle qui s'était portée volontaire pour jouer à ce jeu. Alan voulait envoyer une policière sous couverture pour parler à Drummond. Mais elle l'en avait dissuadé. Maintenant, elle devait se ressaisir et chercher à savoir pourquoi il était là et, surtout, pourquoi il faisait une fixation sur elle.

Le temps qu'Agnès acceptât qu'il prît le siège à côté d'elle, il était déjà assis. Il fit signe au serveur et se commanda un verre. « Et vous », dit-il en désignant son verre. « Voulez-vous un autre verre ? »

« Oui, s'il vous plaît », dit-elle en regardant Drummond. Mais quand elle fut sûre qu'il regardait ailleurs, elle rapprocha son doigt et son pouce, indiquant à Achmed qu'elle en voulait un petit.

« Vous appréciez votre séjour à Newcastle ? », dit Drummond, une fois que le serveur retourna au bar. « Au fait, je m'appelle Drummond, David Drummond. » Il tendit la main.

« Bonjour, David », répondit-elle, en essayant désespérément de ne pas rire de la façon dont il s'était présenté. Ce type se voyait-il vraiment comme James Bond ? « J'espère que ça ne vous dérange pas que je vous appelle... » Elle toussota... « David. » Elle espérait qu'il n'avait pas remarqué sa légère hésitation. Elle était sur le point de l'appeler James. « Je suis Agnès Lockwood. Mais je vous en prie, appelez-moi Agnès. Oui, j'apprécie ma visite. » Elle expliqua qu'elle était née dans la région du nord-est, mais qu'elle avait quitté la région il y a de nombreuses années. « Maintenant, j'essaie simplement de rattraper mon passé. »

Elle sourit au serveur, qui était soudainement revenu avec leurs boissons. « Merci », dit-elle gracieusement lorsqu'il posa un verre devant elle. Son interruption fit perdre à Davis le fil de ses pensées, donnant à Agnès l'occasion de changer de sujet.

« Santé », dit-elle en levant son verre. « Et vous, David ?, demanda Agnès. Vous êtes ici en vacances ? » Elle but une gorgée de son verre de Gin Tonic et faillit s'étouffer. N'avait-elle pas précisé qu'elle en voulait juste un peu ?

« Santé », répondit David en prenant son double whisky. « Je suis venu rendre visite à ma famille. » Il prit une grande gorgée, puis en avala une autre avant de poursuivre.

« Comme vous, je suis venu ici pour rattraper le passé ». Il leva la main pour attirer l'attention du serveur. Il désigna son verre. « Un autre. Et vous ? », ajouta-t-il en désignant le verre d'Agnès d'un signe de tête.

« Non, ça va », répondit-elle en plaçant la paume de sa main sur son verre. « Et vous avez pu rattraper votre passé ? », lui demanda Agnès. David regarda Agnès d'un air pensif. Il avait passé les derniers jours à essayer de rattraper cette femme. Elle avait une image de lui sur son téléphone et il devait la supprimer. Maintenant qu'il l'avait enfin trouvée, ils ne parlaient que de rattraper leur passé.

Il prit le reste de son whisky et le fit tourner dans son verre. « Je pense que dans mon cas, mon passé m'a rattrapé », dit-il.

Avant qu'il ne pût ajouter quoi que ce soit, Achmed posa un verre devant lui. David signa la facture d'un revers de main, puis se tourna vers Agnès. « On ne s'est pas déjà rencontrés ? »

Agnès but une gorgée de son Gin Tonic pour réfléchir à sa réponse. Si elle avait raison de dire qu'il l'avait confondue avec la femme qui l'avait pris en photo il y a quelques nuits, il fallait que cette information provienne de lui.

« Je crois que nous nous sommes croisés dans l'ascenseur l'autre soir, dit-elle enfin. Mais je ne pense pas que nous ayons parlé. Je me souviens que le liftier a fait toute la conversation. »

« Oui, en effet. » David se tortilla, mal à l'aise sur sa chaise. Ça ne se passait pas bien. Soit elle n'avait aucune idée de ce dont elle parlait, soit elle était une très bonne actrice.

« Mais je ne parlais pas de la fois où nous étions ensemble dans l'ascenseur, poursuivit David. Je me souviens vous avoir vue quelques soirs plus tôt. C'était près de Grainger Street et il était plutôt tard. »

« Non. Je ne pense pas », répondit Agnès, lentement. Elle secoua la tête. « Voyez-vous, je ne suis pas allée dans le centre-ville tard le soir. J'ai passé quelques soirées avec un vieil ami, mais nous avons mangé dans des restaurants ici, sur les quais. »

Elle constata que David était perplexe, mais elle n'avait pas l'intention de l'aider. Elle était ici pour apprendre des choses de lui. Cette rencontre devait être un échange d'informations – même s'il ne le savait pas encore.

« Vous devez vous tromper », dit-elle.

« Mais j'aurais juré vous avoir vu, fulmina-t-il. Vous avez même pris une photo de moi avec votre téléphone portable. » La dernière phrase fut prononcée sans qu'il ne pût s'en empêcher.

« Maintenant je suis sûre que vous faites erreur. » Agnès saisit son sac à main et en sortit son téléphone portable. « Je n'ai pas de photos de vous. Regardez par vous-même. » Elle lui tendit son téléphone.

Agnès observa David pendant qu'il regardait les photos et les vidéos. Heureusement, elle avait effacé la vidéo qu'elle avait prise de lui le jour où il l'avait suivie sur le pont du Millénaire. Une fois qu'elle avait été transférée sur le téléphone d'Alan, elle l'avait supprimée au cas où un moment comme celui-ci se produirait.

« Je ne sais pas quoi dire. » David lui rendit le téléphone. « Je ne peux que m'excuser. J'étais sûr que c'était vous que j'avais vue. »

« Pourquoi est-ce si important, d'ailleurs ? », demanda Agnès tout en essayant de prendre un air désinvolte. « Je veux dire, et si j'avais pris une photo de vous ? Cela aurait-il été un problème ? »

« Non, je suppose que non », répondit David dans un éclat de rire. Mais Agnès devina que son rire était forcé.

« Je pensais que nous nous étions déjà rencontrés, poursuivit-il. Apparemment, je me suis trompé. C'est sûrement quelqu'un d'autre que j'ai vu ce soir-là. »

Agnès le regarda déposer le téléphone dans son sac à main. Il semblait satisfait qu'elle ne l'eût pas vu se précipiter sur la route cette nuit-là. Mais elle pouvait voir qu'il était maintenant préoccupé par le fait qu'il y avait une autre personne dans la nature qui avait des preuves qui pouvaient le placer près de la scène du crime. Mais ce n'était pas le moment de s'attarder sur ce point. Elle devait gagner sa confiance si elle voulait avoir une chance d'apprendre quelque chose qui pourrait être utile à la police.

Elle se demandait quoi dire ensuite, quand il interrompit ses pensées. « Il y a eu quelques vols à l'hôtel, dit-il. Vos bijoux ont-ils été volés ? »

« Non, Dieu merci, répondit-elle. Depuis que Mme Hargreaves a signalé le vol de son collier, je porte mes bijoux sur moi. Non pas que j'aie quelque chose de vraiment précieux au sens financier du terme, ajouta-t-elle précipitamment. Mais ceux que j'ai sont précieux pour moi, car c'étaient des cadeaux de mon défunt mari. »

« Mes condoléances ». David murmura le commentaire habituel du MI5 pour ce genre de nouvelles.

« C'était il y a plus d'un an maintenant, dit Agnès, calmement. Mais j'essaie encore de m'habituer à ce qu'il ne soit pas avec moi. Nous faisions tout ensemble. »

Agnès grimaça quand David regarda sa montre. L'avait-elle perdu ? Cherchait-il un moyen de s'échapper ?

« Vous dînez à l'hôtel ce soir ? demanda David. Si oui, je pensais que nous pourrions dîner ensemble. » « Oui, merci. C'est une idée merveilleuse. » Agnès était soulagée. Qu'ils dînent ensemble était ce qu'elle espérait. Les gens qui avaient des secrets avaient tendance à se détendre autour d'un dîner. Le bon vin et la bonne nourriture étaient connus pour détendre les gens – surtout le bon vin. Des choses étaient souvent dites au cours d'un dîner qui, autrement, n'auraient pas été dites.

« Je pensais que j'allais devoir dîner seule ce soir », dit-elle en rassemblant ses affaires.

21

———————

Dans la salle à manger, Agnès se garda bien de poursuivre la conversation là où elle s'était arrêtée. Bien qu'elle aurait été heureuse de parler de Jim, elle était consciente qu'elle devait continuer à faire parler David, et non l'endormir.

Elle préféra lui faire part de son plaisir de séjourner à Newcastle et lui raconter ses visites à la galerie d'art et au Sage. « Les deux étaient très intéressants. Je suis sûre que vous aimeriez les voir. »

Il tressaillit légèrement lorsqu'elle évoqua sa traversée du Millennium Bridge. C'était le jour où il l'avait suivie. Néanmoins, elle continua comme si de rien n'était.

« Et vous ? Êtes-vous ici pour le travail ou pour le plaisir ? », demanda-t-elle.

« Les deux, répondit-il. J'habite à Londres, alors j'ai saisi l'occasion de traiter des affaires ici, dans le Nord, pour retrouver mon frère et ma sœur. »

« C'est bien. Je suppose que vous ne les voyez pas très souvent. » Son cœur accéléra. Ils se dirigeaient maintenant vers la raison pour laquelle elle l'avait rencontré ce soir-là. Comment allait-il réagir ? Serait-il simplement d'accord avec elle et ferait-il en sorte de dévier la conversation sur un autre sujet ?

« Non, nous ne nous sommes pas assez vus, dit-il, pensif. Et maintenant, je ne les reverrai plus jamais. » Les mots étaient sortis avant qu'il n'ait eu le temps de réfléchir à ce qu'il disait.

« Pourquoi ? Est-ce qu'ils quittent le pays ? » Agnès posa la question même si elle connaissait déjà les réponses. Son cœur battait la chamade. Lui dirait-il la vérité ? Ou inventera-t-il une histoire sur leur dépaysement à l'autre bout du monde, en Australie ou en Nouvelle-Zélande ?

* * *

David étudia Agnès de l'autre côté de la table ; il se demanda comment répondre à sa question. Le ministère de l'Intérieur, déjà au courant de la mort de son frère et de sa sœur, l'avait averti de garder le silence sur cette question. Il devait donc changer de sujet, orienter la conversation vers autre chose.

En temps normal, il ne trouverait pas cela problématique. Une partie de sa formation avait été d'apprendre à changer de sujet sans que personne ne le remarquât et, au fil des années, il y était parvenu sans problème. Pourtant, il avait le sentiment que cette fois, son auditoire ne suivrait pas ses paroles à la lettre.

Agnès Lockwood était sortie avec l'inspecteur en chef. Il les avait vus ensemble. Il ne fait aucun doute que l'inspecteur avait discuté avec elle de certains aspects de l'affaire – sinon de tous, même si un homme de son rang n'était pas censé en parler. Agnès était probablement une femme très persuasive.

Il prit une profonde inspiration. Il savait que ce qu'il dirait ensuite devait être très convaincant.

* * *

Agnès sirotait tranquillement son vin. Elle se demandait ce qui se passait dans la tête de David, quand soudain, il frappa la table de sa main, la faisant sursauter. Les verres et les couverts s'entrechoquèrent si bruyamment que certains des autres convives regardèrent autour d'eux, se demandant qui était à l'origine de cette perturbation.

« Désolé », marmonna-t-il à Agnès. « Désolé », dit David en faisant un signe de tête en direction des personnes aux tables les plus proches de lui.

Agnès ne dit rien. À vrai dire, elle ne savait pas quoi dire. Ne s'attendant pas à un tel déchaînement, elle ne s'était pas préparée à l'explosion soudaine de l'autre côté de la table. Peut-être que ce n'était pas une bonne idée après tout. Une policière aurait su quoi faire dans une telle situation.

Elle porta de nouveau son verre à ses lèvres et prit quelques gorgées de vin. Ce bref intervalle lui permit de réfléchir à ce qu'elle allait dire ensuite. Mais elle n'en n'eut pas besoin, car David reprit la conversation.

« Mon frère et ma sœur ont été assassinés la semaine dernière. » Il détourna le regard, comme s'il essayait de cacher les larmes contenues dans ses yeux. « Et c'était ma faute. »

Bien que David se contentât de bredouiller ces derniers mots, Agnès les entendit. Elle voulait lui demander pourquoi il en était arrivé à cette conclusion, mais décida de patienter. Elle tendit la main et prit la sienne en signe de sympathie.

« Oh mon Dieu, David, je suis vraiment désolée. Vous devez être dévasté. » Même si elle avait appris au préalable le décès des proches de David, elle n'avait pas été préparée à l'expression de son chagrin. Il semblait anéanti.

Agnès déglutit difficilement.

« Si ça peut vous aider d'en parler, je suis là. » Agnès se sentit soudain honteuse de sa tentative de réconfort. Que penserait David Drummond d'elle s'il apprenait qu'elle savait que les deux personnes assassinées étaient son frère et sa sœur

? Et qu'elle était là ce soir pour lui soutirer des informations à transmettre à la police. Elle était presque certaine qu'il le découvrirait – ce n'était qu'une question de temps.

Elle était déjà surprise que son cousin ne lui eût pas fait part de sa visite, en compagnie de l'inspecteur en chef, dans son restaurant l'après-midi même. Alan l'avait présentée comme Mme Lockwood.

Mais même si M. Peterson avait oublié son nom en raison de leur conversation éprouvante, David aurait sûrement deviné que c'était elle. Il n'était pas idiot, c'était un espion en civil pour les Services Secrets, pour l'amour de Dieu.

Elle se couvrit la bouche pour cacher un sourire quand une pensée lui traversa soudain l'esprit. Cela pourrait presque être le jour où James Bond avait invité Miss Marple à dîner. Pourtant, même avec cette pensée comique à l'esprit, quelque chose la troublait. Si David se trouvait vraiment à Newcastle dans le cadre d'une mission officielle du MI5, pourquoi utiliserait-il son vrai nom ?

Une fois le dîner terminé, Agnès et David retournèrent au bar. Agnès était quelque peu déçue qu'il ne se fût pas ouvert davantage. La soirée touchait à sa fin et elle n'avait toujours pas découvert sur quoi il travaillait et pourquoi il pensait que le meurtre de son frère et de sa sœur était de sa faute.

David avait profité de l'occasion pour changer complètement de sujet lorsque le serveur avait apporté leur repas à table et, depuis, il avait évité de parler de sa famille. Il s'était plutôt intéressé à son séjour à Newcastle. Elle allait devoir réessayer autour d'un verre au bar, sinon toute cette initiative n'aurait été qu'une perte de temps.

« Je viens d'avoir une idée. » Elle attendit quelques secondes, espérant qu'il penserait qu'elle était encore en train de faire tourner cette idée dans sa tête. « Est-il possible que le meurtre de votre frère et de votre sœur ait un rapport avec les vols commis ici à l'hôtel ? »

Agnès attendit patiemment sa réponse. Elle ne le quittait pas des yeux une seconde, craignant qu'il saisisse la chance qu'il attendait : appeler le serveur ou faire signe à une personne inexistante qui passait devant la porte du bar. Tout ce qui pourrait lui donner, une petite chance de la distraire de la question qu'elle avait posée.

D'après son expression glacée, elle pouvait voir qu'il y réfléchissait. Pourtant, le fait même qu'il prenait du temps pour répondre lui disait que les meurtres avaient quelque chose à voir avec les vols – peu importe la réponse qu'il pourrait donner à la fin de sa longue réflexion. Par conséquent, il y avait un problème avec ce qu'il disait.

S'il répondait par la négative, elle devrait alors lui demander pourquoi il était si sûr que l'un n'avait rien à voir avec l'autre. En espérant que cette question l'amènerait à lui donner une explication improvisée, ce qui le conduirait à en dire plus qu'il ne voulait en dire.

Ses yeux ne le quittèrent pas alors qu'elle prenait son verre et buvait une gorgée de son Gin Tonic. Il avait bon goût, si frais et si rafraîchissant. Elle avait trouvé qu'il faisait plutôt chaud dans la salle à manger et il ne faisait pas beaucoup plus frais dans cette pièce. Elle prit un autre verre, plus grand cette fois, avant de reposer son verre sur la table.

David ne dit toujours rien. Pourquoi ne parlait-il pas ? Cette situation devenait de plus en plus compliquée. Elle-même commençait à perdre le fil. Sa tête commençait à tourner. Pourquoi ? Avait-elle trop bu ? Non ! Elle avait placé sa main sur le verre lorsque David eut l'intention de remplir son verre à vin. Aurait-il pu mettre de l'alcool dans son verre pendant qu'elle regardait ailleurs ? Non. Encore une fois, ce n'était pas possible. Pendant tout le dîner, elle ne l'avait pas quitté des yeux.

Pourtant, si ce type était aussi rusé que les agents du MI5 sont censés l'être, il aurait pu attendre le bon moment pour ajouter quelques gouttes dans son verre sans qu'elle le sût. Craignant qu'une telle chose ne se produisît, elle se remémora les films de James Bond qu'elle avait vus. Elle avait besoin de réfléchir, de s'occuper l'esprit. Les personnages des films avaient utilisé des stylos plumes et bien d'autres gadgets de ce genre conçus par le fameux Q pour glisser un produit dans le verre de la victime afin de la plonger dans une sorte de coma.

Cependant, dans tous les cas, James Bond devait toujours se pencher près de sa victime. Agnès essaya de se rappeler si David s'était penché sur son verre au cours de la soirée ? Mais elle n'arrivait pas à s'en souvenir. Elle ne pensait pas qu'il l'avait fait, mais à quelle distance devrait-on se trouver pour verser un liquide dans son verre ?

La tête lui tournait plus vite et les voix des autres personnes présentes dans le bar semblaient déformées. À cet instant, elle comprit qu'elle avait un souci et qu'elle devait appeler Alan. Mais si David avait empoisonné son verre, il ne lui permettrait pas de quitter la table, même si elle lui disait qu'elle allait aux toilettes. Elle leva donc le bras et appela un serveur qui passait. C'était Achmed, le serveur à qui elle avait parlé plus tôt dans la soirée. « S'il vous plaît, je me sens mal, haleta-t-elle. J'ai besoin de quelqu'un pour m'aider à monter dans ma chambre. »

Quelques minutes plus tard, Agnès se retrouvait allongée sur le lit de sa chambre d'hôtel. Deux dames de la réception étaient agenouillées à côté d'elle, tandis que le gérant de l'hôtel rôdait en arrière-plan.

« Où est mon téléphone ? », s'exclama-t-elle.

« Je ne pense pas qu'avoir votre téléphone soit une bonne idée, répondit le gérant. Vous devez rester calme. Nous allons appeler une ambulance. »

« Je ne veux pas d'ambulance. Donnez-moi juste mon téléphone, cria Agnès. J'ai besoin d'avoir un ami à mes côtés. »

« Ok ! Ok ! » Le gérant fit un signe de tête à l'une de ses employées et celle-ci tendit à Agnès son sac à main.

Agnès ne remarqua pas la sortie du gérant et de son personnel alors qu'elle fouillait dans son sac pour trouver son téléphone. Elle appuya sur le bouton dans le menu de composition abrégée qui la connecta immédiatement à Alan et hurla dès qu'il répondit. Ce n'était pas le moment de faire des civilités. « Alan, je ne me sens pas bien du tout. Aidez-moi. Je crois que j'ai... » Mais c'est tout ce qu'elle put dire, avant qu'on ne lui arrachât le téléphone des mains.

22

Alan s'était senti mal à l'aise toute la soirée. En vérité, il avait commencé à éprouver un certain malaise dès le moment où il avait accepté la rencontre d'Agnès avec David Drummond. D'autant plus que son sergent avait laissé entendre qu'ils jouaient un jeu dangereux. Plus la soirée avançait, plus son malaise s'accentuait.

Il savait qu'Andrews était mécontent d'avoir été écarté au moment de la prise de décision. Son sergent lui avait bien fait comprendre, même s'il avait reconnu que le raisonnement derrière la décision était bon. « Mais ça aurait dû être un membre de l'équipe, avait-il insisté. Pas un membre du public. »

Andrews avait avancé l'idée qu'Agnès pourrait être dépassée par les événements. « Drummond pouvait être un agent rebelle, un agent double, travaillant pour et contre le Royaume-Uni. »

Bien qu'Alan eût minimisé ces pensées à ce moment-là, elles tournaient encore dans sa tête lorsqu'il rentra chez lui. Qu'avait-il bien pu penser pour permettre à Agnès de rencontrer cet homme ? Mais depuis qu'il l'avait vue pour la première fois, il semblait avoir oublié qu'il était un inspecteur en chef chargé d'une enquête sur un meurtre. C'était à lui de prendre le contrôle. Et pourtant, il lui permettait de lui tourner autour.

Bien sûr, Andrews avait raison d'être ennuyé. Il était un bon sergent et serait promu inspecteur quand l'occasion se présenterait. Il avait déjà passé les examens nécessaires. Alan savait qu'il aurait été très blessé si son précédent inspecteur en chef l'avait écarté de toute enquête. Il allait devoir se rattraper auprès d'Andrews. Mais pour l'instant, son attention devait se porter sur Agnès et sa rencontre avec Drummond.

C'est à ce moment précis que son téléphone sonna. Il ouvrit le combiné et vit immédiatement que l'appel provenait d'Agnès. Il allait lui parler lorsque la voix de son interlocutrice se fit entendre dès qu'ils furent connectés. Il était stupéfait, elle lui demandait désespérément de venir à l'hôtel en urgence car elle avait besoin d'aide.

« Je crois que j'ai... », cria-t-elle. Puis ce fut le silence. « Agnès ! Agnès ! », hurla-t-il. Il n'y eut pas de réponse. Il s'empressa de la rappeler en tapotant impatiemment ses doigts sur la table en attendant qu'elle décrocha. Le téléphone cessa alors de sonner et il tomba sur la messagerie vocale.

Alan attrapa ses clés de voiture et sortit précipitamment vers sa voiture, toujours garée dans l'allée. En démarrant, il appela Andrews. « Rendez-vous tout de suite à l'hôtel Millennium. Agnès a des problèmes. Je vous retrouve là-bas. » Sans un mot de plus, il jeta le téléphone sur le siège passager, enclencha la marche arrière et sortit de l'allée.

Alan et Andrews arrivèrent à l'hôtel en même temps. Alors qu'ils franchissaient l'entrée, Alan informa son sergent du coup de fil d'Agnès. « Je n'en sais pas plus. Elle a été coupée net. Le téléphone a pu lui être arraché des mains. »

Andrews acquiesça. Il nota l'angoisse sur le visage de l'inspecteur en chef. Ce n'était pas le moment de dire « Je vous l'avais dit ». Il dit plutôt : « J'ai appelé des renforts dès que j'ai pris la route. »

« Bien. Nous pourrions en avoir besoin. »

Les deux policiers entrèrent dans le bâtiment et prirent l'ascenseur jusqu'au quatrième étage. Le liftier étant absent, ils purent donc éviter une conversation inutile. Alors qu'ils se rapprochaient de la chambre d'Agnès, Alan sortit une arme de sa poche. Elle était toujours rangée dans la boîte à gants. Il avait oublié de l'enlever quand il était arrivé chez lui plus tôt dans la soirée. Mais sur le chemin de l'hôtel, il se souvint qu'elle était là et pensa qu'il serait utile de l'avoir sur lui, juste au cas où.

Andrews leva les sourcils quand il vit l'arme dans la main d'Alan.

« Ne posez pas de question », dit Alan en se dirigeant lentement vers la chambre d'Agnès. Il ne devrait pas avoir d'arme sur lui, même s'il possédait une licence pour en porter une.

« Ok », dit Andrews en suivant son patron dans le couloir. Au cours des dernières heures, il avait vu une toute nouvelle facette de l'inspecteur en chef Johnson.

« Placez-vous de l'autre côté de la porte », chuchota Alan, en levant son arme. « Quand je vous fais signe, frappez et appelez le service d'étage. »

Andrews fixa Alan avec une expression vide sur le visage. Était-ce réel ? « Maintenant », siffla Alan.

« Service de chambre », cria Andrews en frappant à la porte. Il n'y eut pas de réponse.

Alan abaissa son arme et frappa à nouveau à la porte. Mais il n'y avait toujours pas de réponse. Il appuya sur la poignée mais la porte était fermée. Il leur fallait une carte magnétique.

Alan ne bougea pas, tandis qu'Andrews descendit à la réception.

Quelques minutes plus tard, Andrews revint avec une carte magnétique. Il l'inséra dans la serrure et la retira. Un bref signe de tête d'Alan lui indiqua de tourner la poignée et d'ouvrir la porte. Alan se précipita dans la pièce, mais elle était vide.

23

––––––

Agnès se réveilla avec une violente migraine. Il lui fallut quelques secondes pour réaliser qu'elle n'était pas dans sa chambre d'hôtel. Elle se redressa lentement et essaya de regarder autour d'elle. Mais elle ne voyait pas grand-chose tant il faisait sombre ; il n'y avait qu'une petite fenêtre au-dessus d'elle et il y avait très peu de lumière qui en provenait. Mais où se trouvait-elle ?

La dernière chose dont elle se souvint, c'était le bar où elle parlait à David Drummond. Que s'était-il passé entre ce moment et maintenant ? Mais sa tête lui faisait toujours si mal qu'elle dut se rallonger et fermer les yeux.

Lentement, elle commença à se rappeler les événements de la soirée. Elle avait dîné avec David Drummond, puis elle avait accepté de retourner au bar pour prendre un verre et terminer la soirée. Il y avait encore beaucoup de choses qu'elle devait apprendre de lui et ce dernier verre au bar aurait pu l'aider.

Ses yeux s'ouvrirent brusquement. Tout lui revenait en mémoire. C'était pendant que David et elle étaient dans le bar qu'elle avait commencé à se sentir mal. Avait-il mis quelque chose dans son verre ? Mais maintenant, après réflexion, pourquoi aurait-il fait ça ? D'après Gordon Peterson, c'était un agent du gouvernement. À moins, bien sûr, que David ne fût pas réellement l'homme que son cousin pensait qu'il était.

Elle gémit et ferma les yeux, lorsqu'une douleur fulgurante lui traversa la tête. Cependant, alors que la douleur s'atténuait, elle continuait à penser à certaines choses.

Deux dames de la réception l'avaient escortée à l'étage jusqu'à sa chambre ; même le gérant de l'hôtel était apparu lorsqu'il avait appris la nouvelle. Ils pensaient manifestement tous qu'elle avait trop bu. Pourtant, elle savait que ce n'était pas le cas. Elle avait été très prudente. Elle était déterminée à rester alerte pendant sa conversation avec David Drummond.

Son téléphone portable avait été placé dans ses mains quand elle l'avait demandé et tous les trois avaient quitté la pièce pendant qu'elle téléphonait à Alan. La seule chose dont elle se souvint ensuite fut que quelqu'un lui avait arraché le téléphone avant qu'elle ne perdît connaissance.

Alors où était-elle maintenant ? Elle devait sûrement être encore dans l'hôtel quelque part. Personne n'aurait pu la traîner de sa chambre, dans l'ascenseur et à la réception sans être vue. Question suivante : qui lui avait fait ça et pourquoi ? Pourrait-il s'agir de David Drummond ? Avait-elle raison lorsqu'elle soupçonnait que c'était lui qui avait corsé son verre ? Pourtant, il y avait encore quelque chose qui la tourmentait. Quelque chose lui disait qu'elle était sur la mauvaise voie avec Drummond. Si seulement sa tête s'arrêtait de cogner, elle pourrait se souvenir de plus de choses.

* * *

Les deux détectives se dépêchèrent de redescendre. Alan tenait à parler au personnel de la réception. Les deux femmes allaient quitter leur poste, mais elles étaient heureuses d'aider la police dans leur enquête. Elles expliquèrent comment elles avaient aidé Agnès à monter dans sa chambre.

« Vous n'avez pas pensé à appeler une ambulance ? », demanda Alan.

« Non. Nous avons simplement pensé qu'elle avait trop bu », lui répondit l'une d'entre elles. « Bien que, à la lumière de ce que vous dites, nous regrettons de ne pas l'avoir fait maintenant. Si nous l'avions fait, Mme Lockwood aurait pu être emmenée à l'hôpital et n'aurait pas disparu. »

« Vous croyez ? murmura Alan. L'une de vous deux l'a-t-elle vue depuis que vous êtes redescendues ? » Le ton d'Alan était brusque.

Les deux réceptionnistes se regardèrent. Elles étaient vraiment inquiètes maintenant. Avaient-elles manqué quelque chose ? Pourtant, elles avaient été là toute la soirée. L'une d'entre elles l'aurait vue.

« Non, elle n'est certainement pas passée par la réception depuis que nous l'avons quittée. » C'est l'autre dame qui parlait.

« À moins qu'elle ne soit passée en douce et qu'elle soit retournée dans le bar. Je crois que le jeune homme avec qui elle était est toujours là », ajouta la première réceptionniste, essayant d'être utile.

« Et votre liftier ? » Alan s'est soudain souvenu qu'il n'était pas de service à leur arrivée. « Il aurait pu voir quelque chose. »

« Larry a été appelé ailleurs pendant que nous étions à l'étage, dit l'une des réceptionnistes. Je crois que sa mère a eu un accident. »

Alan regarda son sergent. Ça avait l'air plutôt suspect. Cependant, il ne put rien dire de plus, car l'équipe de secours arriva. Le sergent Andrews alla leur parler.

« Le jeune homme du bar vous a-t-il escorté jusqu'à la chambre quand vous avez aidé Mme Lockwood à monter ? », demanda Alan en reportant son attention sur les réceptionnistes.

« Non. » La première dame se tourna vers sa collègue pour avoir confirmation. « Non », répéta-t-elle, lorsque sa collègue secoua la tête. « Nous en sommes certains. Cependant, M. Jenkins a dû entendre parler de ce qui s'est passé par le personnel du bar, car il est arrivé quelques minutes après que nous sommes arrivés dans sa chambre. Nous sommes tous partis quand elle a utilisé son téléphone pour appeler quelqu'un. »

Alan leur demanda si elles avaient vu quelqu'un dans le couloir au moment où elles partaient. Mais elles ont secoué la tête et lui ont dit que le couloir était vide. Après les avoir remerciés toutes les deux, Alan se dirigea vers l'endroit où Andrews parlait avec l'équipe de secours.

« Ok, je veux que vous vous dispersiez et que vous vérifiiez toutes les salles publiques et les placards de stockage et que vous parliez au personnel, mais faites-le discrètement. Nous n'arriverons à rien en nous précipitant et en tapant du pied. Mais n'oubliez pas qu'il y a eu plusieurs vols dans cet hôtel, qu'une cliente a été assassinée et qu'une autre a disparu. Soyez discrets, mais minutieux. »

Une fois l'équipe partie en mission, Alan et Andrews se rendirent au bar. Ils devaient parler à David Drummond.

Ils le trouvèrent toujours assis là où Agnès l'avait laissé.

* * *

David Drummond n'avait pas bougé du bar depuis le départ d'Agnès. Un peu plus tôt, une des dames de la réception lui avait dit qu'elle et sa collègue avaient emmené Mme Lockwood dans sa chambre. Demandant si Agnès allait bien, la réceptionniste lui avait répondu qu'elle était au téléphone quand elles étaient parties. Elle lui avait également dit que M. Jenkins était au courant de la situation et qu'il était certain que Mme Lockwood avait simplement un peu trop bu.

Depuis, David était resté assis patiemment au bar, sirotant son verre. Il s'attendait à l'arrivée de la police depuis qu'il avait appris qu'Agnès avait téléphoné.

Il n'était pas idiot. Il savait depuis le début qu'elle jouait au chat et à la souris. À la recherche du moindre indice sur ce qui se passait. Après avoir vu son téléphone, il avait compris qu'elle n'était pas la femme qui l'avait pris en photo quelques soirs auparavant. Mais il était certain qu'elle connaissait la personne qui l'avait fait. Sa formation au MI5 lui avait appris à distinguer la vérité dans tout ce qu'on lui disait.

Oui, elle aurait pu effacer la photo. Mais il était certain qu'elle n'était pas la femme qu'il avait vu cette nuit-là, alors qu'il fuyait la scène du crime.

On lui avait dit de faire ses bagages et de rentrer à Londres quand son patron avait appris le meurtre. Mais jusqu'à présent, il avait réussi à s'accrocher en ignorant les appels. Il y avait trop d'enjeux pour partir maintenant et même s'il quittait la région, il n'irait pas à Londres. Il avait un autre endroit en tête.

Il savait que le MI5 ne tarderait pas à s'en apercevoir et à envoyer deux hommes pour l'escorter jusqu'à Londres. Il devait donc en finir au plus vite et s'en aller.

David Drummond reconnut l'inspecteur en chef Johnson lorsqu'il se glissa sur le siège en face de lui. Il l'avait vu plusieurs fois lors de l'enquête sur les vols à l'hôtel.

* * *

« Je peux vous aider les gars ? », demanda David.

« Je l'espère, répondit Alan. Je comprends que vous avez dîné avec Mme Lockwood plus tôt dans la soirée. » « Oui, répondit David. Elle s'est soudainement sentie mal et deux membres du personnel l'ont aidée à monter. » Il marqua un temps d'arrêt et afficha une expression perplexe sur son visage. « Elle va bien, n'est-ce pas ? Je veux dire qu'elle était un peu pâle quand elle est partie, mais je ne pensais pas que c'était sérieux. Elle avait été très bien pendant tout le dîner. »

Alan leva les yeux vers son sergent. Bien qu'il pût avoir l'air de demander conseil à Andrews pour savoir jusqu'où il devait faire confiance à cet homme, son regard signifiait qu'il avait besoin de réfléchir un moment.

Drummond avait semblé véritablement surpris par leurs questions sur Agnès. Pourtant, il savait maintenant que cet homme était un agent qualifié. On lui avait probablement appris comment se comporter en toute occasion.

Il devait trouver Agnès avant que la situation ne se dégradât. Par conséquent, bien qu'il fût réticent, il allait devoir faire confiance à cet homme.

« Mme Lockwood a disparu, dit enfin Alan. Elle m'a appelé sur mon portable en disant qu'elle avait besoin d'aide, mais l'appel a été interrompu. Nous sommes arrivés aussi vite que possible, mais la chambre de Mme Lockwood était vide. Le personnel de la réception nous a dit qu'ils ne l'avaient pas vue depuis qu'ils l'avaient aidée à monter. » Il marqua une pause pendant un bref instant. « Pouvez-vous nous dire quoi que ce soit qui pourrait nous aider à la retrouver avant un drame. »

Drummond ouvrit la bouche pour parler, mais se retint lorsqu'il remarqua un autre serveur essuyant une table à proximité.

Alan devina que Drummond attendait que le serveur terminât sa tâche avant de dire quoi que ce soit. Dans son travail, il devait être vigilant. Cependant, le serveur s'attardait, continuant à asperger la table avec une sorte de liquide antiseptique et à essuyer des germes inexistants. Soit cette table était totalement septique, soit le type essayait de faire bonne impression auprès du gérant du bar.

« J'ai peur de ne pas pouvoir vous aider », dit Drummond après une longue pause. Il parlait un peu plus fort qu'avant, comme s'il voulait s'assurer que tout le monde dans le bar entendît chaque mot. « Une fois Agnès emmenée à la hâte dans sa chambre, j'ai attendu ici en espérant qu'il s'agissait d'un simple problème et qu'elle serait bientôt de retour. »

À ce moment-là, le serveur fit un pas en arrière et considéra la table étincelante. Satisfait de son travail, il se déplaça vers l'endroit où un couple de nouveaux clients venait de s'asseoir.

Maintenant que le serveur perfectionniste était parti, David se leva. « Je suis désolé, je dois y aller maintenant. J'attends un appel téléphonique, que je dois prendre dans ma chambre. » Il parlait toujours aussi fort. Il sourit et serra la main d'Alan. « J'espère que vous trouverez Agnès très bientôt. »

Puis, en se tournant pour serrer la main du sergent Andrews, il baissa la voix. « Retrouvez-moi dans ma chambre dans dix minutes. » Il donna le numéro de sa chambre avant de quitter le bar.

L'inspecteur en chef et son sergent se rassirent et se regardèrent pendant quelques secondes.

Alan fut le premier à prendre la parole. « Je ne suis pas sûr de comprendre cet homme. Au début, j'ai pensé qu'il était un peu nerveux parce que le serveur était trop près. Mais ensuite, je me suis demandé s'il était préoccupé par la qualité du nettoyage de la table par le serveur. Ou peut-être qu'il gagnait du temps. »

Andrews hocha la tête. « Ça pourrait être les trois à la fois ! Maintenant, il gagne encore plus de temps en nous laissant assis ici pendant qu'il monte dans sa chambre et s'assure qu'il n'y a rien de compromettant qui traîne. »

« Ou peut-être que Drummond a remarqué que quelque chose se passait avec le serveur plus tôt dans la soirée, et qu'il était prudent », ajouta lentement Alan.

« Je n'y crois pas, dit Andrews. Le serveur faisait simplement son travail. Je le regardais pendant tout le temps où Drummond se retenait. Ce serveur n'a même pas regardé dans notre direction. Son attention était concentrée sur le nettoyage de la table.

» Il fit une pause. « Agent ou pas, je ne fais toujours pas confiance à David Drummond. »

* * *

Le sergent détourna le regard. C'était vrai. Il ne faisait pas confiance à cet homme, même s'il n'avait aucune raison valable de ne pas le faire. Pourtant, il y avait quelque chose qui ne sonnait pas juste et voilà que ce minable s'installait et reprenait leur affaire. Jusqu'à présent, Agnès Lockwood avait réussi à s'immiscer dans tous les aspects de l'enquête. Maintenant, c'est David Drummond qui s'en mêlait et son patron semblait l'accepter sans poser de questions.

« Je suis désolé, Monsieur, dit Andrews. J'ai l'impression que ce soi-disant agent nous mène en bateau. »

* * *

« Pas besoin d'être désolé, Michael, je comprends ce que vous ressentez. » Alan sourit. « Cependant, en tant que détectives, nous devons faire avec les informations qui nous sont données. » Il réfléchit. « Nous passons au crible toutes les informations que l'on nous donne. Évidemment, nous trouvons que certaines d'entre elles sont totalement inutiles. D'autres utiles, mais seulement pour une courte période. Puis interviennent les bribes d'informations qui nous rapprochent un peu plus de la vérité. Même un seul fragment d'information pourrait nous conduire à quelqu'un qui en sait plus que nous. Dans le cas présent, ce quelqu'un pourrait être Drummond. Il a peut-être remarqué quelque chose qui s'est passé plus tôt dans la soirée, quelque chose qui pourrait nous aider dans notre enquête. » À présent, Alan fixait Andrews. « Alors, dites-moi, voulez-vous vraiment rejeter tout ce qu'il a à offrir, parce qu'il est un soi-disant agent secret ? »

Andrews déglutit durement. Il n'avait pas réalisé que sa jalousie envers Drummond était si évidente. « Bien, Sergent. Je pense que nous avons donné assez de temps à Drummond. Nous ferions mieux de monter. » Il réfléchit. « Cependant, laissez-moi vous dire quelque chose. Moi aussi, je ne suis pas convaincu par cet homme. Je suggère que nous écoutions ce qu'il a à dire, puis que nous nous fassions notre propre opinion. »

À la réception, les détectives rencontrèrent l'équipe de renfort qui rôdait dans le coin. Leur rapport n'était pas bon. Personne n'avait vu Mme Lockwood. On dit à Alan qu'un médecin légiste était toujours dans sa chambre d'hôtel à la recherche d'empreintes digitales. L'inspecteur en chef acquiesça, mais il était sûr que l'homme ne trouverait rien. Il se doutait que celui qui avait enlevé Agnès avait pris grand soin de ne pas laisser de trace de son identité.

Après avoir renvoyé les hommes au poste de police, l'inspecteur en chef jeta un coup d'œil dans le bar. Il voulait s'assurer que personne ne les observait pendant qu'Andrews et lui montaient à l'étage pour parler à Drummond. Il aperçut les deux serveurs au bar, le dos tourné à la porte. Sans doute attendaient-ils que leurs commandes soient exécutées. Quant aux clients, ils étaient tellement impliqués dans leur conversation qu'ils n'auraient pas remarqué la présence d'une célèbre star de cinéma dans la salle.

Alan fit un signe de tête à Andrews et tous deux se dirigèrent rapidement vers les escaliers.

24

Agnès leva les yeux vers la petite fenêtre. Il faisait encore nuit dehors. Depuis combien de temps était-elle ici ? Était-ce la même nuit où elle avait rencontré David Drummond ? Ou bien, pouvait-elle être ici depuis vingt-quatre heures ?

Sa tête lui faisait toujours mal. Même si la douleur n'était pas aussi forte que tout à l'heure, elle était encore très vive. Néanmoins, elle avait besoin de savoir où elle était. Mais il faisait toujours aussi sombre dans cette pièce. Peut-être y avait-il un interrupteur quelque part. Très prudemment, elle fit passer ses jambes par-dessus le canapé ou ce sur quoi elle était allongée, et se leva. Elle devait marcher très prudemment. Si c'était une sorte de débarras, il pouvait y avoir des choses qui traînaient sur le sol. Tout d'abord, elle devait trouver un mur. De là, elle pourrait peut-être se déplacer à tâtons dans la pièce jusqu'à ce qu'elle trouvât un interrupteur ou même une porte. Même si elle devinait qu'elle serait verrouillée.

Très lentement, elle mit un pied devant l'autre et commença à s'éloigner du canapé. Cela pouvait prendre beaucoup de temps, selon la taille de la pièce. Mais elle savait qu'elle ne pouvait pas se dépêcher. Si elle tombait sur quelque chose, elle pourrait se blesser. Sa tête était déjà assez douloureuse sans avoir à se préoccuper d'autre chose. Elle fit encore quelques petits pas sans problème ; jusque-là, tout allait bien. Elle leva les bras devant elle et tâtonna dans l'obscurité, à la recherche de quelque chose de solide. Elle savait qu'elle pouvait le faire. Mais elle devait rester calme.

Même emprisonnée dans cette pièce sombre, elle esquissa un léger sourire en repensant à la petite plaque accrochée au mur de sa cuisine. Garde ton Calme et Continue, disait-elle. Ces mots avaient été écrits pour une situation telle que celle-ci.

David Drummond ouvrit sa porte au moment où Andrews frappa. Il fit rapidement entrer les deux détectives dans la pièce. Il avait fait le guet en attendant leur arrivée, moins de gens les verraient ensemble, mieux ce serait. Les invités revenaient à l'hôtel de divers clubs ou fêtes à toute heure. La plupart d'entre eux étaient trop ivres pour remarquer quoi que ce soit ou ne s'en seraient probablement pas souciés. Mais son travail lui avait appris à se méfier de tout le monde. Son objectif était si proche ; il n'avait pas l'intention de le perdre maintenant.

« Bon, que pouvez-vous nous dire sur ce qui est arrivé à Mme Lockwood ? » C'est Andrews qui posa la question. Il est allé droit au but une fois la porte fermée. « Et qu'est-ce que le serveur a à voir avec tout ça ? »

« Asseyez-vous, s'il vous plaît. » Drummond fit un geste vers un grand canapé. Les deux détectives s'y installèrent.

« Je ne peux rien affirmer avec certitude, mais je crois que l'un des serveurs sait quelque chose », dit David en abaissant sa grande taille dans un fauteuil.

« Au cours de notre conversation pendant le dîner, Agnès a fait remarquer que le serveur, Achmed, au bar, avait été un peu présomptueux avant mon arrivée. Elle n'en a pas dit plus, mais j'ai eu l'impression qu'elle avait été plutôt perturbée, quand il a pris l'initiative de s'asseoir à côté d'elle et de commencer à poser des questions. »

« Quel genre de questions ? » C'était Alan qui parlait maintenant.

David a haussé les épaules. « Elle m'a dit qu'il lui avait demandé ce que la police et elle avaient découvert concernant les vols. Si j'ai bien compris, elle a déclaré qu'elle n'avait aucune idée de ce que la police avait découvert ou de l'état d'avancement de leur enquête. » Il fit une pause. « Elle a ri en disant qu'il avait probablement des difficultés avec la langue, mais je n'en étais pas si sûr. J'aurais bien voulu poser quelques questions sur ses manières, mais elle a refusé d'en parler plus longtemps. En disant que c'était probablement un malentendu. »

« Mais vous ne le pensez pas ? demanda Alan. Vous pensez qu'il y a plus qu'une simple erreur. »

Drummond hocha la tête. « Il y a quelque chose chez le serveur qui me met mal à l'aise. Quand Agnès l'a appelé en disant qu'elle ne se sentait pas bien, il n'a pas eu l'air surpris. Je l'ai observé pendant qu'elle était escortée à l'étage. Je voulais voir s'il avait quitté le bar. »

« Et l'a-t-il fait ? », demanda Andrews.

« Oui, il est entré dans la pièce derrière le bar, mais pour quelques minutes. Quand il est revenu, il portait une caisse de bière pour la serveuse du bar. S'il était parti plus longtemps, je serais sorti pour voir ce qu'il faisait. Je sais pertinemment qu'il y a un escalier qui mène à l'étage. »

« Donc, si Mme Lockwood ne pensait pas que le serveur était un problème, et que vous ne l'avez pas perdu de vue pendant plus de deux minutes, pourquoi pensez-vous toujours qu'il pourrait être impliqué dans sa disparition. Je veux dire, c'est pour ça que vous nous avez demandé de venir ici, non ? »

Andrews avait envie d'en découdre avec le gars du MI5. « Ou alors j'ai complètement perdu le fil. »

« Votre sergent est-il toujours aussi abrasif ? », dit David en regardant l'inspecteur en chef.

« Non, pas toujours, répondit Alan, juste quand il ne voit pas où va la conversation ». Il marqua une pause. « Je dois admettre que, moi-même, je commence à me demander pourquoi nous sommes ici – et, si c'est Achmed dont Mme Lockwood vous a parlé, pourquoi le nouveau serveur vous a-t-il tant intrigué ? ».

« Je vous ai invité ici pour vous dire que je surveillais déjà Achmed bien avant qu'Agnès ne me parle de son comportement ce soir ». Drummond haussa les épaules. « L'autre serveur m'a simplement amusé ». Il reporta son attention sur le sergent. « Cependant, lorsque vous avez commencé à poser les questions, j'ai pensé que je pourrais jouer le jeu jusqu'à ce que vous compreniez ce qui se passe. » Il prit une pause. « Est-ce que l'un d'entre vous aimerait prendre un verre avec moi ? »

Alan consulta sa montre-bracelet. Il était bien plus de minuit maintenant. Combien de temps cela allait-il encore durer ? « Croyez-vous que c'est une blague, Drummond ? Une femme a été kidnappée ici, dans l'hôtel, sous votre nez, et vous nous demandez de prendre un verre avec vous ! Pour l'amour de Dieu, dites-nous tout ce que vous savez. »

* * *

Agnès tâtonnait toujours dans la pièce sombre. Elle faillit tomber sur quelques objets. Heureusement, elle avait pris son temps et il n'y avait pas eu de dégâts. La pièce devait être extrêmement grande. Soit ça, soit elle tournait en rond. Dans ce cas, elle n'allait pas aller bien loin. Elle devrait peut-être attendre le lever du soleil.

Mais elle savait qu'elle ne pouvait pas rester là à attendre tranquillement. Quelqu'un pouvait revenir à tout moment et elle ne voulait pas prendre le risque d'être assassinée sans avoir tenté de se sauver.

Enfin, elle parvint à une sorte de mur. Il était certainement très solide. Si elle le suivait lentement tout autour de la pièce, tout en cherchant à tâtons un interrupteur, elle arriverait peut-être à quelque chose.

Après ce qui lui a semblé être une éternité, les doigts d'Agnès touchèrent un interrupteur. Jusqu'à ce moment, elle avait cru qu'elle errait dans la pièce en parcourant le même chemin encore et encore. Elle appuya sur l'interrupteur et une ampoule au-dessus de sa tête s'alluma.

Au début, elle ne pouvait rien voir, l'éclat soudain de la lumière l'aveuglait. Mais lentement, alors que ses yeux s'habi-tuaient à la luminosité, elle put observer ce qui l'entourait. C'était une pièce assez grande et le sol était couvert de boîtes. C'était un miracle qu'elle n'eût pas trébuché et ne soit pas tombée à chaque pas. En levant la tête, elle constata que la lampe était fixée à l'une des nombreuses grosses poutres qui soutenaient le toit en pente. La fenêtre qu'elle avait vue plus tôt était placée en haut du mur, juste en dessous de l'endroit où le toit commençait à aller vers le haut. La fenêtre était minuscule par rapport à la taille de la pièce. Pas étonnant qu'elle ne pût pas voir la lueur des lampadaires.

Sa tête lui faisait toujours mal, mais elle luttait contre la douleur. Elle devait se ressaisir, elle devait réfléchir. Sa vie même pouvait dépendre de ce dont elle se souvenait. Elle repensa aux jours où elle avait marché le long des quais en direction de l'hôtel. Parfois, des gens se penchaient par la fenêtre. À ces occasions, avait-elle laissé ses yeux s'égarer au-dessus des fenêtres jusqu'au toit ?

Oui ! Elle se rappela soudain avoir vu un drapeau de l'Union sur un long mât flottant au-dessus de l'hôtel. Le mât était perché sur une sorte de clocher d'église, mais beaucoup plus court. Elle leva à nouveau la tête vers le plafond, scrutant l'obscurité qui se trouvait au-delà des rayons de la lumière. Après quelques instants, elle réussit à voir que les supports en bois s'élevaient doucement jusqu'à un point situé au centre de la pièce. Donc, elle était toujours dans l'hôtel. Elle n'avait pas été transportée dans un vieil entrepôt que plus personne n'utilisait. Maintenant, d'une manière ou d'une autre, elle devait sortir d'ici avant que son ravisseur ne revînt.

Elle balaya la pièce du regard. Sur un côté se trouvaient quelques chaises, les mêmes que celles utilisées dans la salle à manger. De toute évidence, il s'agissait de chaises de rechange au cas où un incident se produirait avec celles d'en bas. Il y avait deux canapés en cuir et de nombreux coussins. Et puis il y avait les boîtes ; d'innombrables boîtes. Elles contenaient probablement de la vaisselle et des ustensiles de cuisine.

Il y avait deux portes dans la pièce. La première qu'elle tenta d'ouvrir était verrouillée. Elle résistait bien lorsqu'elle tirait sur la poignée. Elle retint son souffle alors qu'elle traversait la pièce en direction de l'autre porte. Si celle-ci ne cédait pas, elle allait devoir chercher un autre moyen de s'échapper. Quand elle atteignit la porte, elle se dégourdit et tourna la poignée. Mince ! Elle était fermée à clé, elle aussi. À quoi d'autre pouvait-elle s'attendre ? Personne ne prend un prisonnier et laisse la porte déverrouillée.

Elle était sur le point de reculer, quand elle remarqua que cette porte était plus haute que l'autre et qu'elle avait un verrou en haut et en bas. Cependant, elle n'avait pas de trou de serrure, ce qui signifiait que si elle pouvait retirer les verrous, elle pourrait éventuellement voir ce qui se trouvait de l'autre côté ; à moins qu'il n'y eût également des verrous de l'autre côté.

Le boulon du bas n'était pas un problème, il se retira assez facilement. Cependant, elle devait se hisser sur un support pour atteindre le boulon du haut.

Jetant un coup d'œil dans la pièce, ses yeux tombèrent sur

les chaises. Elle savait déjà qu'elles étaient lourdes. Elle avait essayé d'en déplacer une lors de sa première soirée à l'hôtel et avait trouvé cela extrêmement difficile. Pas étonnant que les serveurs de la salle à manger tiraient les chaises pour que les dames puissent s'asseoir. Néanmoins, si elle voulait sortir d'ici, elle devait grimper sur un objet pour atteindre ce fichu verrou.

Elle se mit à tirer la chaise à travers la pièce en direction de la porte, mais s'arrêta quand elle réalisa qu'elle faisait trop de bruit. Elle n'avait aucune idée de l'endroit où se trouvait son kidnappeur. Il pouvait être à l'extérieur de la porte verrouillée ou dans une pièce quelque part en dessous de celle-ci. Elle devait la porter. Saisissant la chaise à deux mains, elle la souleva du sol et commença à tituber dans la grande pièce. Pourquoi ces chaises étaient-elles si lourdes ?

Elle repensa à l'appel qu'elle avait passé à Alan. Elle se demandait s'il avait entendu son appel à l'aide avant que le téléphone ne lui soit arraché des mains et qu'elle reçût un coup sur la tête. Cependant, elle devait partir du principe qu'il ne l'avait pas entendu. Elle devait donc croire qu'elle était seule et faire tout ce qu'elle pouvait pour s'en sortir.

Elle arriva enfin à la porte. Maintenant, elle devait agir rapidement. Même si la personne qui l'avait droguée et amenée ici n'était pas dans les parages, elle pouvait revenir à tout moment.

Elle se hissa sur la chaise et fit glisser le verrou. En redescendant, elle souleva la chaise sur le côté et tourna la poignée. La porte s'ouvrit et elle se retrouva en bas de quelques marches. Un rapide coup d'œil lui apprit que la seule solution était de monter. Bien qu'elle eût encore mal à la tête, douleur aggravée par le soulèvement de la chaise à travers la pièce, elle monta les marches en courant.

Arrivée en haut, elle vit une autre porte, qui, heureusement, n'était pas verrouillée. En l'ouvrant, elle se retrouva sur le toit de l'hôtel. Agnès rampa avec précaution jusqu'au bord. S'il avait plu, la surface risquait d'être glissante. Une fois qu'elle eût atteint le bord du toit, elle posa ses mains sur le parapet et se pencha.

Les quais s'étendaient devant elle. Elle voyait les quatre ponts et, de là-haut, ils étaient encore plus magnifiques. Mais ce n'était pas le moment d'admirer la vue. Elle devait attirer l'attention de quelqu'un en bas – n'importe qui. Mais qui pourrait être en bas à cette heure de la nuit ? Il n'y avait aucun signe de vie. Même les bars et les clubs devaient être fermés à présent. La seule personne sur laquelle elle pouvait compter était la personne en service de nuit à la réception de l'hôtel ou, peut-être, au Millennium Bridge. Elle ne se souvenait plus si quelqu'un était de service la nuit sur le pont. Néanmoins, elle devait trouver un moyen d'attirer l'attention sur elle.

Pendant un moment, Agnès commença à paniquer. Tous ces efforts n'avaient servi à rien. Elle était toujours piégée. Elle inspira profondément. Elle devait garder son sang-froid. Perdre son sang-froid maintenant ne l'aiderait pas.

En regardant les ponts et les réverbères, elle devina que l'entrée principale de l'hôtel devait se trouver en dessous de l'endroit où elle se trouvait. Alors, comment pouvait-elle attirer l'attention de la personne chargée du service de nuit à la réception ? Si elle criait, le type qui l'avait enfermée ici pourrait l'entendre, se précipiter à l'étage et la trouver. Elle regarda les quais qui s'étendaient en contrebas. Mais il n'y avait toujours aucun signe de mouvement. Pas de traînards de fin de soirée luttant pour rester debout après une nuit en ville.

Elle devait réfléchir. Heureusement, sa tête ne lui faisait plus si mal maintenant. L'air frais de la nuit contribuait à atténuer la douleur. Allez, Agnès. Tu es arrivée jusqu'ici, tu ne peux pas abandonner maintenant. Après quelques instants, elle retourna dans la réserve. Elle avait eu une idée.

* * *

La réception de l'hôtel était silencieuse. Comme d'habitude, à cette heure de la nuit, la plupart des clients qui étaient sortis pour la soirée étaient rentrés et étaient soit au lit, soit en train de boire un dernier verre dans leur chambre. Les éventuels retardataires devaient sonner pour être admis.

John Harrison, l'agent de sécurité de nuit, venait de regagner la réception après avoir fait le tour des salles publiques du rez-de-chaussée. Il changeait rarement sa routine. En tant qu'ancien militaire, il estimait qu'il était de son devoir d'effectuer des contrôles réguliers pour s'assurer qu'il n'y avait pas d'intrus – même si les autres membres du personnel lui disaient souvent qu'il était trop vigilant.

« Une fois que vous avez verrouillé la porte d'entrée, personne ne pourra entrer », lui avait dit son homologue. « Vous devriez vous détendre un peu. » Cependant, John Harrison ne s'était jamais détendu pendant son service, et il ne comptait pas commencer aujourd'hui.

Toujours selon sa routine habituelle, il prit un trousseau de clés dans le tiroir du bureau et se dirigea vers l'entrée de l'hôtel. Il déverrouilla la porte d'entrée et jeta un coup d'œil à l'extérieur, au cas où un client aurait appuyé sur la sonnette pendant les quelques minutes où il était trop loin pour l'entendre. Satisfait de constater que personne n'attendait pour entrer, il entreprit de pousser la porte. Mais un bruit sourd provenant de l'extérieur le fit hésiter.

Il pencha la tête sur le côté et écouta. Mais c'était silencieux. Il haussa les épaules et referma la porte lorsqu'il entendit un autre bruit sourd, mais cette fois-ci plus fort.

« Qu'est-ce que... ? », murmura Harrison en lui-même. Tirant la porte, il sortit sur le trottoir et regarda autour de lui. Juste un peu plus loin de la porte de l'hôtel, il vit trois ou quatre boîtes posées sur le sol. Prudemment, il fit un pas vers elles, manquant de peu d'être heurté par une autre boîte qui tombait sur le sol. Harrison s'engagea sur la route et leva la tête vers le toit de l'hôtel. Il ne vit d'abord rien, puis il aperçut quelqu'un qui agitait les bras dans sa direction.

« À quoi vous jouez, bon sang ? cria-t-il. Descendez ici tout de suite. »

« Je ne peux pas, lança Agnès. Quelqu'un m'a enfermée dans la chambre du haut. S'il vous plaît, aidez-moi. » « J'arrive dans quelques minutes », hurla-t-il.

Il se hâta de rentrer dans l'hôtel, s'assurant que la porte était bien fermée derrière lui. Si c'était un complot pour permettre à quelqu'un de se faufiler quand il ne regardait pas, ça ne se passerait pas comme ça. Il prit un autre trousseau de clés sur le bureau avant de se diriger vers l'ascenseur. L'une des clés devait entrer dans la serrure de sécurité de l'ascenseur. Une fois le verrou actionné, l'ascenseur l'emmènerait aux étages au-delà de ceux accessibles aux visiteurs. Il ne pouvait qu'espérer que celui qui avait fermé la porte de la réserve avait laissé la clé dans la serrure. Il n'avait aucune idée si l'une des clés qu'il avait sur lui pouvait réellement ouvrir la porte.

Au sommet du bâtiment, il appuya sur un bouton qui maintiendrait l'ascenseur en place avec la porte ouverte. Jusqu'à ce qu'il trouvât l'interrupteur sur le palier, il devrait se contenter de la lumière qui s'échappait de l'ascenseur. Le lendemain matin, il informerait le gérant que le personnel de nuit devrait être équipé de torches.

« Où êtes-vous ? », cria-t-il, tout en tâtonnant à la recherche de l'interrupteur.

« Je suis là », répondit Agnès. Elle était retournée dans la réserve et attendait près de la porte. Elle secoua la poignée de la porte. Harrison se rendit à la porte située juste en face de l'ascenseur. Heureusement, la clé était toujours dans la serrure et à peine avait-elle tourné, que la porte s'ouvrit et Agnès sortit en courant.

« Mais qu'est-ce que vous faisiez là-dedans ? gronda-t-il. Les visiteurs ne sont pas autorisés à entrer dans cette partie de l'hôtel. »

« Je ne suis pas montée ici de mon plein gré. Quelqu'un m'a droguée et quand je me suis réveillée, je me suis retrouvée enfermée dans cette pièce. » Agnès ne savait pas si elle devait rire ou pleurer. Elle voulait rire de la façon dont elle avait réussi à s'échapper en ayant l'idée de jeter certaines des petites boîtes du toit. Mais en même temps, elle avait envie de s'asseoir et de pleurer en voyant qu'elle avait failli être assassinée.

Au début, Harrison eut du mal à croire que quelqu'un eût pu enfermer l'un des clients ici. C'était un hôtel de très grande classe. Les gens, qui venaient dans des hôtels comme celui-ci, ne faisaient pas ce genre de choses. Mais il pensa ensuite aux vols qui avaient eu lieu la semaine dernière. Peut-être que la femme disait la vérité après tout.

« Je dois trouver un téléphone. Je dois appeler mon ami, c'est un inspecteur de police. L'homme qui m'a enfermé là-dedans m'a pris mon téléphone. »

Harrison acquiesça. Il ne perdit pas plus de temps. Il la fit entrer dans l'ascenseur et appuya sur le bouton du rez-de-chaussée. « Vous pouvez utiliser le téléphone sur le bureau », lui dit-il, alors que l'ascenseur commençait à descendre. « Et pendant que vous contactez la police, je vais vous chercher un cognac au bar. Je pense que vous en avez besoin. » Il fit une pause. « Juste pour savoir, avez-vous une idée de qui vous a enfermé là-haut ? »

« Oui », répondit-elle lentement. « Je pense que oui. J'ai eu amplement le temps d'y réfléchir. » Elle réfléchit un instant. « Je vais passer sur le cognac ; j'ai encore mal à la tête. De l'eau minérale me ferait du bien. » Harrison acquiesça. Il n'insista pas davantage. Il était clair qu'elle n'allait pas lui divulguer d'autres informations.

À la réception, l'agent de sécurité de nuit lui indiqua le bureau et lui dit de passer l'appel. Il se dirigea vers la porte d'entrée et apporta les quatre paquets qui gisaient encore sur le trottoir. Deux d'entre eux avaient éclaté et plusieurs pièces de vaisselle étaient éparpillées. Il devait les balayer.

Une fois qu'il était sûr que tout était en ordre, il entra dans le bar et prit une bouteille d'eau pour Agnès. Les événements de la soirée étaient encore présents dans son esprit.

Il fut tenté de se verser un petit verre de cognac, mais se ravisa. Il n'avait jamais pris un verre pendant son service et il n'allait pas commencer maintenant.

25

———

À l'étage, Drummond expliqua pourquoi il avait été envoyé à Newcastle. « Comment diable avez-vous appris ça ? »

Drummond avait presque bondi de sa chaise, quand Alan lui avait dit qu'ils avaient eu des soupçons concernant le collier volé à Londres.

« Personne n'est censé savoir, poursuivit-il. Toute l'affaire est restée très discrète. Pas un seul mot n'a été prononcé en dehors des salles fermées à clé où se tenaient les réunions pour discuter de la façon dont ça avait pu se produire et, plus important encore, de la façon dont ils allaient le récupérer. »

Drummond se rassit sur sa chaise et secoua la tête. « Si les médias s'emparent de cette information, alors elle sera étalée dans tous les journaux du monde. Combien d'autres personnes sont au courant ? »

« À part celui qui l'a volé, je pense que nous sommes les deux seules personnes à avoir deviné », répondit Andrews. Il prit plaisir à pouvoir dire à l'agent secret, que son patron et lui étaient en avance sur lui sur ce point.

« Ok, dit Drummond, dites-moi comment vous l'avez appris. »

« Ce n'est pas la raison pour laquelle nous sommes ici. » L'inspecteur en chef commençait à être agacé. La vie d'une femme était en jeu ici. Il ne pouvait pas se soucier d'un collier ensanglanté, peu importe sa valeur. « Vous deviez nous aider à trouver Mme Lockwood, pas parler d'un putain de collier. »

« Un putain de collier, vous dites ! rugit Drummond. Ce satané collier vaut environ cinq millions de livres. La perte de ce collier pourrait provoquer l'effondrement des relations diplomatiques entre les pays arabes et le Royaume-Uni. »

« Dans ce cas, les décisionnaires auraient dû y réfléchir à deux fois avant de demander qu'il soit inclus dans l'exposition. » Alan parlait calmement, même s'il bouillonnait intérieurement. « Ils auraient dû au moins décider de la meilleure façon de garder le collier en sécurité une fois arrivé dans le pays. Au lieu de cela, il semble que tout le monde ait supposé que personne ne penserait à le voler et l'ait laissé sans surveillance – enfin, il haussa les épaules, peut-être qu'ils ne l'ont pas laissé sans surveillance, mais il est évident qu'il n'avait pas été mis en sécurité dans un coffre-fort. Néanmoins, ils se sont trompés dans leur hypothèse. Quelqu'un l'a volé et maintenant des gens sont assassinés à cause de ça. »

Alan frappa du poing sur le bras de sa chaise, faisant sursauter Drummond et Andrews. « Peut-être que maintenant vous allez en venir au but de cette réunion et nous dire quelque chose qui nous aidera à trouver Mme Lockwood avant qu'elle ne finisse assassinée comme votre frère et votre sœur. » Il fit une pause. « Que s'est-il passé pendant le dîner de ce soir ? Êtes-vous derrière sa disparition soudaine ? Alors aidez-moi, Drummond, si vous ne nous dites pas ce que nous devons savoir maintenant, je vous arrêterai pour avoir dissimulé des informations dans une enquête sur un possible meurtre. »

« Le dîner avec Mme Lockwood s'est bien passé », dit-il en regardant l'inspecteur en chef. « Nous avons bavardé un moment ; j'ai trop bu, mais c'est tout. Agnès ne buvait pas vraiment beaucoup, alors je ne l'ai pas cru quand on m'a dit qu'elle avait trop bu et qu'elle avait besoin d'aller se reposer. »

« Pourtant, sachant qu'elle n'était pas ivre, vous avez simplement accepté ce qu'ils vous ont dit, interrompit le sergent. Vous n'avez même pas pensé à aller à l'étage pour vérifier qu'elle allait bien ? »

« Je gardais un œil sur le serveur. »

« Donc maintenant on en revient au serveur », explosa Alan. Ok, alors qu'est-ce que le serveur a à voir avec tout ça ? »

Drummond soupira.

« Le serveur du bar de l'hôtel Millennium est sous surveillance depuis un certain temps, dit enfin Drummond. Achmed est un voleur. Mais c'est un voleur très intelligent. Personne n'a jamais pu prouver quoi que ce soit contre lui. Il est arrivé au Royaume-Uni peu après la signature de l'accord pour la sécurité du collier. Il utilisait de faux papiers et un faux passeport. Des agents à l'étranger nous avaient prévenus qu'il était en route. Ils pensaient qu'il venait soit pour voler le collier, soit pour rencontrer la personne qui l'a volé. » Il leva la main quand Andrews était sur le point de l'interrompre. « Ne me demandez pas comment ils ont su que ça allait arriver. Cette information est top secrète. Le moindre soupçon sur leur identité pourrait compromettre leur couverture. Ils ont travaillé trop dur pour être découverts maintenant. Ils seraient coincés et à la merci des gens qu'ils ont trompés. »

Alan hocha la tête. Il n'était pas convaincu que cet homme disait la vérité absolue. Ses manières n'avaient pas l'air sincères. Cependant, en tant qu'ancien soldat, il comprenait le mode de fonctionnement de ces situations. Pour le moment, il accordait à Drummond le bénéfice du doute.

« Laissez tomber, Andrews. Il a raison. »

« Oui, Monsieur », Andrews toussa et fit signe à Drummond de continuer.

« On pensait que cet homme traînerait à Londres en attendant l'occasion de voler ce précieux bijou, poursuivit Drummond. Mais non. Il est venu jusqu'à Newcastle et a postulé un emploi dans cet hôtel – et avant que vous ne posiez la question, nous pensons que le gérant de l'hôtel n'a aucune idée de la vraie identité de cet homme. Il lui a fait passer un entretien avec trois autres personnes et l'a trouvé plus que capable de faire le travail, bien qu'il soit encore en train d'apprendre la langue anglaise. »

« Je suppose que vous avez ensuite été envoyé ici pour garder un œil sur lui », dit Alan.

Drummond acquiesça. « Oui, sauf que je me suis porté volontaire pour venir ici. J'étais impatient de retrouver mon frère et ma sœur. Nous ne nous étions pas retrouvés depuis un bon moment. »

« C'est pourquoi vous utilisez votre propre nom ? », demanda Andrews, ne pouvant pas s'empêcher d'intervenir.

Drummond hocha à nouveau la tête. « Mais maintenant, je regrette de ne pas avoir laissé quelqu'un d'autre faire le travail. Ma présence ici a probablement causé leur mort. »

« Alors, quelle est la place du serveur dans tout ça ? » Alan était fatigué de tourner autour du pot. Agnès était peut-être morte et il était assis là à parler d'un simple serveur. « Vous pensez qu'il a assassiné votre famille ? »

« Non. Nous ne le pensons pas. Nous pensons que le seul but de sa présence ici à Newcastle était de récupérer le collier auprès de celui qui l'a volé. En attendant, nous pensons qu'il était censé éviter les ennuis en faisant simplement son travail de serveur. » Drummond fit une pause. « Je pense que, depuis les vols à l'hôtel, il a vu Agnès vous parler et s'est fait des idées. À mon avis, il a pensé qu'elle était après lui et il a paniqué. D'où les questions qu'il lui a posées plus tôt dans la soirée. Je crois fermement qu'il a quelque chose à voir avec sa disparition. Peut-être qu'il n'était pas convaincu par ses réponses à ses questions. Ou peut-être qu'il l'a vue me parler et a conclu qu'il avait raison de se méfier d'elle. Pour lui, elle pourrait être une détective sous couverture ou même un membre de mon équipe. Dans ce cas, il a peut-être agi sous l'impulsion du moment et décidé de faire quelque chose de radical. »

« Mais vous avez dit qu'il n'a pas quitté le bar quand Mme Lockwood a été escortée dans sa chambre, remarqua Alan. Pourtant, vous pensez toujours qu'il a quelque chose à voir avec ce qui lui est arrivé. »

« Je crois qu'il a mis quelque chose dans son verre. »

« Puis-je savoir pourquoi vous avez entamé une conversation avec Mme Lockwood ce soir ? demanda l'inspecteur en chef. « Je suppose que c'est vous qui l'avez abordée en premier et non l'inverse. »

« C'était à cause d'une photo. » Drummond décida de jouer la carte de l'honnêteté sur ce coup. « Je pensais l'avoir vue prendre une photo de moi la nuit où mon frère et ma sœur ont été assassinés. Mais elle m'a assuré du contraire. Elle m'a même montré son téléphone pour le prouver. »

Alan sortit son téléphone portable. « Vous voulez dire celle-là ? » Il montra à David la photo qu'il avait copiée du téléphone d'Alice Thurgood, la femme qui l'avait prise par inadvertance alors que Drummond passait en courant devant elle cette nuit fatidique.

« Donc Agnès a bien pris la photo. » Le sourire de Drummond était cynique alors qu'il rendait le téléphone à Alan. « C'est une bonne menteuse. »

« Non, ce n'était pas Agnès », répliqua Alan. Il referma son téléphone et le mit dans sa poche. « Une personne m'a montré la photo le jour où nous avons trouvé le sang sur le trottoir de Grainger Street. Cette personne, qui doit rester anonyme, n'y avait pas vraiment pensé avant de nous voir sur les lieux. Elle l'a supprimée de son téléphone au moment où je l'ai copiée ; je l'ai vue faire, donc vous n'avez pas à vous inquiéter. Elle n'est plus en train de circuler. »

« Vous dites que le serveur aurait pu penser que Mme Lockwood était une policière sous couverture ou faisait partie de votre équipe ? » Andrews avait attendu patiemment que l'inspecteur en chef ait fini de parler. « Ou faisait partie de votre équipe, avait-il répété, lentement. Il semblerait donc savoir qui vous étiez et pourquoi vous étiez ici. Pour un serveur qui, selon votre propre aveu, ne quitte quasiment pas le bar et dont l'anglais n'est pas bon, il a apparemment recueilli un grand nombre d'informations sur vous – d'autant plus que vous êtes censé être – sous couverture. »

Andrews avait prononcé ce dernier mot lentement et distinctement.

Drummond se sentit mal à l'aise. Comment avait-il pu commettre une erreur aussi stupide ? Ce n'était pas du tout son genre. Mais ce qui le surprit vraiment, était le fait que ce fut un simple sergent de la police de Newcastle qui l'avait remarqué. Son simple lapsus pouvait mettre fin à son rêve. Ses prochaines paroles allaient soigner la blessure ou l'ouvrir complètement.

« C'est vrai. » Alan regarda Drummond. Il devait admettre que son sergent avait vraiment bien fait de le remarquer.

« Un mauvais choix de mots », dit Drummond en riant de bon cœur. « Pour l'amour de Dieu, Andrews, tout ce que j'essaie de dire, c'est qu'Achmed est intelligent. Je l'ai observé de près, conformément aux instructions. Peut-être a-t-il vu que je l'observais ; je ne pense pas, mais qui sait. » Il haussa les épaules.

« Très honnêtement, Drummond, vous ne nous avez absolument rien dit que nous ne sachions déjà. » Alan se leva. « Vous savez que le serveur est impliqué dans une affaire liée au collier et vous pensez qu'il a corsé le verre de Mme Lockwood, bien que vous ne l'ayez pas vu le faire. Mais à part ça, vous n'avez pas la moindre idée de comment elle a disparu. Tout ça n'a été qu'une perte de temps et... »

Alan s'interrompit quand son téléphone sonna. Il l'ouvrit

rapidement, espérant voir apparaître le numéro d'Agnès, mais c'était un numéro qu'il ne reconnaissait pas.

« Alan, c'est moi, Agnès. J'ai besoin de ton aide. Vous pouvez venir rapidement ? » « Où êtes-vous ? » hurla Alan au téléphone.

« Je suis à la réception de l'hôtel. »

Les mots étaient à peine sortis de sa bouche qu'Alan lui répondit : « J'arrive tout de suite. »

« C'est Agnès. Elle est à la réception », cria Alan en se précipitant vers la porte. « Andrews, envoyez des hommes ici – et les ambulanciers ! »

Dans sa hâte de descendre, Alan ne remarqua pas l'expression de colère qui traversa le visage de Drummond. Elle ne dura qu'une fraction de seconde, avant qu'il ne la changeât en un regard d'inquiétude, mais elle n'était pas passée inaperçue du sergent Andrews.

Alan arriva le premier à la réception. Craignant que l'ascenseur soit trop lent, il prit précipitamment l'escalier qu'il dévala deux par deux. Son sergent et Drummond le suivirent de près.

Agnès traversa la réception en se pressant vers Alan. « J'ai été droguée et enfermée dans le grenier », s'écria-t-elle en l'entourant de ses bras. « Si le garde de nuit n'avait pas été là, je serais peut-être encore là-haut ».

Soudain, elle vit Drummond arriver sur les lieux. « J'étais avec vous. Pourquoi diable n'avez-vous pas fait quelque chose ? Vous saviez que je n'avais pas bu beaucoup d'alcool, et pourtant ils disaient que j'étais ivre. Vous auriez pu leur dire. »

« Je pensais que vous seriez bien en sécurité en haut dans votre chambre... »

« En sécurité ! En sécurité ? rétorqua Agnès. On m'a enlevée de ma chambre et jetée quelque part dans le grenier. J'aurais pu être assassinée là-haut. » Elle réfléchit. « J'aurais pu l'être si le gardien de nuit n'avait pas été aussi vigilant. »

« Je viens d'apprendre la nouvelle », lança M. Jenkins alors qu'il se précipitait vers Agnès. Il fit un geste vers Harrison. « Notre agent de sécurité vient de me dire ce qui s'est passé. Je ne sais vraiment pas quoi dire, Mme Lockwood. Nous avons simplement pensé que vous aviez un peu trop bu et que vous aviez besoin de dormir. Si... »

« Que tout le monde arrête de dire que j'étais ivre ! cria Agnès. Je n'étais pas ivre. Votre salopard de serveur a mis quelque chose dans mon verre, puis il est monté dans ma chambre, m'a retiré le téléphone pendant que je parlais à l'inspecteur en chef et m'a frappé sur la tête. »

« Je reconnais que le serveur a pu mettre quelque chose dans votre verre. Mais il ne pouvait pas être dans votre chambre. » C'était Drummond qui parlait maintenant. « Le serveur n'a pas quitté le bar. Je l'ai vu pendant tout le temps où vous étiez à l'étage. Je pensais que vous seriez bien dans votre chambre. »

« Voilà, vous voyez, Mme Lockwood, ça ne peut pas être le serveur. Vous avez dû vous tromper. » M. Jenkins semblait soulagé d'apprendre qu'un membre de son personnel n'était pas à blâmer.

« Je n'ai pas dit ça ! dit Drummond en bondissant. J'ai dit que votre serveur n'a pas quitté le bar. Mais il a peut-être ajouté quelque chose dans le verre de Mme Lockwood. »

M. Jenkins fut soulagé quand il entendit la police et l'ambulance se garer dehors. Pour le moment, il était tiré d'affaire.

« Qui a besoin d'une ambulance ? », demanda Agnès en jetant un coup d'œil à la réception, s'attendant à voir une personne allongée sur l'un des canapés. « Quelqu'un a été blessé ? »

« L'ambulance est pour vous », répondit Alan, calmement. « Je ne savais pas dans quel état vous étiez, alors j'ai demandé au sergent Andrews de demander à des auxiliaires médicaux de vous examiner. »

« Je vais bien », rétorqua-t-elle. Alan haussa les sourcils.

« Oui, j'étais un peu paniquée quand je vous ai parlé au téléphone il y a quelques minutes, admit-elle. Mais c'était parce que je voulais que vous arriviez avant que le serveur monte à l'étage et découvre que je me suis échappée. S'il est là-haut maintenant, il doit se demander comment j'ai fait. J'ai tourné la clé dans la serrure après avoir été secouru. »

Alan fit un signe de tête en direction des officiers de police alors qu'ils entraient dans le bâtiment. « Montez dans la réserve du grenier et jetez un coup d'œil. Si vous trouvez quelqu'un là-haut, ramenez-le ici pour l'interroger. Je pense que nous pouvons supposer qu'à cette heure-ci, toute personne honnête sera couchée dans son lit. » Il n'y avait pas le temps de briefer les hommes davantage. Il voulait attraper le responsable, quel qu'il soit.

Harrison conduisit certains des policiers jusqu'à l'ascenseur et leur remit la clé qui leur permettrait d'accéder à la réserve.

Alan se retourna vers Agnès alors que l'équipe d'ambulanciers entrait dans l'hôtel. Ils avaient pris quelques secondes supplémentaires pour rassembler l'équipement dont ils pourraient avoir besoin une fois qu'ils auraient trouvé leur patient.

« Je pense vraiment que vous devriez laisser les ambulanciers vous examiner, juste pour être sûr. » Il savait qu'il était inutile d'insister pour qu'elle allât à l'hôpital. Mais il voulait au moins être sûr que l'effet de la drogue s'était estompé et qu'elle n'était pas encore en état de choc.

Bien qu'elle trouvât que c'était une perte de temps, elle accepta d'être escortée jusqu'à sa chambre et d'être examinée. « Mais je reviens directement ici. Nous n'avons pas encore fini », ajouta-t-elle en pointant un doigt vers Drummond.

« Vous avez la clé de votre chambre ? », demanda l'un des ambulanciers, qui interrompit le cours de ses pensées. Avec tout ce qui lui passait par la tête, elle n'avait pas réalisé qu'ils avaient atteint sa chambre. Il lui a fallu quelques secondes pour se rappeler qu'elle n'avait pas son sac. « Je suis désolée, mais celui qui m'a emmenée au grenier a soit mon sac avec ma clé à l'intérieur, soit les deux sont encore dans ma chambre. »

« Retournez en bas et récupérez un double ou même un passe-partout », dit-il à son collègue. « Nous allons attendre ici. »

« Désolée », dit Agnès à l'ambulancier alors que son partenaire repartait le long du couloir vers l'ascenseur. « J'aurais dû y penser avant de monter ici. »

L'homme sourit. « Ne vous inquiétez pas. Après ce que vous avez vécu, coincée là-haut dans le grenier, sans savoir ce qui se passait, je serais un peu distrait, moi aussi. »

Agnès ne répondit pas. Quelque chose d'autre la préoccupait maintenant. Si Achmed avait sa clé, il pouvait entrer dans sa chambre à tout moment. Il pourrait être là, à l'attendre un soir, quand elle rentrerait après le dîner. Il pourrait même se faufiler une nuit pendant qu'elle dormait. Les pensées qui lui traversaient la tête la terrifiaient. Peut-être était-il temps de changer d'hôtel.

Peu de temps après, tous les trois étaient dans la chambre d'hôtel d'Agnès. Elle repéra son sac posé sur le lit et constata que rien n'avait été pris. Même sa carte d'accès était toujours dedans.

Après quelques vérifications, les ambulanciers confirmèrent à Agnès qu'elle allait bien. « Cependant, nous pensons que vous devriez nous laisser vous emmener à l'hôpital pour une radiographie », lui dit l'un d'eux.

« Vous vous moquez de moi ? rit Agnès. Je me sens bien maintenant, alors je vais retourner en bas pour rejoindre les autres. » Elle ramassa son sac et suivit l'équipe d'ambulanciers jusque dans le hall.

En bas, elle constata que les détectives, Drummond et M. Jenkins s'étaient tous réunis dans le salon.

Quelques officiers de police, qui avaient été appelés sur les lieux, discutaient à la réception. Les autres devaient être encore dans le grenier, à la recherche d'indices et d'empreintes digitales.

« Je suis de retour. Ils m'ont dit que j'allais bien », annonça Agnès en franchissant la porte.

« Vous êtes sûre ? » Alan regarda vers les ambulanciers. Ils se tenaient à quelques mètres derrière Agnès. « Oui, nous sommes convaincus que Mme Lockwood ne souffre pas d'un choc ou d'une commotion », répondit l'ambulancier principal. « Nous lui avons suggéré de passer une radiographie, mais elle a refusé. Elle voulait retourner en bas et s'impliquer. »

« Ça me dit quelque chose », murmura Alan. Il regardait Agnès maintenant et, à son sourire, il savait qu'elle avait entendu sa remarque. « Merci pour votre aide », ajouta-t-il, son attention se portant à nouveau sur l'équipe d'ambulanciers.

« Alors, qu'est-ce que j'ai manqué ? », demanda Agnès en traversant la pièce et en s'asseyant sur l'un des grands canapés. « Mettez-moi au courant de ce que vous avez établi depuis mon départ. »

« Mme Lockwood, je ne pense vraiment pas que vous devriez être impliquée dans cette enquête policière... » « Je suis désolée, interrompit Agnès. Rappelez-moi. Vous êtes ? »

Alan gémit intérieurement. Son sergent avait beaucoup à apprendre en matière de tact. Il était un bon sergent-détective et ferait un excellent inspecteur, mais il avait encore beaucoup à apprendre sur la façon de traiter le public, en particulier des personnes comme Agnès Lockwood.

« Je suis le sergent-détective Andrews. Je travaille sur cette affaire avec l'inspecteur en chef Johnson. » Il marqua une pause. Il était tombé dans son piège. En lui faisant dire qui il était, c'était lui qui s'était fait passer pour un étranger, pas elle. « Mais vous le savez déjà. Ce n'est pas une blague ! »

« Vous avez raison, sergent », dit Agnès en empoignant son sac à main.

Pendant un instant, Andrews crut qu'elle cédait et s'apprêtait à partir. Mais il se trompait.

« Ce n'est pas une blague, poursuivit Agnès. Deux personnes ont déjà été assassinées et j'aurais très facilement pu subir le même sort ce soir. Je pense que c'est une bonne raison pour que je sois ici. »

Agnès reporta son attention sur Alan, ne laissant pas à Andrews la possibilité de répondre. « Pendant que j'étais coincé là-haut dans le grenier, ma tête me faisait tellement mal que je devais rester allongé en espérant que ça passe. Mais j'ai eu le temps de réfléchir à ce qui m'était arrivé. Je sais que mon verre a dû être corsé. Je n'avais certainement pas beaucoup bu, donc je savais que je n'étais pas ivre. Au début, j'ai pensé que David avait pu le faire, même si je l'avais observé attentivement tout au long de la soirée. Mais là-haut, une fois que j'ai pu rassembler mes esprits, j'ai compris que ce devait être le serveur. »

Drummond acquiesça. « Je crois que c'est lui qui était derrière tout ça. Il avait accès à nos deux boissons, mais je semble aller bien, donc c'est vous qu'il visait. »

« Mais pourquoi ? Qu'est-ce qu'il a contre moi ? »

« Il a dû penser que vous travailliez avec moi et l'inspecteur en chef », répondit Drummond.

« Alors s'il sait que vous êtes un agent, pourquoi ne nous a-t-il pas poursuivis tous les deux ? » répondit Agnès. Des bruits provenant de la réception se firent entendre.

« C'est le personnel de nettoyage, déclara le gérant. Je dois y aller et les informer que nous ne voulons pas être dérangés. Ils pourront nettoyer cette pièce plus tard. » Il s'arrêta lorsqu'il atteignit la porte. « Et la police ? Il y a quelques officiers qui traînent encore par ici. »

Alan ordonna à Andrews de leur dire d'attendre dans leurs voitures. Il avait déjà dit à deux hommes d'attendre dans le grenier au cas où le délinquant reviendrait voir sa victime.

« Vous souvenez-vous de quelque chose d'autre, Agnès ? »

demanda Alan une fois que Jenkins fut de retour. « Je me rappelle vaguement avoir vu quelqu'un quand il m'a arraché le téléphone. Je suis certaine que c'était Achmed. » Elle jeta un coup d'œil au gérant, s'attendant à ce qu'il insiste sur le fait que ce n'était pas un membre de son personnel. Mais c'est Drummond qui est intervenu.

« C'est impossible, répondit David. Je le surveillais. Il n'a pas bougé du bar. Votre expérience à l'étage vous a embrouillé. »

« Je ne peux vous dire que ce que j'ai vu. »

« Si c'était le serveur, comment aurait-il pu entrer dans votre chambre ? demanda le gérant à Agnès. Il n'a pas accès aux chambres de l'hôtel et vous étiez seule lorsque les deux réceptionnistes et moi vous avons quittée. Vous étiez au téléphone à ce moment-là. »

« Je ne sais pas comment il est entré dans ma chambre, répondit Agnès. Vous avez peut-être laissé la porte se refermer toute seule et il a pu l'atteindre avant qu'elle ne se referme complètement. Elles se ferment très lentement. »

« Je suis sûr que nous avons bien fermé la porte quand nous sommes partis. Je demande à tous mes employés de maison de s'assurer que les portes des chambres soient bien fermées lorsqu'ils ont fini de nettoyer. » Le gérant passa un doigt autour de son col.

Alan observa Jenkins alors qu'il continuait à tâtonner avec son col, puis à redresser sa cravate. Malgré ce que cet homme disait, il était évident que le gérant avait des doutes à propos de la porte, s'il l'avait effectivement fermée derrière lui ou s'il s'était dépêché de la laisser se fermer toute seule.

L'inspecteur en chef était furieux qu'une erreur aussi stupide ait pu coûter la vie à Agnès. Heureusement, elle avait réussi à s'en sortir indemne. Mais que se passera-t-il lorsque celui qui l'avait traînée jusqu'au grenier découvrira qu'elle n'était plus captive et qu'elle parlait maintenant à la police.

Serait-elle en sécurité en restant à l'hôtel ? Devrait-il insister pour qu'elle retournât dans l'Essex ?

Mais alors, en y réfléchissant, allait-elle être en sécurité dans l'Essex ? L'hôtel gardait généralement un registre des personnes qui avaient fait des réservations. Était-il possible que celui qui était derrière toute cette affaire, pût avoir accès aux registres et trouver son adresse ? Ça allait de mal en pis. Il n'aurait pas dû prendre contact avec elle la nuit où il l'a reconnue. Ou bien, une fois le contact établi, il n'aurait pas dû la laisser s'impliquer dans les vols de bijoux ou les enquêtes sur le meurtre.

Andrews avait raison. C'était une enquête policière et elle ne devait pas être impliquée du tout. Mais il était trop tard maintenant. Elle était au cœur de l'affaire et, que son sergent le voulût ou non, elle avait été d'une grande aide dans leurs investigations.

« Je suis absolument certaine que c'est le serveur que j'ai vu avant de m'évanouir », dit fermement Agnès. Elle fixa David. « Vous avez dû voir un autre serveur dans le bar et le confondre avec celui que nous avons vu plus tôt. »

« L'autre serveur en service hier soir était Terry », intervint le gérant en regardant son carnet de notes. « Mais il a commencé à travailler ici il y a seulement deux jours. Il est donc peu probable qu'il soit déjà connu des clients. » Il a levé les yeux au ciel. « Cela vous aide-t-il ? »

Drummond ouvrit la bouche pour parler, mais Agnès le devança.

« Je persiste à dire que c'est Achmed qui est entré dans ma chambre hier soir », dit-elle fermement.

« Je pense que nous devrions en rester là pour le moment. » Alan n'avait pas l'intention d'abandonner l'enquête à ce stade. Mais il savait qu'Agnès devait être fatiguée. Elle ne s'en rendait peut-être pas compte maintenant, mais elle le réaliserait au fil de la journée. C'était une conversation qu'Andrews et lui pourraient poursuivre au poste. Il se leva. « Agnès, permettez-moi de vous accompagner à votre chambre. »

Agnès aurait aimé discuter avec lui, mais la fatigue l'avait gagnée et elle commençait à se sentir lasse. « Merci », dit-elle. Elle se leva lentement. « Merci à tous et bonne nuit. » Elle gloussa en apercevant le soleil se lever. « Ou plutôt bonjour ! »

En haut, dans sa chambre, Alan vérifia la salle de bain, et tous les placards assez grands pour cacher une personne. Cependant, personne ne se cachait dans les environs. « Agnès, ce serait peut-être une bonne idée que vous retourniez dans l'Essex après tout », dit-il. Il avait essayé d'avoir l'air décontracté, comme s'il venait juste d'y penser.

« Si quelqu'un vous épie, alors c'est peut-être l'option la plus sûre. »

Agnès était sur le point de s'asseoir, mais elle se ravisa. « Non, Alan. Je veux aller jusqu'au bout. Oui, j'ai eu peur quand je me suis retrouvée enfermée dans cette pièce sombre. Mais je n'ai toujours pas l'intention de m'enfuir. » Elle pointa la porte du doigt. « Chaque fois que je serai ici, je m'assurerai que la chaîne de sécurité soit en place. Au moins, si quelqu'un essaie d'entrer, je l'entendrai. »

« D'accord. » Alan haussa les épaules. Dans un sens, il était ravi qu'elle ne partît pas, mais en même temps, il était inquiet pour elle. « Mais promets-moi qu'au moindre problème, tu m'appelleras. »

« Je vous le promets », répondit-elle, et elle le pensait. Elle crierait assez fort pour briser les vitres si quelqu'un s'approchait d'elle.

* * *

Sur le chemin du retour au poste de police, Alan et son sergent méditèrent sur les événements de la soirée. Alan avait laissé sa voiture à l'extérieur de l'hôtel et avait rejoint Andrews pour le court trajet de retour afin qu'ils puissent prendre des notes. Il la récupérerait demain.

« L'hôtel Millennium n'a certainement pas eu beaucoup de chance depuis son ouverture, dit Andrews. D'abord des vols de bijoux, puis le meurtre d'une cliente et maintenant l'enlèvement d'une autre cliente, ça ne va certainement pas faire bonne figure sur TripAdvisor. C'est comme si quelqu'un en avait après cet endroit. »

« C'est exactement ce que j'ai pensé quand les cambriolages ont commencé. Je me suis demandé si quelqu'un n'essaierait pas de ruiner sa réputation. Mais depuis le vol du collier à Londres, je n'en suis plus si sûr. » Alan soupira. « S'il fallait qu'ils volent ce maudit collier, pourquoi diable fallait-il qu'ils l'apportent à Newcastle ? »

26

Bien qu'elle se sentait très fatiguée, Agnès ne parvenait pas à dormir. Le mieux qu'elle pût faire était de se blottir dans son lit et d'essayer de se détendre. Tout ce qui s'était passé depuis son arrivée à l'hôtel tournait en boucle dans son esprit.

Les deux premiers jours avaient été assez paisibles, mais depuis le vol du collier de Mme Hargreaves, elle avait l'impression d'être prise dans un tourbillon incessant. Au bout d'une heure, elle jugea inutile de rester couchée plus longtemps. À quoi bon ? Elle était encore plus nerveuse maintenant.

Sous la douche, elle commençait à se détendre alors que l'eau chaude coulait sur son corps. Elle aurait dû prendre une douche plus tôt au lieu d'aller directement au lit. En temps normal, elle se serait probablement endormie pendant la représentation des fanfares, mais actuellement, elle était prête à affronter le monde.

Une fois habillée, elle sortit dans le couloir où elle remarqua un panneau « Ne pas déranger » accroché devant sa porte. Elle sourit. Alan a dû faire ça en pensant qu'elle dormirait tranquillement jusqu'au milieu de l'après-midi. Elle décrocha le panneau et le plaça à l'intérieur de sa chambre.

S'assurant que la porte de sa chambre était bien fermée, elle s'engagea dans le couloir. Il y avait deux chariots devant les chambres plus bas. De toute évidence, le personnel de maison n'avait pas encore fini son travail. Dans la première chambre devant laquelle elle passa, elle aperçut une dame en train de faire le lit. Manifestement, le client avait quitté l'hôtel et les draps devaient être changés. La dame la vit et lui sourit. Agnès lui sourit à son tour avant de poursuivre son chemin dans le hall.

Le chariot suivant était un peu plus grand et dépassait si largement dans le couloir qu'elle dut se frayer un chemin difficilement. Lorsque les architectes avaient établi les plans des nouveaux bâtiments, pourquoi n'avaient-ils pas élargi les couloirs ? Comment une personne en fauteuil roulant pouvait-elle se déplacer dans le couloir avec un de ces fichus chariots bloqués devant elle ?

En se faufilant entre les chariots, Agnès ne put s'empêcher de regarder à l'intérieur de la pièce. Elle s'attendait à voir l'un des employés de maison faire le lit ou épousseter la coiffeuse, mais il n'y avait personne. Agnès entendit alors la voix stridente d'une femme qui chantait toute seule. Le son semblait provenir de la pièce. D'après les vibrations, elle devait être dans la salle de bains.

Agnès sourit en avançant dans le couloir. Au moins, quelqu'un était heureux dans son travail.

Au rez-de-chaussée, elle rejoignit la salle à manger. Elle n'était pas sûre qu'ils serviraient encore le petit-déjeuner, mais peut-être pourrait-on les convaincre de lui faire du café et des toasts. Elle garda un œil sur le serveur, Achmed. Elle préférait ne pas le croiser du tout. Mais si cela devait arriver, elle voulait le voir avant qu'il ne la voie. Elle ne voulait pas de surprises. Malgré ce que David avait dit hier soir, elle était convaincue que c'était Achmed qui s'était introduit dans sa chambre.

La salle à manger était vide à son arrivée, mais une des

serveuses qui débarrassaient les tables lui dit qu'elle serait heureuse de lui apporter du café frais et des toasts. Agnès avait à peine avalé une gorgée de son café quand elle vit Alan franchir la porte.

« Je n'étais pas sûr que vous seriez déjà levée », dit-il en la rejoignant à la table. « Vous vous souvenez du sergent Andrews », dit-il en faisant un clin d'œil et en désignant le détective qui se tenait derrière lui.

« Oui, bien sûr que je me souviens », répondit Agnès. Elle fut tentée d'ajouter une petite boutade sur la façon dont il s'était présenté la veille, mais elle préféra oublier. « Asseyez-vous, tous les deux, s'il vous plaît. »

« Nous ne pouvons pas rester longtemps », dit Alan en tirant une chaise. « Je voulais juste m'assurer que vous n'aviez pas de séquelles ce matin. »

« Non, je vais bien. Même si je ne sais pas comment je serai ce soir. Je n'ai pas l'intention de faire quoi que ce soit d'énergique aujourd'hui, alors j'espère que je tiendrai le coup. » Elle hésita. « Avez-vous tiré des conclusions sur l'affaire ? J'entends par là des aspects de l'enquête. Les vols, les meurtres ou même ce qui m'est arrivé ? Je ne vois toujours pas pourquoi j'étais visée. Même si je faisais partie de l'équipe de David Drummond, pourquoi m'attaquer moi et pas lui ? Ceux qui font ça veulent apparemment se débarrasser des proches de Drummond. Pourtant, pour eux, il semble important qu'il reste en vie. »

Andrews lança un regard à son inspecteur en chef. Ils avaient eu la même conversation au poste de police aux premières heures de ce matin. Peut-être que Mme Lockwood était sur la bonne voie et n'était pas la perturbatrice pour laquelle il l'avait d'abord prise.

Alan toussa. « C'est ce sur quoi nous travaillons en ce moment. En attendant, pouvez-vous nous dire quelque chose sur Drummond que nous ne savons pas déjà ? Par exemple, lors de votre dîner, a-t-il parlé du meurtre de son frère et de sa sœur ? En supposant, bien sûr, que vous ayez réussi à lui faire dire quoi que ce soit. »

« Oui », répondit-elle en repensant à la nuit dernière. Tant de choses s'étaient passées depuis qu'elle avait parlé avec lui au dîner, il était difficile de s'en souvenir. « Il a dit que les deux personnes qui avaient été retrouvées assassinées étaient son frère et sa sœur. Je lui ai laissé croire que je ne savais pas qu'ils étaient de sa famille, espérant obtenir plus d'informations. Je me souviens qu'il a dit que leur mort était de sa faute. Mais je crois que je n'étais pas censé entendre cette remarque. À ce moment-là, je pensais que David faisait référence au fait qu'il était membre des Services Secrets britanniques et que celui qui a appuyé sur la gâchette avait l'impression qu'il pouvait savoir quelque chose sur ce sur quoi travaillait son frère. Ils ont peut-être torturé Dennis avant de le tuer en espérant qu'il leur dise quelque chose. Ils ont peut-être prévu de torturer Mary devant Dennis, mais leur plan a mal tourné. » Elle secoua la tête. « Est-ce que tout ça a un sens pour vous ? »

« Alors qu'en pensez-vous maintenant ? », demanda le sergent Andrews. « Je suis désolée ? » interrogea Agnès.

Andrews regarda son bloc-notes ; il avait pris des notes. « Vous avez mentionné que vous pensiez que David faisait référence au fait qu'il était membre des Services Secrets britanniques et que celui qui a tué son frère et sa sœur supposait qu'ils pouvaient savoir sur quoi leur frère travaillait. » Il réfléchit. Du coin de l'œil, il pouvait voir son patron l'observer. Mais c'était une question légitime. Si quelqu'un d'autre avait été assis dans ce fauteuil, l'inspecteur en chef aurait posé la question lui-même. « Je me demandais simplement si vous aviez une théorie différente maintenant et, si oui, quelle est-elle ? »

« C'est difficile à expliquer », répondit Agnès. Elle repensa au moment où David avait mentionné que les deux personnes assassinées étaient des membres de sa famille. « Ne vous méprenez pas, David semblait sincèrement dévasté par la mort de son frère et de sa sœur. L'homme était presque en larmes quand il a parlé de leur meurtre. » Elle déglutit difficilement.

Alan comprit que sa légère hésitation signifiait qu'elle était trop stressée pour continuer. Qui pourrait la blâmer ? Elle pourrait même être morte si elle n'avait pas eu l'esprit clair et réussi à attirer l'attention de Harrison. Heureusement que cet homme était très vigilant dans l'exercice de ses fonctions, sinon la police aurait pu retrouver son corps quelque part sur les quais.

« Je pense que ce sera tout pour le moment. Nous pouvons continuer ça... », commença Alan.

« Non, Alan, interrompit Agnès. Le Sergent Andrews a raison. J'ai besoin de parler maintenant avant d'oublier complètement. »

Elle retourna son regard vers le sergent. « Le problème est que je n'ai rien pour étayer les doutes que j'ai sur ce que David a dit. J'ai simplement le sentiment tenace qu'il y a plus que ce qu'il m'a dit. » Elle soupira. « Je ne voudrais pas que vous partiez avec l'idée que je pense qu'il a assassiné sa propre famille. Comment quelqu'un pourrait-il faire ça ? J'ai juste l'impression qu'il sait qu'il aurait pu faire quelque chose pour empêcher que ça arrive. »

« Peut-être qu'il savait qu'il aurait dû demander de l'aide à la police de Londres plus tôt, mais qu'il s'était retenu parce qu'il ne voulait pas admettre qu'il était dépassé par les événements », dit Alan, pensivement.

« Oui, c'est possible », répondit Agnès.

« On n'a pas l'air d'avancer dans cette affaire, grommela le sergent. D'abord, il y a eu les vols de bijoux et nous ne savons toujours pas comment le coupable est entré dans les chambres, et encore moins qui il est. Ensuite, il y a eu deux meurtres et maintenant un collier d'une valeur inestimable, qui devait être exposé à Londres, a été volé. La police de Newcastle va passer pour une bande d'idiots. »

Alan ne pouvait pas contredire son sergent. Ils n'étaient pas plus avancés aujourd'hui qu'il y a une semaine. « Si nous pouvions comprendre comment le voleur est entré dans les chambres, nous pourrions être en mesure de trouver une solution à partir de là. Le gérant a insisté sur le fait qu'il est possible de contrôler les cartes clés à tout moment. Il a aussi insisté sur le fait que les clients sont responsables de leurs cartes pendant leur séjour à l'hôtel et personne n'a signalé la disparition ou le vol de sa carte. Les références de tous les employés de maison sont soigneusement vérifiées avant de leur confier un poste. Les autres membres du personnel n'ont pas accès aux cartes magnétiques. Par conséquent, comment pourrait-on avoir accès à une chambre et voler des bijoux ? »

Agnès garda le silence pendant qu'Alan résumait la situation à l'hôtel. Elle repensait à quelque chose dont elle avait été témoin ce matin-là. C'était peu probable, mais c'était possible.

« Vous restez bien silencieuse, remarqua Alan en souriant. Ça ne vous ressemble pas du tout. Vous êtes sûre que vous allez bien ? »

« Oui, c'est juste que j'ai soudainement eu une idée sur la façon dont il ou elle entre dans les chambres sans avoir besoin d'une carte magnétique, dit-elle. C'est quelque chose que j'ai remarqué ce matin, même si je n'y ai pas pensé sur le moment. » Agnès poursuivit en expliquant qu'elle était passée devant deux chambres en cours de nettoyage alors qu'elle passait dans le couloir et que les deux portes étaient grandes ouvertes. « J'ai vu une dame dans le champ de vision de la porte. Elle était en train de faire le lit. Mais l'autre dame nettoyait la salle de bains ; je ne pouvais pas la voir, mais je pouvais l'entendre chanter. »

« Et ça nous dit... ? », intervint Andrews. Son impatience commençait à se lire sur son visage. « Vous voulez dire que les domestiques sont les voleurs ? Comme l'inspecteur en chef vient de le dire, M. Jenkins est certain qu'ils ne sont pas impliqués. »

« Non, je ne dis pas ça du tout, répliqua Agnès. Ce que j'essaie de dire, si vous me laissez finir, c'est que pendant que la dame nettoyait la salle de bains, elle ne pouvait pas savoir si quelqu'un s'était glissé dans la pièce avec l'intention de voler quelque chose. Ils pourraient même se cacher dans la grande armoire jusqu'à ce qu'elle ait terminé et quitté la pièce. Ils auraient alors tout le temps de fouiller la pièce pour trouver ce qu'ils cherchaient. »

Le regard de mépris sur le visage d'Andrews se transforma en une expression d'admiration. « Je pense que vous avez peut-être quelque chose là, Mme Lockwood », dit-il.

Alan approuva. « C'est très astucieux et pourtant si facile. Maintenant, nous devons attraper la personne en flagrant délit et nous aurons le "qui" et le "comment", ajouta-t-il. Nous devons réfléchir à la meilleure façon de procéder, sergent. » Il se leva. « Nous ferions mieux d'y aller. Je voulais d'abord passer ici pour m'assurer que vous alliez bien. »

« Puis-je supposer qu'il y a eu un autre vol dans l'hôtel depuis que les Anderson ont signalé la disparition de leurs bijoux ? », demanda Agnès.

Les deux détectives se regardèrent avant qu'Alan ne répondît. « Oui, il a été signalé hier matin. Comment l'avez-vous su ? »

« Je ne le savais pas, répondit Agnès avec le sourire. Vous venez de me le dire. »

*　*　*

« Comment a-t-elle compris ça ? », demanda Andrews en montant dans sa voiture.

« Ne me posez pas la question, répondit Alan. J'ai appris deux choses sur Agnès Lockwood au cours de la semaine qui vient de s'écouler : ne jamais débattre avec elle et ne jamais essayer de comprendre les rouages de son esprit. »

Andrews sourit. « D'après ce que j'ai vu d'elle jusqu'à présent, je dois dire que je suis d'accord. »

27

Une fois qu'Alan et son sergent furent partis, Agnès se rendit au salon. C'était une belle journée dehors. Elle aurait bien aimé se promener le long des quais et finir en dégustant un bon verre de vin devant le café près de l'hôtel. Pourtant, en même temps, elle voulait rester là où elle était et réfléchir à tout ça.

Elle avait été impliquée dans cette affaire depuis le début. Elle savait tout ce que faisait la police. Il n'y avait donc aucune raison pour qu'elle ne parvînt pas à rassembler les morceaux elle-même. Mais par où commencer ?

Elle ne savait rien de ce qui avait pu se passer à l'hôtel avant son arrivée. Mais, de toute évidence, l'hôtel n'avait pas eu à appeler la police. Alan lui aurait dit. Elle ne pouvait donc que supposer que toute la chaîne des événements, qui s'était terminée par son enfermement dans le grenier, avait commencé avec la disparition du collier de Mme Hargreaves.

La chambre de Mme Hargreaves avait-elle été particulièrement choisie ce jour-là ? Ou le voleur avait-il simplement eu de la chance ?

Passant au vol du collier volé à Londres, le MI5 supposait

qu'il avait été apporté dans cet hôtel. Pourquoi cet hôtel ? Était-ce en raison de sa proximité avec la haute mer ? Mais de nombreux autres hôtels étaient situés près de rivières menant à la mer et certains étaient bien plus proches de Londres que Newcastle.

Cependant, elle décida de ne pas chercher à savoir pourquoi ils avaient choisi l'hôtel Millennium comme dépotoir. C'est un fait. Pour le moment, elle décida de se concentrer sur ce qu'elle savait – et cela la ramena directement aux vols commis à l'hôtel.

Désormais, elle tournait en rond. Mais elle était déterminée à ne pas abandonner.

Elle fit signe à un serveur et commanda un grand café noir bien fort. C'était exactement ce dont elle avait besoin en ce moment. Cela la garderait alerte. En passant sa commande, elle mentionna avec désinvolture le nom d'Achmed.

« Je suis désolé, Madame, mais Achmed ne sera pas de service avant cinq heures ce soir. »

« Pas de problème, Paul », dit-elle en regardant le nom épinglé sur sa chemise. « Je suis d'accord, tout le monde a besoin de temps libre pour se détendre. » Au moins, elle n'aurait pas à surveiller ce qu'elle mangeait ou buvait avant qu'il ne reprît son service. Ensuite, elle mangerait à l'extérieur. Elle ne voulait en aucun cas le rencontrer à nouveau.

Elle repensa à l'affaire en cours. Le voleur des colliers dans les chambres de cet hôtel faisait-il partie du gang qui avait volé le précieux collier à Londres ? Elle ne savait pas trop d'où lui venait cette petite étincelle d'inspiration. Son café fort n'était même pas encore arrivé. Néanmoins, cela valait la peine d'y réfléchir davantage.

Était-il concevable que celui qui volait les colliers des clients séjournant à l'hôtel le faisait simplement pour détourner l'attention du vol d'une pièce vraiment précieuse qui serait enlevée plus tard ?

Le serveur déposa la tasse de café sur la table en face d'elle. Elle signa l'addition et, fouillant dans son sac à main, elle lui donna un gros pourboire. « Merci », dit-elle en lui souriant.

« Non, Madame. Merci à vous », répondit-il.

Agnès but une gorgée de son café tandis que ses pensées continuaient à défiler dans son esprit. Alan lui avait raconté comment M. Anderson avait failli lui faire perdre sa place en déclarant le vol du collier de sa femme. Qui ne l'aurait pas fait, si quelque chose de cher avait été volé dans une chambre d'hôtel. Mais l'inspecteur en chef avait de sérieux doutes quant à la véracité des dires des Anderson.

Elle se rappela la photo du collier, qu'Alan lui avait montrée. « Regarde comment il est exposé, Agnès », avait-il dit en pointant son doigt sur la photo. « Il est seul. Les autres bijoux en exposition sont bien en retrait par rapport à cette pièce. »

Il avait raison. La plupart des vitrines des bijouteries n'avaient pas l'espace nécessaire pour un tel arrangement. Même les présentoirs à l'intérieur des magasins étaient moins élaborés.

Par conséquent, la pièce que M. Anderson prétendait avoir appartenu à sa femme pouvait être le précieux collier volé à Londres. Il devait être exposé quelque part dans le monde pour qu'il pût obtenir une photo. Si c'est le cas, la police devait découvrir où. Elle pourrait alors suivre les déplacements d'Anderson et déterminer s'il avait pris la photo lui-même ou si elle lui avait été remise par son employeur.

Mais pourquoi les Anderson avaient-ils attiré l'attention sur le collier si celui-ci ne leur appartenait pas ? Qu'espéraient-ils en tirer ? Avaient-ils l'intention de faire croire à la police qu'ils avaient été volés, ce qui leur permettrait de réclamer une assurance ? Pourtant, la compagnie d'assurance aurait sûrement eu connaissance du bijou de Mme Anderson avant d'accepter de l'assurer. Par conséquent, ils sauraient si le bijou sur la photo est le même que celui qui figure dans leurs dossiers.

Elle soupira. Elle n'arrivait à rien et, pire encore, elle commençait à avoir mal à la tête. Peut-être pourrait-elle s'éclaircir les idées en faisant une promenade au soleil.

28

L'inspecteur en chef Johnson avait demandé à des officiers en civil de surveiller Achmed, le serveur. Les hommes étaient postés à proximité de son appartement et devaient le suivre partout où il allait. Alan avait clairement indiqué qu'il ne voulait pas qu'on l'arrêtât avant d'avoir la preuve absolue qu'il était responsable de l'enlèvement d'Agnès. Il ne voulait certainement pas que l'homme s'en tirât pour un détail technique.

Après la fin de la réunion aux premières heures du matin, le sergent Andrews et lui avaient convenu qu'Achmed ne devait pas être arrêté ou interrogé au sujet d'Agnès. Avant de quitter l'hôtel, Drummond avait précisé que si le serveur était impliqué dans le vol du collier à Londres, il était important de lui laisser croire qu'il s'en était tiré. « Il serait imprudent de l'arrêter maintenant. De plus, il n'a rien à voir avec l'enlèvement de Mme Lockwood », avait-il dit.

Néanmoins, quand Alan disait comprendre le raisonnement derrière cette suggestion, il était clair dans son propre esprit que si Achmed devenait la moindre menace pour Agnès, il arrêterait lui-même le misérable.

Alan était également conscient que les officiers, qui étaient restés dans la réserve dans l'espoir d'attraper le kidnappeur, étaient revenus au poste sans résultat. La première personne à entrer dans la réserve était le jeune assistant du commerçant et il avait presque sursauté lorsque les officiers s'étaient jetés sur lui.

Il était évident que soit le coupable savait déjà qu'Agnès s'était échappée et que la police était sur les lieux, soit il n'avait pas du tout prévu d'y retourner, laissant au personnel de jour le soin de la retrouver. Peut-être lui donnait-il une leçon pour s'être impliquée dès le départ.

« Que faisons-nous, maintenant ? » Le sergent Andrews dispersa sa paperasse sur son bureau. « Cette affaire devient de plus en plus ridicule d'heure en heure. » Il secoua la tête. « Comment sommes-nous censés résoudre l'affaire alors que nous n'avons que des questions et pas de réponses ? » Il secoua la tête. « Regardons les choses en face ; nous n'avons pas la moindre idée de ce qui se passe réellement. »

Alan compatissait avec son sergent. Dans la plupart des affaires sur lesquelles ils avaient travaillé, il y avait au moins un indice sur lequel ils pouvaient réfléchir. De là, ils avaient continué à résoudre l'affaire ensemble. Il n'y avait aucun doute qu'il leur manquait quelque chose. Il se pencha en arrière sur sa chaise et croisa les mains derrière la tête. Mais qu'est-ce qui leur manquait ?

David Drummond observa les deux hommes qui entraient dans l'hôtel. Ses yeux les suivaient tandis qu'ils se dirigeaient vers la réception pour se présenter. Ce sont les deux agents envoyés pour l'escorter jusqu'à Londres. Une fois qu'ils le retrouveraient, tout ce pour quoi il avait travaillé serait perdu. Son remplaçant était probablement déjà en route pour Newcastle avec des instructions complètes pour retrouver le collier manquant à tout prix. Il devait rester hors de leur chemin jusqu'à ce qu'il terminât ce qu'il avait entrepris de faire.

Le plus ennuyeux, c'est que tout allait si bien, jusqu'à ce que quelqu'un prenne cette fichue photo. Depuis, il avait tout gâché.

Il regarda les hommes signer pour les cartes-clés, avant de se diriger vers l'ascenseur. Ils avaient déjà le numéro de sa chambre, donc il supposa qu'une fois qu'ils auraient déposé leurs valises, ils se dirigeraient vers sa chambre.

Mais il n'y serait pas. Il avait également éteint son téléphone portable, donc ils ne pouvaient pas le contacter de cette façon. Il lui restait encore un peu de temps pour jouer la main gagnante, tant que rien d'autre ne s'y opposait. Il n'avait pas quitté l'hôtel. Cela aurait été trop évident. Mais il avait rempli sa mallette de quelques vêtements essentiels dans l'espoir de trouver un endroit à proximité où passer la nuit. Un jour de plus et il serait chez lui et libre.

C'est alors qu'il vit Agnès traverser la réception en direction de l'entrée de l'hôtel. Visiblement, elle ne l'avait pas vu et il souhaitait qu'il en fût ainsi jusqu'à ce que les deux agents fussent dans l'ascenseur. Une fois que les portes de l'ascenseur se refermèrent et que celui-ci se mit en marche, il prit sa mallette et se dépêcha de sortir sur le quai. Agnès n'était pas très loin devant et il la rattrapa rapidement.

« Vous ne deviez pas rencontrer vos remplaçants aujourd'hui ? » Elle fut plutôt surprise de le voir apparaître soudainement à ses côtés.

« J'ai décidé de rester à l'écart de leur chemin pendant un moment. Je n'ai pas encore envie de lâcher cette affaire. »

David regarda par-dessus son épaule en direction de l'hôtel, comme s'il s'attendait à voir l'un des agents. « Pouvons-nous prendre un verre quelque part ? Je ne veux pas qu'ils me voient. »

Agnès désigna le café qu'elle avait souvent fréquenté au

cours de la semaine écoulée. « Nous pourrions y aller. J'ai l'habitude de m'asseoir dehors et de regarder les gens, mais je suis sûre que nous pourrions trouver une table tranquille à l'intérieur. Il y a pas mal de monde, donc je pense que personne ne fera attention à nous. »

Quelques minutes plus tard, ils étaient attablés dans le café. David était déjà passé au bar et avait commandé une bouteille de vin avec deux coupes. « Il est un peu tôt, mais au moins le soleil est au-dessus de la vergue », plaisanta-t-il.

« Alors, de quoi voulez-vous me parler ? demanda Agnès. Je pensais que nous avions discuté de tout plus tôt ce matin lorsque nous étions avec les deux détectives ».

« Effectivement, j'en suis conscient. Mais... » Il fit une pause alors que le serveur apportait le vin à la table et ouvrait la bouteille.

« Mais ? », demanda Agnès, une fois le serveur hors de portée de voix. Il était hors de question de le laisser se dérober de ce qu'il était sur le point de dire à cause de cette brève interruption. Il aurait pu en dire plus la veille au soir si elle n'avait pas été droguée et kidnappée. Même maintenant, alors qu'elle était libre, elle frissonnait en pensant à la façon dont ça aurait pu se finir.

« Mais, j'ai peur de ne pas avoir été tout à fait honnête avec vous – ou la police. »

Agnès prit une gorgée de son vin avant de parler. Elle voulait lui donner le temps de donner suite à sa déclaration. Mais il n'ajouta rien de plus.

« Alors, qu'est-ce que vous ne nous dites pas ? », risqua Agnès. Elle parlait à voix basse, ne voulant pas paraître menaçante. Pourtant, elle voulait savoir ce qui se passait. Il était évident que David voulait lui parler de certaines choses ; c'est lui qui l'avait rattrapée et lui avait proposé ce rendez-vous. Alors pourquoi était-il toujours aussi méfiant ? Ou était-ce de la comédie ? Elle ne savait pas trop d'où lui venait cette dernière pensée.

Drummond but une grande gorgée de vin avant de prendre la parole. « Je ne crois pas que les vols commis à l'hôtel aient un rapport avec le collier volé à Londres. » Il jeta un regard vers la porte pendant une seconde avant de poursuivre.

« De ce que je peux comprendre, depuis que la police a pris connaissance du vol à Londres, elle pense qu'il pourrait y avoir un lien entre les deux. Mais je maintiens qu'il n'y a aucun lien entre les deux. »

« Qu'est-ce qui vous fait dire ça ? », demanda Agnès. Son esprit se remémora ces derniers jours. C'était lorsque les Anderson avaient signalé le vol de leur collier et qu'Alan avait vu la photo en leur possession qu'il avait soupçonné qu'il pouvait y avoir un lien. Il s'était demandé si les vols dans les hôtels n'avaient pas été organisés pour détourner l'attention du gros coup à Londres – surtout depuis qu'il avait appris que le collier inestimable s'était retrouvé à Newcastle.

« Je surveillais George Hargreaves quand le collier de sa femme a été volé », dit David en interrompant ses pensées. « Il ne semblait pas du tout préoccupé par le vol. Il a même essayé d'empêcher sa femme de contacter la police. Mais elle les a appelés et il s'est tenu à l'écart de l'enquête. Pourquoi ? »

« Mais, qu'essayez-vous de me dire ? »

« Je ne sais pas – pas encore. Mais il doit y avoir une raison pour laquelle il était si peu enclin à appeler la police. »

Agnès reprit une gorgée de son vin, ce qui lui laissa un moment pour rassembler ses idées. Oui, elle était d'accord, George Hargreaves avait essayé de calmer sa femme en lui disant qu'elle avait simplement égaré le collier et qu'elle faisait des histoires pour rien. Elle les avait entendus se disputer devant sa chambre le soir en question.

« Vous ne trouvez pas qu'il a agi de façon étrange pour un homme à qui on a volé le collier de sa femme ? Continua David.

Réfléchissez-y, Agnès. Votre mari aurait-il agi avec autant de désinvolture si le collier qu'il vous avait offert avait été volé dans une chambre d'hôtel pendant vos vacances ? ».

Pendant un instant, Agnès eut envie de se jeter de l'autre côté de la table et de donner un coup de poing sur le visage de David. Comment osait-il mêler Jim à cette conversation ? Mais elle se rendit compte que ce qu'il disait était vrai. Son mari n'aurait jamais agi avec autant de désinvolture.

Même s'il n'avait pas acheté le bijou en question, il serait resté à ses côtés pendant toute l'enquête. Il ne se serait jamais éclipsé au bar pour se saouler et ne l'aurait pas laissée seule face à la police.

David n'avait pas tort. Les yeux d'Agnès clignaient d'un côté à l'autre tandis qu'elle y pensait. Pourquoi Hargreaves voudrait-il faire croire à sa femme que son collier n'a pas été volé ? Pourquoi ne voulait-il pas qu'elle appelât la police ? N'importe quel mari voudrait sûrement que le vol des bijoux de sa femme fasse l'objet d'une enquête, surtout s'ils étaient aussi chers que le prétendait Mme Hargreaves. Elle claqua des doigts quand elle comprit.

« Il l'a pris lui-même, dit-elle, triomphante. Il l'a pris et a essayé de lui faire croire qu'elle l'avait égaré. Mais sa femme n'a rien voulu savoir et a exigé que la police soit appelée. »

« Pourquoi aurait-il fait ça ? demanda David. Oui, je vois où vous voulez en venir, mais pourquoi ? »

« Peut-être avait-il besoin d'argent, répondit-elle. Peut-être qu'il l'a vendu pour rembourser des dettes de jeu. Ou peut-être que son entreprise, s'il en a une, ne va pas très bien en ce moment. » Elle hésita alors qu'une autre pensée traversait son esprit. « Cependant, une fois que la police a été impliquée, George a pu paniquer, craignant d'être découvert. C'est alors qu'il a décidé de devenir plus convaincant en volant les bijoux des autres invités. »

« Vous savez, je pense que vous pourriez être sur quelque

chose là. » Drummond se caressa le menton en regardant Agnès.

« Mais ce n'est pas tout. » Ses yeux brillaient d'excitation tandis qu'elle poursuivait. « Je ne sais toujours pas avec certitude si les Anderson sont impliqués dans le vol du collier à Londres. Cependant, en supposant qu'ils soient impliqués et qu'ils l'aient caché dans leur chambre en attendant que quelqu'un vienne le chercher, alors c'est peut-être George qui l'a pris. Il n'avait probablement aucune idée de la valeur du collier quand il l'a volé. »

« Eh bien, George va avoir une mauvaise surprise quand il essaiera de le vendre, répondit David. Je vais devoir le rencontrer et lui parler tranquillement. S'il est le voleur de l'hôtel et qu'il a pris le collier dans la chambre des Anderson, je ne peux qu'espérer qu'il l'a toujours. »

« Et je vais devoir parler avec l'inspecteur en chef. Mais avant de nous séparer, puis-je vous demander quelle est le rôle de votre famille dans tout ça ? » Agnès fit une pause. « D'accord, George a peut-être volé les bijoux, mais je ne peux vraiment pas le voir comme un meurtrier. Je ne crois pas non plus qu'il ait quelque chose à voir avec mon enlèvement. Alors pourquoi ont-ils été ciblés et par qui ? »

« Je ne suis pas d'accord avec vous sur ce point. Les gens font beaucoup de choses pour dissimuler un crime – certains commettent même des meurtres. » Il haussa les épaules. « Qui aurait pu penser que George était un voleur ? Mais maintenant vous pensez qu'il a volé le collier de sa femme, puis quelques autres pour mettre la police sur une fausse piste. De toute façon, je ne veux pas que vous soyez impliquée. »

« Mais je suis déjà impliquée, insista Agnès. J'étais sur les lieux quand les deux corps ont été trouvés. J'étais droguée et coincée à l'étage dans la réserve de l'hôtel et avant cela, vous me suiviez partout car vous me soupçonniez d'avoir pris une photo de vous quittant la scène où un membre de votre famille a été tué ; je ne pourrais pas être plus impliquée. » Elle regarda autour d'elle en espérant que personne n'avait entendu sa dernière déclaration. Mais tout le monde semblait trop préoccupé par ses propres conversations.

« S'il vous plaît, laissez tomber. Je vais m'en occuper. Je n'ai pas beaucoup de temps. Je ne peux pas échapper à mes remplaçants plus longtemps. » Il soupira. « Je dois vraiment trouver un autre endroit où rester pour ce soir. Je ne peux pas rester dans ma propre chambre, car ils connaîtront mon numéro de chambre. Il faut que ce soit près d'ici... »

« Vous pouvez rester dans ma chambre, si vous pouvez y monter sans être vu, interrompit Agnès. Vous devrez dormir sur le canapé, ce qui, je le sais, n'est pas très confortable, mais au moins vous serez toujours dans le même hôtel. »

« Je n'aime pas m'imposer. Et votre réputation ? »

« Si personne ne sait que vous êtes là, alors ma réputation sera intacte. »

« Alors c'est avec reconnaissance que j'accepte votre offre. Je ne vois pas comment je pourrais m'en tirer pendant plus de vingt-quatre heures, donc plus je serai proche de la scène des événements, mieux ce sera. »

« Bien ! Maintenant que c'est réglé, vous allez pouvoir me raconter tous les détails ce soir. » Elle eut une pensée soudaine. « Vous ne ronflez pas, n'est-ce pas ? »

29

Une fois que David quitta le café, Agnès sortit son téléphone portable et appela Alan. David lui avait conseillé d'attendre qu'il ait pu parler avec George Hargreaves. Mais elle n'était pas d'accord et lui avait répondu que la police avait le droit de savoir ce qu'elle pensait de cette affaire. Dès qu'Alan décrocha, elle lui parla de sa rencontre avec David, puis lui dit qui, selon elle, pourrait être le voleur et le raisonnement derrière son idée.

« David est parti à la recherche de George en ce moment. Il veut savoir si George a le collier volé dans la chambre des Anderson. Je crois savoir que les deux agents qui le remplacent sont arrivés à l'hôtel. Jusqu'à présent, il a réussi à les éviter. Il est déterminé à résoudre l'affaire sur laquelle il a été envoyé ici avant qu'ils ne prennent le relais. » Est-ce que ça avait a un sens ? Agnès savait qu'elle jacassait, mais elle voulait faire passer son message le plus rapidement possible.

« Oui, je comprends ce que vous dites. » Alan était furieux contre lui-même. Pourquoi n'avait-il pas pensé que George Hargreaves pouvait avoir une arrière-pensée pour expliquer sa réticence à s'impliquer dans le vol ? Il lança un trombone à

Andrews pour attirer son attention, puis fit un signe de tête en direction du poste téléphonique sur le bureau de son sergent, lui suggérant d'écouter.

« Donc vous pensez que George Hargreaves a volé le collier de sa femme parce qu'il était endetté », dit Alan, espérant que son sergent serait capable de capter la conversation.

« Oui, ce n'est pas ce que je viens de dire ? » Agnès retira le téléphone de son oreille et le fixa un instant. « Désolé, Agnès, je voulais juste que mon sergent puisse suivre la conversation. »

« Très bien, dit Agnès. Quoi qu'il en soit, Drummond est d'accord avec moi et comme je l'ai dit, il est parti à la recherche de George. »

« Alors que fait Drummond à propos de ses remplaçants ? Ils ont sans doute son numéro de chambre et l'attendent. »

« Oui, c'est ce dont David a peur. C'est pourquoi je lui ai dit qu'il pouvait passer la nuit sur le canapé de ma chambre. »

Une fois la conversation terminée, Agnès se rassit sur son siège pour finir son vin. Alan n'avait pas l'air très content que David passât la nuit dans sa chambre. Mais il n'en avait pas fait tout un plat. Comment aurait-il pu ? Ce n'était pas vraiment ses affaires. Cependant, ce qu'il s'était permis de dire était très sensé et l'avait amenée à se demander si elle avait fait le bon choix.

Alan était préoccupé par le fait que, puisque le frère et la sœur de David ont tous deux été assassinés, le tueur surveillait peut-être maintenant David. Il pourrait bien être la prochaine cible.

Agnès déglutit difficilement. Alan pouvait avoir raison. Si c'était le cas, elle se mettrait dans la ligne de mire. Elle regarda la bouteille sur la table. Il restait encore un peu de vin à l'intérieur. Avec un soupir, elle remplit rapidement son verre et prit une grande gorgée.

Elle avait été trop hâtive avec son invitation. Elle le savait maintenant. Pourtant, elle avait simplement voulu aider David à se sortir du pétrin. Mais depuis sa conversation avec l'inspecteur en chef, un autre élément commençait à lui trotter dans la tête.

David n'avait pas répondu à sa question sur la façon dont sa famille s'était impliquée dans l'affaire au point d'être assassinée. Il l'avait rapidement passée sous silence, laissant entendre qu'il ne voulait pas qu'elle s'impliquât davantage. Mais si c'était le cas, pourquoi avait-il accepté de passer la nuit dans sa chambre ? Cela l'impliquait sûrement plus que jamais.

Agnès but une gorgée de son vin. Elle commençait à se sentir très mal à l'aise à propos de la nuit à venir. Elle décida de ne pas y penser et de se concentrer sur la façon de passer le reste de la journée. Cependant, pour la première fois depuis son arrivée à Newcastle, elle ne savait pas quoi faire.

Jusqu'à présent, ses journées avaient été remplies par les différents aspects de l'affaire – généralement avec Alan à ses côtés – et elle s'était sentie très excitée par toute l'histoire. Mais aujourd'hui, elle semblait être laissée de côté. Une fois qu'elle avait parlé à Alan, son sergent et lui s'étaient précipités à la recherche de George Hargreaves. Ils voulaient sans doute le trouver avant Drummond.

Ils étaient probablement tous à l'hôtel en train de se quereller sur la question de savoir qui devrait être le premier à interroger Hargreaves. Elle aurait aimé voir le fiasco, mais après avoir parlé à Alan, elle n'avait pas envie de rencontrer Drummond pour le moment. Alan avait suggéré qu'ils dînent ensemble le soir même avant de raccrocher et elle avait accepté. Elle allait donc attendre de lui avoir parlé avant de rencontrer Drummond.

Agnès termina son verre et quitta le café. Elle était sur le point de retourner vers l'hôtel, quand elle aperçut George Hargreaves. Manifestement, ni Drummond ni la police ne l'avaient rattrapé, car il semblait très à l'aise en parlant à un homme près du Millennium Bridge.

Alors qu'elle observait les deux hommes en pleine conversation, Agnès eu l'étrange impression d'avoir déjà vu cet homme auparavant. Mais comme elle n'arrivait pas à se souvenir de l'endroit où elle l'avait vu, elle rejeta cette idée. Elle sortit son téléphone pour appeler Alan et lui dire où se trouvait George, mais sur une impulsion soudaine, elle décida de prendre une photo des deux hommes en train de parler ensemble. Cette photo pourrait être très utile par la suite.

* * *

Aucune réponse lorsque le sergent Andrews frappa à la porte de la chambre de George Hargreaves. Il essaya à nouveau, frappant la porte du poing et criant « Police, ouvrez la porte ». Mais toujours pas de réponse.

« Je me demande si Drummond l'a déjà retrouvé. » Alan pensait tout haut.

« Hargreaves est peut-être dans la chambre de Drummond, dit Andrews. Il pourrait y avoir emmené Hargreaves pour l'interroger. » Alan secoua la tête. « Drummond ne sera pas là. Il fait profil bas en ce moment, il essaie d'éviter les deux agents envoyés pour le remplacer. »

Il expliqua rapidement comment l'agent voulait un peu plus de temps à Newcastle pour résoudre l'affaire. « Une fois qu'il aura parlé à ses remplaçants, ses ordres seront de retourner à Londres immédiatement. »

« Alors, il a quitté l'hôtel ? Si oui, quelqu'un sait-il où il est allé ? », demanda Andrews.

Alan soupira. « Mme Lockwood lui a dit qu'il pouvait passer la nuit sur le canapé de sa chambre ». « Quoi ? s'écria Andrews. Et vous êtes d'accord ! »

« Non, je ne suis pas d'accord ! C'est une mauvaise idée ! », rétorqua Alan.

Il n'avait pas l'habitude d'élever la voix sur qui que ce soit.

Dans l'armée, il était réputé pour garder la tête froide en toutes circonstances. Alors pourquoi était-il si énervé maintenant ? Était-il si frustré par cette fichue affaire qu'il ne pouvait résoudre ? Ou y avait-il plus que cela ? Ses sentiments pour Agnès l'avaient-ils complètement perturbé ? Aucune femme n'avait eu cet effet sur lui auparavant.

Il secoua la tête. « Mais je ne peux pas lui dire ce qu'elle doit faire. Qu'est-ce que je peux y faire ? »

« J'ai bien compris ce que vous ressentez pour Mme Lockwood, dit lentement Andrews. Mais je ne parle pas de ça. Je parle de savoir si vous, moi, la police de Newcastle, pouvons vraiment faire confiance à cet homme, Drummond. »

Il prit une profonde inspiration et regarda autour de lui. Ils étaient toujours dans le couloir devant la chambre de Hargreaves. Était-ce le meilleur endroit pour avoir cette conversation ? « Pouvons-nous aller dans un endroit plus discret ? »

Alan acquiesça. Quelques minutes plus tard, ils étaient en bas, dans le bureau du gérant.

M. Jenkins les avait fait entrer, disant qu'il était plus qu'heureux de permettre aux détectives de profiter de l'intimité de son bureau pour discuter de l'affaire des bijoux disparus.

« Bien ! Que voulez-vous me dire ? » Le ton d'Alan était brusque. Il détestait se faire dicter sa conduite, surtout par un subordonné. Il pouvait se faire à l'idée de devoir obéir de ses supérieurs, il le devait. Cela faisait partie de son travail. Mais se faire rabrouer par son sergent, c'était autre chose.

Il regarda Andrews détourner le regard pendant un moment, comme s'il ne savait pas par où commencer. « Je sais que vous commencez à faire confiance à David Drummond », commença Andrews. Il leva la main quand Alan fut sur le point de l'interrompre. « Et, oui, après ses explications, je lui ai accordé ma confiance – dans une certaine mesure. Mais j'ai passé beaucoup de temps à réfléchir à cette affaire et je commence à me demander s'il est aussi légitime qu'il le prétend. »

« Vous suggérez qu'il n'est pas au MI5 ? demanda Alan. Parce que je peux vous assurer qu'il l'est. J'ai vérifié il y a quelques jours. » Il lui avait fallu un certain temps pour passer le protocole de sécurité, mais il s'y était tenu et avait découvert que David Drummond était bien un agent du MI5.

« La question m'a traversé l'esprit à un moment donné. Mais, non, je me demande si Drummond est un agent honnête qui travaille pour le bien du pays ou plutôt quelqu'un sur le terrain qui ne cherche qu'à se protéger. » Andrews marqua une pause. « Je ne dis pas que ses intentions n'étaient pas bonnes au départ. C'était probablement un bon agent – un homme bon, mais les gens changent et pas toujours pour le mieux. Je pense que Drummond a changé pour le pire au fil des années. » Le sergent soupira. « Écoutez, je sais que vous pensiez que j'étais jaloux, envieux ou autre de sa position d'agent, et oui, je l'admets, je l'étais – un peu. Mais il ne s'agit pas de ça, Monsieur. C'est moi qui ai eu l'idée que ce type pouvait se jouer de nous des deux côtés. Une fois que j'ai eu cette idée en tête, j'ai commencé à me demander s'il n'aurait pas pu persuader ses supérieurs qu'il était la meilleure personne pour vérifier la disparition du collier grâce à ses relations dans le nord. Il aurait pu les convaincre en disant qu'il lui serait facile de se faire passer pour une personne rendant visite à sa famille. Pourtant, pendant tout ce temps, il avait été impliqué dans le vol à Londres et voulait être ici pour s'assurer de récupérer sa part de l'argent. »

« Ça semble plausible, dit Alan en y réfléchissant. Mais... »

« Il y a plus. » Andrews leva la main. « Ne trouvez-vous pas étrange que le soir même où Mme Lockwood a dîné avec lui, elle se soit retrouvée droguée et enfermée dans la réserve ? »

Alan s'apprêta à nouveau à l'interrompre, mais Andrews prit la parole en premier.

« Je sais. Mme Lockwood jure que c'est Achmed qu'elle a vu dans sa chambre juste avant d'être frappée à la tête. Mais Drummond le nie. Il insiste sur le fait qu'Achmed n'a jamais quitté le bar assez longtemps pour qu'il puisse monter dans sa chambre et l'emmener dans la réserve. Qui devons-nous croire ? Si j'ai raison à propos de Drummond, Achmed et lui pourraient travailler ensemble et si c'est le cas, alors Drummond se porterait sûrement garant pour lui. Il ne pouvait pas laisser Achmed se faire arrêter. Il se rendrait compte que si le serveur avoue au tribunal, il se retrouverait au cœur du vol à Londres. »

« Mais c'est Drummond qui nous a dit que le serveur était un suspect du MI5 en premier lieu », dit Alan.

« Oui, c'est vrai, approuva Andrews. Mais, en considérant la situation sous un autre angle, se pourrait-il qu'il ait simplement essayé de gagner notre confiance en nous donnant un nom à sur lequel se focaliser ? N'est-ce pas ce que font les agents doubles ? Donc, dans cette optique, si nous repensons au moment où Achmed a été soupçonné d'avoir kidnappé Mme Lockwood, qui a pris sa défense ? Personne d'autre que Drummond. » Andrews répondit à sa propre question. « Il était catégorique, Achmed ne pouvait pas être le coupable car il ne l'avait pas perdu de vue. Je l'ai accepté – nous l'avons tous accepté ; sauf Mme Lockwood. Elle n'a pas changé d'avis. Même maintenant, elle est toujours convaincue que c'est Achmed qui est entré dans sa chambre cette nuit-là. »

Andrews interrompit sa conversation pour permettre à son patron de dire quelque chose. Mais Alan lui fit signe de continuer.

« Ok, Andrews poursuivit. Si ce que j'ai dit jusqu'à présent est correct, alors il est tout à fait possible que Londres soit déjà arrivé aux mêmes conclusions. Ils ont pu l'observer pendant un certain temps et se rendre compte qu'il n'est pas ce qu'il semble être. Cela m'amène à penser que les deux soi-disant remplaçants ne sont pas là simplement pour reprendre l'affaire, comme il nous le fait croire, mais qu'ils sont en réalité là pour le raccompagner à Londres. Il est également probable que le MI5 ait déjà envoyé un agent sous couverture pour poursuivre l'affaire. Je suppose que l'identité de ce nouvel agent n'a pas été révélée à Drummond ni aux autres personnes travaillant sur l'affaire. L'homme, ou la femme, pourrait déjà être à l'hôtel, au moment où nous parlons ; ils pourraient même être là depuis plusieurs jours à observer Drummond et à essayer de suivre le fil de ce qui est arrivé au collier après son arrivée à Newcastle. »

Alan avait écouté attentivement et était impressionné par les conclusions de son sergent. Mais en même temps, il était ennuyé de ne pas avoir découvert ces éléments lui-même. C'était un très bon officier de police. Comment avait-il pu rater autant de choses qui lui sautaient aux yeux en permanence ? Avait-il été tellement absorbé par son amour de jeunesse pour Agnès qu'il avait négligé tant de détails ? Il devait admettre que même elle trouvait des réponses à l'affaire avant lui.

« Mais il y a autre chose, ajouta Andrews en interrompant les pensées d'Alan. Et on en revient au début de cette conversation. »

« Que pourrait-il y avoir d'autre ? » Alan soupira, lourdement. Selon lui, son sergent avait déjà résumé la situation. « En supposant que j'aie raison au sujet de Drummond, continua Andrews. Alors, ne devrions-nous pas être plus qu'inquiets qu'il ait réussi à s'incruster pour passer la nuit dans la chambre de Mme Lockwood ? »

Alan jeta un regard à Andrews avant de fouiller dans sa poche pour prendre son téléphone. « Vous avez raison ! Nous devons la prévenir – et nous devons trouver Drummond. »

30

Agnès venait de prendre la photo de George Hargreaves et de l'homme auquel il parlait, lorsque son téléphone sonna.

« Bonjour Alan. J'étais sur le point de vous appeler... »

« Agnès, taisez-vous et écoutez-moi. Je vous informerai dès que je vous verrai. Mais en attendant, quoi que vous fassiez, ne laissez pas Drummond entrer dans votre chambre aujourd'hui, ce soir ou n'importe quand. Ne vous approchez pas de lui. Mon sergent a une théorie sur lui et il pourrait avoir raison. Sinon, nous sommes à l'hôtel et Hargreaves n'est pas là. Nous allons essayer de le trouver, lui et Drummond. »

« C'est ce que j'étais sur le point de vous dire. George Hargreaves est devant l'hôtel en ce moment même. Je le vois. Il est juste à côté du Millennium Bridge et il parle à un autre homme. Dépêchez-vous avant qu'ils ne partent ! »

« Ok, on arrive », dit Alan sans hésiter. Il referma son téléphone et sortit rapidement du bureau. « Hargreaves est dehors », lança-t-il à son sergent en traversant la réception et en se dirigeant à toute vitesse vers l'entrée de l'hôtel.

Quelques minutes plus tard, Alan et Andrews sortirent de l'hôtel et virent Agnès de l'autre côté de la rue. Lorsqu'elle les repéra, elle leur indiqua l'endroit où George et l'autre homme étaient encore en pleine conversation.

L'inspecteur en chef demanda à Andrews de s'approcher des deux hommes par derrière. « Bonjour, Mr Hargreaves », dit Alan, une fois Andrews en place.

« Euh, inspecteur en chef », marmonna George. Pendant un moment, il eut l'air un peu décontenancé. Mais il se ressaisit rapidement et jeta un regard à l'homme qui se tenait à côté de lui. « L'inspecteur en chef Johnson travaille sur l'affaire des bijoux disparus de ma femme, expliqua-t-il. Je suppose qu'il veut faire le point avec moi. » Il se retourna vers Alan. « Comment ça se passe ? Avez-vous quelque chose à signaler ? »

« C'est de cela que nous aimerions vous parler », répondit Alan. Il se tourna vers l'homme à qui George avait parlé.

L'homme était rasé de près et portait un élégant costume bleu marine. Il n'était pas grand, ce qui l'obligeait à lever légère-ment les yeux pour croiser le regard de l'inspecteur. Cependant, il était bien bâti et semblait avoir passé plusieurs heures par semaine à la salle de sport.

« Et vous êtes ? », demanda Alan.

« Je suis juste un vieil ami de George, répondit-il, hâtive-ment. Nous jouons au golf et allons souvent voir les champion-nats de courses ensemble. Nous sommes tombés par hasard l'un sur l'autre. Si c'est tout, inspecteur en chef, je vais vous laisser discuter tous les deux. »

L'homme salua George d'un signe de tête et se serait éloigné si le sergent Andrews ne lui avait pas barré la route.

« Je pense que nous devrions avoir une petite discussion au poste de police. » Alan saisit George par le bras. Cet homme lui avait déjà tourné autour, il n'était pas question qu'il lui offrît la moindre chance de s'enfuir et de se perdre dans la foule.

« Vous ne pouvez pas faire ça. Ma femme s'attend à ce que je la rejoigne pour déjeuner sous peu », fulmina George. Il regarda son ami. « James, vous allez devoir la rencontrer et lui expliquer ce qui se passe. »

Alan jeta un coup d'œil à son sergent et secoua la tête.

« J'ai bien peur que votre ami ne puisse pas faire ça. Il vient avec nous », dit Andrews en saisissant le message. Il se plaça à côté de James et lui prit le bras.

« Ne vous inquiétez pas, M. Hargreaves. Dites-nous où se trouve votre femme et nous organiserons une rencontre avec une policière qui lui expliquera ce qui s'est passé. »

* * *

Agnès observait la procédure de l'autre côté de la route. Elle espérait qu'elle avait raison pour George Hargreaves. Ce serait terrible s'il était arrêté pour quelque chose qu'il n'avait pas fait. Pourtant, plus elle y pensait, plus elle était convaincue que c'était lui qui avait enlevé le collier de sa femme.

Elle retraça le fil de ses pensées jusqu'au moment où elle l'avait vu dans le centre-ville. À ce moment-là, elle avait attribué son air de pure frustration à la façon dont sa femme lui avait parlé avant de partir en trombe vers la bijouterie. Mais aujourd'hui, alors qu'elle repensait à la question dans le café avec David Drummond, elle avait eu l'idée qu'il était peut-être en colère parce que sa femme allait dépenser plus d'argent et lui causer plus de problèmes.

Ce fut à ce moment qu'elle aperçut Drummond. Il était en partie isolé, car il rôdait dans l'embrasure d'une boutique à quelques mètres de l'endroit où elle se tenait. Néanmoins, elle pouvait voir qu'il avait l'air très en colère, pour une raison ou une autre – probablement parce que la police avait rattrapé Hargreaves avant qu'il eût eu l'occasion de lui parler.

Ne voulant pas qu'il la remarquât, Agnès fit rapidement

quelques pas en arrière et se cacha derrière un camion en stationnement. Lorsqu'elle le vit s'éloigner à grands pas sur la route, elle émergea de sa cachette et se dirigea vers l'hôtel. Mais, sur une impulsion soudaine, elle se retourna et se mit à suivre Drummond.

31

« Qu'est-ce que ça veut dire ? Pourquoi je suis ici ? », demanda George Hargreaves, une fois qu'ils furent au poste de police. « M'avez-vous arrêté ? Si oui, alors je veux voir un avocat. Je connais mes droits ! »

« Je pense que vous savez de quoi il s'agit, M. Hargreaves », répondit Alan, calmement. Il avait décidé d'interroger Hargreaves, pendant que son sergent s'entretenait avec James.

« Je ne sais pas de quoi vous parlez !

« Je parle du collier disparu de votre femme. » L'inspecteur en chef se pencha sur la table. « Où est-il ? »

« Comment je peux le savoir ? » répondit Hargreaves. « Vous savez qu'il a été volé. Il a probablement été transmis à un receleur ou je ne sais comment vous appelez ça. Il peut être n'importe où maintenant. »

Alan regarda Hargreaves sortir un mouchoir et s'éponger le front.

« Je pense que vous le savez, car je crois que vous l'avez volé en premier. »

« Non ! Ce n'était pas moi... »

« Je crois que c'était vous. Puis vous avez essayé de vous

discréditer en volant d'autres objets aux autres clients de l'hôtel. » Alan se rassit sur sa chaise et regarda Hargreaves tripoter son mouchoir.

Pendant un moment, Alan se sentit désolé pour lui. Il était évident que George n'avait jamais eu de problèmes avec la loi auparavant. C'était certainement une première pour lui. Néanmoins, c'était un voleur et il devait en payer le prix.

« Maintenant nous en arrivons aux deux meurtres, dit Alan, lentement. Je me demande si vous n'êtes pas notre tueur. Par exemple, les victimes ont pu découvrir que vous étiez le voleur et allaient informer la police. Mais vous les avez tuées toutes les deux avant qu'elles n'en aient eu l'occasion. »

Alan ne croyait pas vraiment que Hargreaves était le meurtrier. Il utilisait simplement cette idée pour le pousser à avouer les vols.

« Après tout, la femme assassinée était une cliente de l'hôtel, poursuivit-il, et il se trouve que l'homme assassiné était son frère. Si elle vous avait vu, elle aurait pu transmettre l'information à son frère et vous auriez dû les tuer tous les deux. »

« Non ! Je n'ai tué personne », hurla Hargreaves.

« Ça me semble très plausible, affirma Alan en haussant les épaules. Ce qui signifie que nous avons résolu les deux affaires d'un seul coup. »

« Non ! Non ! Vous vous êtes trompé », s'exclama George. « Quelle partie ? », demanda Alan.

Hargreaves détourna le regard un instant. Il n'avait jamais voulu en arriver là. Tout ce qu'il voulait c'était un peu d'argent pour payer une dette de jeu. D'où l'idée de voler le collier de sa femme et de le vendre. L'argent de la vente, ainsi que l'assurance du collier volé, lui auraient permis d'arriver au bout de ses peines. Mais lorsque sa femme avait créé une telle agitation et appelé la police, il avait paniqué, terrifié à l'idée d'être suspecté. Il avait alors décidé de voler un autre collier dans le but de pousser la police à chercher ailleurs. C'était si facile. Pourquoi ne pas le faire une fois de plus ?

Il savait maintenant qu'il aurait dû arrêter après le deuxième vol. Ce fut lors du dernier vol qu'un homme le surprit en train de quitter la pièce. Comment avait-il su que ce n'était pas sa chambre. Il l'avait abordé en lui disant qu'il connaissait quelqu'un qui paierait bien pour les bijoux et qu'il était prêt à lui transmettre l'information - mais il y avait un prix à payer.

« D'accord, je reconnais avoir pris les bijoux », dit enfin Hargreaves. Il déglutit difficilement. « Mais je jure, sur la vie de mes enfants, je n'ai tué personne. Personne ne m'a vu quitter les chambres. Personne n'a menacé de me dénoncer. Je ne suis pas votre assassin. »

Il sanglotait à présent. En parlant de ses enfants, il avait réalisé qu'il les avait laissés tomber. À quoi avait-il pensé ? Pourquoi s'était-il laissé entraîner dans le cercle de jeu de hasard pour commencer ?

Mais il savait pourquoi. Il avait pensé qu'il pouvait gagner. Et, oui, il avait gagné quelques fois et il était heureux. Mais il avait plus perdu d'argent qu'il en avait gagné. Et là, il avait tout perdu. Qu'allait penser sa famille de lui ?

« Je n'ai jamais pensé qu'on en arriverait là, dit M. Hargreaves. Je voulais simplement payer ma dette et me débarrasser de cet homme. Il allait demander l'argent à ma femme. Je ne pouvais pas le laisser faire. Je ne voulais pas qu'elle le sache. J'ai juré qu'une fois l'argent payé, je ne jouerais plus jamais. Vous devez me croire. »

« Et le collier que vous avez volé dans la chambre de M. et Mme Anderson ? », demanda Alan. Hargreaves soupira. « Je l'ai vendu au même homme qui a acheté les autres. »

« Ce ne serait pas James, l'homme avec qui vous parliez tout à l'heure ? », demanda Alan.

« Non. » Hargreaves secoua la tête. « Je le payais. Il travaille pour l'homme à qui je dois de l'argent. » Il détourna le regard un instant, avant de se retourner pour faire face à l'inspecteur en chef. « J'aurais pu mettre fin à cette affaire aujourd'hui. Une fois que je lui aurais payé ce que je lui devais, il me resterait un peu d'argent. J'aurais pu rentrer chez moi avec ma femme ce week-end, heureux. Mais maintenant... »

« Si vous n'aviez pas volé les autres clients, je suis sûr que votre femme aurait abandonné toutes les charges et que vous auriez été libre de partir, dit Alan. Mais en l'état actuel des choses, je vais devoir vous arrêter pour vols multiples à l'hôtel. Je doute que les autres personnes que vous avez volées soient prêtes à abandonner les poursuites. » Il fit une pause. « Je vais laisser de côté l'accusation de meurtre – pour le moment. Ce que vous pouvez faire pour l'instant, c'est me dire comment nous pourrions contacter l'homme à qui vous avez vendu les bijoux. »

* * *

Dans une autre pièce du commissariat, le sergent Andrews venait de clore l'interrogatoire de James. Il s'avérait que son nom était James Hitchens. Il admit qu'il n'était pas vraiment un ami de Hargreaves. En fait, il n'avait jamais rencontré l'homme jusqu'à ce jour. Il avait simplement été envoyé à Newcastle pour rattraper Hargreaves, récupérer l'argent dû à son patron et retourner à Londres.

« Pourquoi vous envoyer jusqu'ici ? demanda Andrews. Hargreaves serait sûrement rentré à Londres une fois leur séjour terminé. »

Mais Hitchens s'était contenté de hausser les épaules, disant que son patron devait avoir une raison et qu'il n'avait pas demandé. « Je ne pose pas de questions. Je fais simplement ce que mon patron me demande. Ensuite, je suis payé. »

Lorsque le sergent lui avait demandé de lui remettre l'argent qu'il avait obtenu de Hargreaves, il avait hésité à s'en séparer, disant que l'argent appartenait désormais à son patron. Mais le sergent Andrews avait argumenté que l'argent avait été obtenu illégalement. Ne voulant pas être retenu au poste de police plus longtemps que nécessaire, il avait obtempéré. Son patron n'aurait sans doute pas voulu se brouiller avec la police de Newcastle.

Cependant, Hitchens refusa de donner le nom de son patron quand Andrews le lui demanda. « Il n'est absolument pas nécessaire de mêler mon patron à cette affaire. Il n'est pas impliqué dans ce que Hargreaves a fait ici à Newcastle – et moi non plus. Donc si vous avez terminé, je voudrais partir. »

Andrews savait qu'il n'avait aucune raison de garder Hitchens au poste. Pourtant, il ne voulait pas le laisser partir sans savoir ce que Hargreaves avait dit à l'inspecteur en chef. « Ça ne devrait pas tarder, mais j'ai besoin que vous attendiez ici jusqu'à ce que je sache ce que Hargreaves a eu à dire. »

Sans un mot de plus, il ouvrit la porte et demanda à l'officier en uniforme qui attendait dehors d'entrer et de monter la garde jusqu'à son retour.

Au bout du couloir, Andrews entra dans une pièce annexe et jeta un coup d'œil à travers la vitre de séparation. L'inspecteur en chef était toujours en train de parler à Hargreaves. Il activa l'hautparleur et entendit Alan demander le nom de l'homme qui avait acheté les bijoux volés.

De toute évidence, Hargreaves avait avoué être le voleur.

Sans aucune hésitation, Hargreaves fournit un nom et un numéro de téléphone.

« Comment avez-vous entendu parler de ce M. O'Donnell ? demanda Alan. Saviez-vous qu'il était là avant votre arrivée à l'hôtel ou », il fit une pause pour plus d'effet, « quelqu'un vous a-t-il suggéré que cet homme pourrait être intéressé par l'achat des bijoux que vous avez volés ? Dans ce cas, je dois connaître le nom de cette autre personne et savoir comment elle a appris que vous aviez volé des bijoux à vendre. Il y a quelques minutes, vous m'avez dit que personne ne vous avait vu quitter les chambres avec les colliers volés. »

Andrews observa Hargreaves qui levait les mains en signe de terreur. « Ok, ok. Une personne ne m'a vu quitter une chambre. C'était le jour où j'ai volé la première pièce après que ma femme ait découvert que son collier avait disparu. Comme je vous l'ai dit, je voulais écarter la police. J'ai vu une porte ouverte et j'ai trouvé facile de me faufiler à l'intérieur pendant que la dame nettoyait la salle de bain. Je me suis caché jusqu'à ce qu'elle parte et j'ai alors eu tout le temps de regarder autour de la pièce. À ce moment-là, je n'avais aucune idée de la façon dont j'allais vendre le collier de ma femme, et encore moins le second. Au début, j'avais espéré que mon créancier prendrait le collier de ma femme en paiement de ma dette. Mais cet homme est apparu au moment où je cherchais à m'enfuir. Il n'a pas menacé d'aller à la police. Il a dit qu'il connaissait quelqu'un qui serait heureux de me payer pour les bijoux que j'avais dérobés. » Hargreaves fit une pause et desserra sa cravate.

L'inspecteur en chef demanda à l'agent en uniforme à la porte d'apporter un verre d'eau au suspect. « Continuez », dit Alan après que Hargreaves ait bu un peu d'eau.

« J'ai demandé ce que je devais faire pour obtenir le nom de cette personne, poursuivit George. Je pensais qu'il allait vouloir la moitié de ce que j'obtiendrais, mais ce n'est pas ce qu'il a demandé. Il a proposé le vol de quelques pièces supplémentaires, selon ce qui me convenait. Je pouvais garder tout l'argent que je recevais de cet homme. Mais le dernier vol devait être le numéro de chambre qu'il me donnerait en temps voulu. Je recevrais un paiement comme d'habitude, et je m'en irais. »

« Et si vous n'étiez pas d'accord avec sa proposition, demanda Alan. Vous a-t-il menacé de quelque manière que ce soit ? »

« Il a dit qu'il rencontrerait ma femme dans un recoin sombre et..., Hargreaves s'interrompit. Je ne pouvais pas le laisser faire. »

« Quel était le nom de cette personne ? », demanda Alan en essayant de rester patient.

« Je ne sais pas, lâcha Hargreaves. Il n'a pas voulu me le dire. » Il posa sa tête dans ses mains. « Croyez-moi, je ne voulais pas de tout ça. J'aime Angela, j'aime ma famille. Je n'ai jamais voulu qu'ils soient impliqués dans ma bêtise. » Il leva brusquement la tête. « Je ne connais pas son nom, mais je l'ai vu plusieurs fois dans l'hôtel depuis qu'il m'a abordé. Il m'ignore, et je l'ignore. Il est toujours seul, alors j'ai été surpris de le voir avec une autre cliente l'autre soir – une femme. J'espère seulement qu'il n'a pas poser ses griffes sur elle. »

« Cette femme, dit Alan. Connaissez-vous son nom ? »

« Non, répondit Hargreaves pensivement. Mais vous devez la connaître. Je vous ai vu lui parler plusieurs fois. » Alan se leva d'un bond. « Vous voulez dire Mme Lockwood ? »

« Oui, c'est son nom, dit Hargreaves. Je m'en souviens maintenant. Lockwood, il y avait une star de cinéma de ce nom il y a des années. »

Andrews écoutait toujours dans la pièce voisine. Il sursauta quand il entendit la dernière remarque de Hargreaves. L'homme qui avait poussé Hargreaves à voler le collier chez les Anderson pouvait-il être David Drummond ? L'inspecteur en chef se rua vers la porte et se précipita dans le couloir pour le rejoindre.

« J'ai entendu la fin de l'histoire, dit Andrews. Drummond est effectivement derrière toute cette histoire. » L'inspecteur en chef n'écoutait qu'à moitié. Il avait déjà sorti son téléphone et composait le numéro d'Agnès.

« J'appelle Agnès. Elle ne doit pas s'approcher de cet homme. » Il porta le téléphone à son oreille et attendit qu'elle répondît.

Quelques instants plus tard, il refermait son téléphone. « Il n'y a pas de réponse. Je vais à l'hôtel. »

« Il se peut que son téléphone soit en charge, dit Andrews. Pourquoi ne pas essayer d'appeler sa chambre à l'hôtel ? »

Alan acquiesça. Il décrocha le téléphone le plus proche et demanda à être mis en relation avec l'hôtel Millennium. Dès qu'il fut connecté, il demanda la chambre d'Agnès. Mais là encore, Il n'y eut aucune réponse.

« Elle est peut-être encore quelque part dans l'hôtel », dit le sergent Andrews.

« Oui, mais je dois en être sûr. J'ai un mauvais pressentiment. » Alan demanda à l'un des officiers de rester avec Hargreaves. « Prenez ses coordonnées et enfermez-le. S'il demande un avocat, trouvez-en un. »

« Que fait-on de James Hitchens, demanda Andrews. Il a rendu l'argent qu'il a reçu de Hargreaves. Mais il ne veut pas donner le nom de l'homme qui l'a envoyé ici. »

« Dites à l'agent qui se trouve avec lui d'obtenir ses coordonnées, où il loge, etc., et laissez-le partir. Mais il ne doit pas quitter la zone. Puis venez avec moi à l'hôtel. »

32

Agnès maintenait une bonne distance entre elle et David Drummond en le suivant le long des quais. S'il s'arrêtait pour une quelconque raison, elle se mettrait en retrait et ferait mine d'observer une vitrine jusqu'à ce qu'il reprît son chemin. Une fois, alors qu'elle attendait qu'il repartît, elle se demanda pourquoi elle agissait ainsi.

Il pouvait simplement se promener pour évacuer la frustration de voir l'inspecteur en chef rattraper Hargreaves avant lui. Peut-être allait-il simplement passer voir son cousin au restaurant. Il y avait probablement beaucoup de raisons pour lesquelles il se promenait le long de la route. Après tout, où pouvait-il bien aller ? S'il retournait à l'hôtel, il risquait de tomber sur ses deux remplaçants. Par conséquent, pourquoi était-elle encore en train de le suivre ? Néanmoins, elle était là, à le suivre le long de la route en direction du Tyne Bridge.

Arrivé au pied d'une des tours soutenant le Tyne Bridge, il disparut soudainement de sa vue.

Mince, pensa-t-elle en se dirigeant vers l'endroit où elle l'avait vu pour la dernière fois. Où était-il parti ? Elle se mit à marcher lentement autour de la tour quand quelqu'un lui attrapa le bras. Elle essaya d'appeler à l'aide, mais avant qu'elle eût pu émettre le moindre son, elle fut traînée à la base de la tour et la porte se referma en claquant.

Il faisait froid à l'intérieur de la tour et il y avait une odeur de moisi et d'humidité. L'ascenseur, qui avait autrefois transporté les gens du quai jusqu'au pont, avait disparu, ne laissant qu'une cage vide.

« Qu'est-ce que vous faites ? », s'écria Agnès en se retournant et en tombant nez à nez avec David Drummond.

« Je pourrais vous poser la même question », répliqua-t-il, d'un air suffisant. « Après tout, c'est vous qui me suivez. »

Agnès était sur le point de nier, mais elle réalisa qu'il avait dû la voir à un moment ou à un autre. « Ok. » Elle massa son bras là où il l'avait attrapée. C'était assez douloureux. « Je suis désolée. C'est juste que je n'avais rien de prévu cet après-midi et quand je vous ai vu... Écoutez », elle tendit les mains et changea d'approche. Tout ce qu'elle voulait, c'était sortir d'ici. Ce n'avait pas été une bonne idée. « J'ai dit que j'étais désolée, je peux partir maintenant ? »

« Je ne pense pas. » Drummond tendit sa main devant lui et inspecta ses ongles. « Une fois que vous serez sortie d'ici, vous chercherez l'aimable inspecteur en chef. L'homme qui s'extasie devant vous depuis que vous vous êtes rencontrés à l'hôtel, la nuit où George a pris le collier de sa chère épouse pour payer ses dettes accumulées. »

Les yeux d'Agnès s'écarquillèrent. « Vous saviez déjà que George avait pris le collier de sa femme ? » Elle plissa les yeux. « Alors pourquoi êtes-vous venu me voir plus tôt dans la journée pour demander de l'aide ? »

« Ne soyez pas idiote, Agnès, grogna-t-il. Je ne suis pas venu vous demander de l'aide. Pour l'amour de Dieu, c'est mon travail. Je suis simplement venu pour découvrir ce que vous saviez déjà. Ou, avec un peu d'aide de ma part, ce que vous pourriez supposer si on vous donnait quelques informations sur lesquelles travailler. »

Agnès avala péniblement. Elle savait maintenant qu'Alan avait raison depuis le début. Elle aurait dû rester à l'écart de l'affaire et elle aurait certainement dû tenir compte de son avertissement concernant Drummond. Pourtant, elle avait apprécié participer à l'enquête. Et, en ce qui concerne son avertissement – eh bien, il était définitivement trop tard pour faire marche arrière maintenant. Cependant, si elle voulait s'en sortir vivante, elle devait jouer la montre.

Son esprit s'emballa. Alan devait la retrouver à l'hôtel pour dîner, mais c'était dans plusieurs heures. Une autre pensée lui traversa l'esprit. La porte de la tour était verrouillée la dernière fois qu'elle avait essayé de l'ouvrir. À ce moment-là, elle avait voulu savoir s'il y avait encore un ascenseur entre le quai et la route. Cependant, après s'être renseignée auprès de l'hôtel, elle avait appris que la porte de la tour était désormais verrouillée en permanence.

Le personnel de l'hôtel lui avait dit que les portes n'étaient ouvertes que trois ou quatre fois par an, lorsque le bâtiment était contrôlé. Mais une fois que l'homme était à l'intérieur, il était censé la verrouiller après lui, car il était probable qu'il utilisât la porte du pont pour se rendre à la tour suivante. Cela avait l'air compliqué, mais elle avait compris ce qu'ils voulaient dire, enfin, en quelque sorte.

Donc, au milieu de toutes ces spéculations, si Drummond avait pu accéder à la tour aujourd'hui, cela signifiait-il que quelqu'un contrôlait la tour et avait oublié de verrouiller la porte ? Cette personne était-elle encore quelque part en haut à ce moment-là ? Mais, plus important encore, entendrait-elle ce qui se dit, aurait-elle des soupçons et appellerait-elle la police ?

« Attendez une minute », dit-elle en élevant la voix dans l'espoir que quelqu'un soit là-haut. À ce moment-là, elle sentit son téléphone vibrer dans sa poche. Elle l'avait éteint pendant qu'elle était dans le café et avait oublié de le rallumer. Elle espérait que Drummond ne l'avait pas entendu. Autrement, il le lui prendrait et le détruirait. Tant qu'elle avait encore un téléphone dans sa poche, elle sentait qu'il y avait de l'espoir.

« Tout à l'heure, vous avez dit que l'inspecteur en chef s'extasiait devant moi, poursuivit-elle. Vous le pensez vraiment ? Ai-je raté quelque chose ? Alan m'aime vraiment bien ? » Elle gloussa, essayant de faire croire qu'elle ne connaissait pas les sentiments d'Alan à son égard, bien qu'elle ait perçu quelques signes au cours des soirées qu'ils avaient passées ensemble. « C'est très intéressant. J'aurais dû faire plus attention. Je pensais juste qu'il était poli. »

« Vous savez que vous lui plaisez. Arrêtez de vous moquer de moi. Je pourrais vous tuer en un instant. » Il sortit un pistolet de sa poche.

« Alors pourquoi ne le faites-vous pas ? » Agnès se redressa de toute sa hauteur, espérant paraître plus sûre d'elle qu'elle ne l'était. « Pourquoi m'avoir traînée ici, si ce n'est pour me tuer ? Vous auriez pu me tuer au moment où vous m'avez fait entrer dans cette tour et en sortir sans que personne ne vous voie. » Elle regarda tout autour du petit espace. « Les murs sont si épais que personne n'entendrait un coup de feu, sauf, peut-être, les oiseaux. » C'était vrai ; les tours étaient remplies de mouettes tridactyles. Elles avaient fait de cet endroit leur maison au fil des années. « Pourtant, vous n'avez pas appuyé sur la gâchette, pourquoi ? »

Drummond tenait l'arme contre son front. « Avant de vous tuer, j'ai besoin que vous compreniez pourquoi j'ai déraillé, comme ils aiment l'appeler de nos jours. Je veux que vous sachiez ce qu'a été ma vie depuis que j'ai quitté Newcastle pour m'entraîner à devenir un agent. Oui, j'ai eu le job de mes rêves ; un job que j'ai toujours voulu. J'ai travaillé très dur pour pouvoir aller sur le terrain. Mais j'ai découvert que ce n'était pas du tout comme je l'avais imaginé. »

« Vous voulez dire que ça n'avait rien à voir avec les films de James Bond que vous admiriez ? dit Agnès. Vous pensiez que vous seriez envoyé à l'étranger pour sauver le monde ? »

« Je vois que mon cousin a trop parlé. » Son sourire était sinistre. « Mais, pour répondre à votre question, si vous aviez un rêve, n'auriez-vous pas été déçue s'il ne s'était pas réalisé ? Je voulais que les gens sachent qui j'étais et pourquoi j'étais là. Je voulais être apprécié, admiré. Mais... » Drummond s'interrompit momentanément. Il baissa son arme en songeant au passé.

Agnès profita de ces quelques secondes pour jeter un coup d'œil sur le sol, espérant voir quelque chose qu'elle pourrait saisir pour se défendre. Elle fut déçue ; il n'y avait rien à part les tas de poussière, qui avaient été soufflés sous la porte à cause des vents violents, et la masse de fientes d'oiseaux, attendant d'être débarrassés par celui dont c'était le travail. « Mais », lui dit-elle. Elle devait le faire parler.

« Mais tout le monde s'en moquait, hurla-t-il. Personne ne savait qui j'étais – et pourquoi le sauraient-ils ? J'étais sous couverture tout le temps. Pour eux, je n'étais qu'un énième Britannique en costume. J'étais là pour veiller sur eux, mais ils ne le savaient pas ou s'ils le savaient, ils s'en moquaient. Au début, je pensais que le salaire compenserait ma déception, mais non. J'ai donc décidé de changer les choses. J'ai conçu un plan pour utiliser à mon profit tout ce que j'avais appris au MI5. »

« Alors qu'avez-vous fait ? »

« Je pense que vous avez déjà deviné ce que j'ai fait ! », cria Drummond en pointant à nouveau son arme sur elle.

Agnès avait commencé à rassembler les pièces du puzzle, mais si elle voulait s'en sortir, elle allait devoir le faire parler – même si cela signifiait qu'elle devait l'écouter se vanter d'avoir réussi le plus grand vol depuis... le Braquage à l'Italienne « Si je suis sur le point de mourir, alors j'ai le droit de savoir comment vous avez volé le collier au musée. Je suis sûre qu'il devait être très bien gardé, vous deviez avoir un plan ingénieux. » Elle détestait faire de la lèche à ce monstre, mais si cela lui donnait quelques minutes de plus, alors elle continuerait à faire la conversation.

« J'ai regardé, écouté et appris, répondit-il. De cette manière, j'ai trouvé une faille dans leur sécurité. Ils se sont tous rassasiés et ont trinqué au champagne une fois qu'ils avaient pensé que tout était en place. Ils ont dit que personne ne pouvait infiltrer le sanctuaire qu'ils avaient créé. » Il sourit. « Pourtant, je l'ai fait. Je l'ai fait ! »

« Et quelle est la place d'Achmed dans tout ça ? », demanda Agnès. Elle désigna les marches menant au sommet de la tour. L'une d'entre elles n'était pas tout à fait aussi sale que les autres. « Ça vous dérange si je m'assieds ? »

Drummond agita son arme en direction des marches. « Oui, asseyez-vous. » Il rit. « Au moins, vous ne tomberez pas de haut quand j'appuierai sur la détente. »

Agnès voulait lui crier dessus. Lui dire qu'il était fou. Mais il pourrait se mettre en colère et appuyer sur la détente à tout moment. Elle se dirigea plutôt vers les marches et s'assit.

« Maintenant, où en étions-nous ? » Drummond manipulait l'arme comme s'il s'agissait d'un jouet. « Ah, oui, Achmed. Il m'a aidé à mettre mon plan à exécution. Il m'a aidé à sortir le collier de l'immeuble à Londres. Maintenant il est ici à Newcastle pour s'assurer que tout va bien. Je l'ai payé pour qu'il vienne ici et trouve un travail à l'hôtel pour qu'il soit à proximité si j'ai besoin de lui. Une fois que j'aurai l'argent pour le collier, je lui donnerai ce que nous avions convenu et nous nous séparerons pour toujours. Mais je ne l'oublierai jamais. Il a bien travaillé. »

« Et les Anderson ? demanda Agnès. Quelle est leur place dans tout ça ? »

Drummond soupira. « Les Anderson étaient simplement les transporteurs. Ils ont apporté le collier à Newcastle. Personne ne les soupçonnerait d'avoir quelque chose à voir avec le vol. Ce n'est qu'un couple marié qui fait un court voyage pour voir les monuments de cette ville du nord. » Il fit une pause. « Anderson était censé donner l'alerte sur le vol du collier dans sa chambre. Mais il n'était pas supposé en faire trop. Ça devait être un vol banal, purement et simplement. Mais il a piqué une crise d'hystérie. »

« Quand la police l'a interrogé, M. Anderson a présenté une photo pour prouver que le bijou lui appartenait », dit Agnès.

« Il n'était pas censé montrer cette fichue photo à qui que ce soit, siffla Drummond. Je lui ai dit de prendre une photo de sa femme portant le collier pour prouver qu'il lui appartenait. Mais il ne l'a pas fait. Il ne l'a pas fait, bon sang ! s'écria-t-il en crachant ses mots. S'il l'avait fait, la police l'aurait accepté et aurait poursuivi l'enquête. À la place, cet idiot a montré à l'inspecteur en chef Johnson la photo du collier dans l'énorme vitrine du musée. N'importe qui avec un demi-cerveau aurait compris la vraie valeur du collier et trouvé où la photo avait été prise. »

« Pourquoi lui avoir donné la photo ? Je veux dire, comme vous l'avez dit, il aurait pu en prendre une lui-même. » Agnès parlait doucement et calmement. Elle devait le faire parler, mais elle ne pouvait pas se permettre de le contrarier davantage. Il se comportait déjà de manière très instable. Il n'avait pas besoin d'aide supplémentaire de sa part.

« Il voulait un souvenir de son aventure au cœur de l'un des plus grands hold-up que ce pays n'ait jamais connu. Selon lui, une photo sur son appareil ne suffirait pas à convaincre ses amis qu'il avait pris part au vol. J'ai insisté pour qu'il n'emporte pas la photo avec lui au cas où elle serait retrouvée. Une fois que j'aurais quitté le pays dans un endroit sûr et qu'Achmed serait rentré dans son pays, Anderson pourrait en faire ce qu'il voudrait. C'est lui qui en assumerait les conséquences. Pourtant, il l'a apporté avec lui et l'a montré à un inspecteur de police. » Il secoua la tête. « Je ne peux pas le croire. »

Pendant un moment, il garda le silence. Puis il jeta un regard noir à Agnès. « Et comme si ce n'était pas assez grave, vous avez décidé de mettre votre nez là-dedans. Pourquoi avez-vous choisi cette semaine pour venir à Newcastle ? »

Il y eut un bruit venant de là-haut. Agnès se retourna vers l'escalier.

Drummond rit. « Ne vous faites pas d'illusions. Ce ne sont que des oiseaux. Cet endroit est vide depuis des années. Je doute que votre prince charmant de détective descende en flèche pour vous emporter en lieu sûr. En ce moment, il est probablement en train d'interroger George Hargreaves et la personne à qui il parlait. »

Agnès savait que c'était vrai. Son seul espoir était que la personne qui travaillait plus haut dans la tour pût les entendre. « Je suis désolée si ma présence ici à Newcastle a gâché vos plans », dit-elle.

« Ce n'est pas votre présence ici qui a tout gâché. C'est votre esprit inquisiteur. Vous auriez pu rester dans l'ombre comme n'importe quelle personne normale en vacances. Mais non, vous avez insisté pour accompagner le détective partout où il allait, surtout après avoir découvert tous les deux le corps de ma sœur, grogna-t-il. Ensuite, vous avez cherché à comprendre comment le voleur était entré dans les chambres et encore aujourd'hui, au café, à découvrir qui était le voleur. »

« Il se trouve que j'étais avec Alan quand le corps a été trouvé, dit Agnès. Je ne suis certainement pas sortie cette nuit-là avec l'intention de trouver quelqu'un étendu mort sur le trottoir. » Elle marqua une pause. « Je suis désolée. C'est de votre sœur que vous parlez, nous devrions faire preuve de respect. J'espère qu'ils trouveront le meurtrier. »

Drummond haussa les épaules.

Agnès fut consternée par son attitude. « Vous vous en fichez

? Votre sœur et votre frère ont été assassinés et vous vous contentez de hausser les épaules. Pourquoi n'êtes-vous pas à la recherche du tueur ? La même personne a probablement tué les deux. »

« Probablement. » Il grimaça et haussa les épaules encore une fois.

« Continuez. Réfléchissez-y, l'encouragea-t-il. Je suis sûr que vous finirez par y arriver. »

Agnès se leva d'un bond quand elle comprit. « C'était vous ! hurla-t-elle. Vous avez tué votre frère et votre sœur. Comment avez-vous pu faire une chose aussi pareille ? »

Drummond rit. « C'était facile. Regardez, je vais vous montrer. » Agnès ferma les yeux quand il posa l'arme sur son front.

« Ouvrez les yeux. Vous ne voulez pas voir comment on fait ? »

33

L'inspecteur principal Johnson et son sergent se garèrent devant l'hôtel et se précipitèrent à l'intérieur. Dans sa tête, il savait qu'il n'allait pas y trouver Agnès, mais il fallait bien commencer quelque part.

« Non, elle n'est pas dans sa chambre », dit le réceptionniste en replaçant le téléphone sur son support. « Pourrait-elle être dans l'une des salles publiques ? »

« Elle ne se trouve dans aucune des salles. » Le sergent Andrews secoua la tête en rejoignant son chef. Il était parti jeter un coup d'œil dans les salles du rez-de-chaussée pendant qu'Alan se renseignait au bureau. « Peut-être qu'elle est juste partie se promener », suggéra-t-il.

« Alors pourquoi ne répond-elle pas à son téléphone ? » « La batterie est peut-être épuisée. »

« C'est impossible. Elle m'a dit qu'elle rechargeait son téléphone tous les soirs. » « Peut-être qu'elle a oublié hier soir. » s'aventura Andrews.

« Non. Son téléphone a sonné, mais elle n'a pas répondu et je suis tombé sur la messagerie vocale. S'il était éteint, il serait allé directement sur la messagerie vocale, d'accord ? »

Alan jeta un coup d'œil à la réception pendant qu'il réfléchissait. « Où est Drummond ? » Il se tourna vers la réceptionniste. « Pourriez-vous essayer la chambre de David Drummond ? » Ce n'était pas gagné, sachant que l'agent essayait de se tenir à l'écart de l'hôtel. Mais il devait essayer toutes les options.

« Pas de réponse », répondit-elle quelques minutes plus tard. « Il a dû sortir. » « Je ne l'ai vu dans aucune des salles », dit Andrews.

Alan se détourna du comptoir. « Il est probablement à la recherche de Hargreaves. » Il réfléchit un moment. « À moins qu'il ne sache déjà que nous le tenons. »

« Donc vous pensez qu'il a pu nous voir escorter Hargreaves et l'homme à qui il parlait jusqu'à la voiture ? »

Alan hocha la tête. « Et si c'est le cas, alors il sait qu'Agnès nous a parlé, qu'elle nous a dit ce qu'elle soupçonnait. » Cela devenait ridicule. Ayant une idée soudaine, il se retourna brusquement et s'adressa à la réceptionniste. « Où est Achmed ? »

« Achmed ? » demanda-t-elle. « Vous voulez dire le serveur qui travaille au bar ? »

« Oui. Où est-il ? »

« Je vais vérifier », dit-elle en décrochant le téléphone.

Alan se tourna à nouveau vers son sergent. « Si vous avez raison et qu'il est mêlé à tout ça, alors il doit savoir quelque chose sur Drummond que nous ne savons pas. »

« Il sera de service dans environ cinq minutes », dit la réceptionniste en jetant un coup d'œil à l'horloge sur le mur au-dessus de sa tête. « Il ne devait pas être là avant cinq heures cet après-midi, mais un employé est malade, alors... »

« Bon, on va l'attendre au bar, interrompit Alan. Mais si vous le voyez avant nous, ne lui dites pas que nous l'attendons. C'est une affaire de police. »

La réceptionniste hocha la tête.

Dans le bar, les deux détectives choisirent une table au fond où ils espéraient ne pas être vus par ceux qui franchiraient la porte.

« Ces miroirs sont peut-être très beaux, mais ils ne nous aident pas pour le moment », remarqua l'inspecteur en chef en faisant un geste vers les grands miroirs ornés. « Espérons qu'ils ne nous trahiront pas. »

Ils ne durent pas atteindre longtemps avant qu'Achmed franchisse la porte. Il sifflotait comme s'il avait l'esprit tout à fait tranquille.

Alan attendit que le serveur fût bien entré dans le bâtiment avant de jeter un coup d'œil à Andrews et de faire un signe de tête vers la porte. Il ne voulait pas donner à Achmed une chance de s'enfuir en courant une fois qu'il saurait qu'ils l'attendaient.

« Bonjour, dit Alan. J'aimerais vous parler. »

Achmed sursauta au son soudain de la voix du détective. Il se retourna et se serait précipité vers la porte si Andrews ne lui avait pas barré la route.

« Comment puis-je vous aider, inspecteur en chef ? », demanda Achmed.

« Vous pouvez commencer par me dire où se trouve David Drummond. »

« Qui ? », demanda Achmed.

« Vous savez de qui je parle. David Drummond, votre complice. » Alan marqua une pause. Il n'avait pas le temps de jouer à ce petit jeu. « Avant de continuer à nier que vous le connaissez, laissez-moi vous dire qu'il nous a déjà parlé de vous. Il nous a dit que son travail consistait à vous suivre jusqu'ici parce que vous étiez soupçonné du vol d'un collier de valeur. » Il regarda son sergent.

« Cependant, le sergent Andrews a une théorie et je pense qu'il a raison. » Il fit un signe de tête vers Andrews. « Il croit que vous ne travailliez pas seul. Il pense que Drummond était pleinement impliqué dans le vol. Qu'il a probablement tout manigancé. Mais nous pensons aussi qu'il fera tout pour nous mettre sur une fausse piste, quitte à vous trahir. »

« Je ne sais pas de quoi vous parlez. » Achmed était de plus en plus agité. Il agita ses bras dans tous les sens. « Je suis venu en Angleterre pour me faire une nouvelle vie. Quand j'ai vu qu'il y avait une annonce pour un serveur de bar dans cet hôtel, j'ai postulé et je l'ai eu. J'ai travaillé dur. Demandez à n'importe qui – demandez au gérant, il vous le dira. »

« Achmed, vous n'écoutez pas. Drummond vous a déjà laissé tomber. Il ne pense qu'à lui. Il joue sur deux tableaux. Sinon, comment aurions-nous pu être au courant de votre situation ? Pourquoi le défendez-vous encore ? » Alan indiqua une chaise. « Asseyez-vous et réfléchissez-y. »

Achmed se laissa tomber sur la chaise et devint silencieux.

Alan pouvait voir qu'il évaluait sa situation. Achmed essayait probablement de comprendre ce que Drummond leur avait dit.

« Je ne sais pas où il est », dit enfin Achmed. Il n'allait pas tomber pour cet homme. « C'est la vérité. » Il hésita. « Cependant, quoi que David ait pu vous dire, je veux qu'une chose soit claire : je n'ai pas tué ces gens. »

« Vous voulez dire le frère et la sœur de Drummond ? », demanda Alan. Il lança un regard à son sergent. Il ne s'était pas attendu à ce qu'Achmed révélât une telle chose.

« Ils étaient son frère et sa sœur ? » Achmed s'est levé d'un bond. « Vous êtes en train de me dire que les deux personnes qu'il a abattues étaient des membres de sa propre famille ? »

« Soyons clairs, vous nous dites que Drummond était le tueur ? » Le sergent Andrews intervint avant qu'Alan n'eût le temps d'ouvrir la bouche. « C'est le cousin de David, Gordon Peterson, qui a dit à l'inspecteur en chef que les deux personnes assassinées étaient de la famille de Drummond. Mais vous dites que c'est Drummond qui a appuyé sur la détente ? »

Achmed s'effondra sur sa chaise. « Il les a tués, sanglota-t-il.

J'étais avec lui quand il l'a fait. Je lui ai dit dès le début que j'allais l'aider à voler le collier au musée. Je l'aiderais à s'enfuir. Mais j'étais catégorique, je ne voulais tuer personne. Je ne suis pas un meurtrier. Il a ignoré mes craintes, disant qu'il n'y aurait jamais de meurtre si on s'en tenait à son plan. C'était infaillible. » Il prit une pause et baissa les yeux vers le sol. « Pourtant, deux personnes ont remarqué ce qu'il faisait, ou devrais-je dire, ce qu'il avait fait. » Il se couvrit le visage avec ses mains.

Alan regarda son sergent. Si Drummond était capable de tuer sa propre famille, alors il était plus que capable de tuer Agnès. Elle avait été une épine dans le pied de Drummond depuis le début. Il devait la retrouver. Mais par où commencer ?

« Bon, je veux bien croire que vous ne sachiez pas où se trouve Drummond, dit Alan. Mais pouvez-vous me donner des indices qui me permettraient de le retrouver avant qu'il ne tue une personne de plus ? »

« Vous pensez qu'il va encore tuer ? » Achmed releva brusquement la tête.

« Je pense que oui, si quelqu'un se met en travers de son chemin. »

« Vous parlez de la femme. » Achmed soupira.

« À vous de me le dire », dit Alan en haussant les épaules, même s'il bouillonnait de l'intérieur. Il devait obtenir la vérité de cet homme, même si pour ça il devait avoir l'air nonchalant.

« Il y avait une femme qui séjournait à l'hôtel et qui », il s'interrompit, cherchant les mots justes, « lui tapait sur les nerfs. Il pensait qu'elle avait quelque chose sur lui, mais il ne m'en a pas dit plus. Il m'a demandé de mettre quelque chose dans son verre pour la rendre un peu instable. » Il balançait sa main d'avant en arrière pendant qu'il parlait. « Il m'a même donné la petite pilule blanche. Elle était très petite. » Il tenait maintenant son doigt et son pouce ensemble pour indiquer la taille de la pilule. « Il m'a dit d'aller dans sa chambre une fois que le personnel serait parti et de l'emmener dans la réserve en haut de l'hôtel. J'ai dit que ce ne serait pas facile d'entrer dans sa chambre, mais il m'a assuré que je me débrouillerais. C'était tout ce que j'avais à faire. Il ferait le reste. »

« Alors, quel était le reste, à votre avis ? », demanda Andrews.

Achmed haussa les épaules. « Je ne sais pas. Mais il aurait très bien pu la tuer. »

« Et ça ne vous a pas posé de problème ? », grogna Alan.

« Pourquoi ça me poserait un problème ? Il avait déjà tué deux autres personnes. » Achmed marqua une pause. « Mais je ne savais pas qu'ils étaient de sa famille. »

« Donc c'est normal de tuer des gens tant qu'ils ne sont pas de votre famille ? » Alan aurait aimé frapper cet homme au visage. Mais il se retint. Si Achmed venait à dire qu'il avait été maltraité de quelque façon que ce soit, tous ses témoignages seraient rejetés pour vice de procédure.

« Non. Ce n'est pas du tout ce que je voulais dire. Je viens de vous le dire ; j'ai dit dès le départ que je ne tuerais personne. »

« Pourtant, vous ne vous êtes pas opposé à être présent lors des meurtres ou à aider Drummond à se débarrasser des corps, dit Andrews. Par curiosité, quel était le plan pour se débarrasser du corps de Mme Lockwood une fois tuée par Drummond ? »

« Il n'allait pas la tuer, je dirais ; il allait la jeter du toit. On aurait cru à un accident. C'était une femme fouineuse. Elle aurait pu monter à l'étage pour voir ce qu'il y avait et tomber accidentellement du toit. »

« Donc dans votre esprit, jeter quelqu'un du haut d'un toit, ce n'est pas un meurtre ? Dites-moi, comment les gens de votre pays appelleraient-ils ça ? »

Achmed prit sa tête entre ses mains.

Sans attendre la réponse d'Achmed, Alan fixa son esprit sur Agnès. Où était-elle ? Où était Drummond ? D'après ce qu'Achmed leur avait dit, Agnès aurait dit ou fait quelque chose permettant à Drummond de comprendre qu'elle était sur sa trace. C'était probablement la raison pour laquelle il avait demandé à Achmed de mettre un produit dans son verre.

Heureusement, Agnès avait repris ses esprits et s'était échappée avant que Drummond eût eu le temps de monter.

Drummond avait été très malin en évitant de se trahir plus tard dans la soirée lorsqu'elle était apparue indemne de son épreuve. Même elle avait admis qu'il n'avait rien à voir avec la drogue et son enlèvement jusqu'au grenier. La seule personne qu'elle avait vue dans sa chambre après le départ du gérant était Achmed. Alors, que faisait Drummond en ce moment ? Quelle était sa prochaine étape ?

De toute évidence, il voulait garder un œil sur Agnès. Il avait besoin de savoir ce qu'elle pensait. Il aurait même pu envisager de la contacter dans le but de connaître son opinion sur la situation. Était-ce pour cette raison qu'il l'avait rencontrée aujourd'hui ?

Agnès lui avait parlé de leur rencontre au café quand elle l'avait appelé pour lui dire ce qu'elle pensait de Hargreaves. Avait-il rencontré Agnès « accidentellement » pour découvrir ce qu'elle savait ou même ce qu'elle pourrait proposer si on lui donnait quelques indices ?

Andrews ouvrit la bouche pour ajouter un commentaire, mais Alan leva la main et s'affala sur une chaise en face d'Achmed. Il réfléchissait encore à la question.

Drummond avait-il pu rôder autour de l'hôtel aujourd'hui quand Andrews et lui avaient arrêté Hargreaves ?

Avait-il vu Agnès indiquer l'endroit où George et James discutaient ? Si elle avait déjoué ses plans pour atteindre Hargreaves la première, alors peut-être qu'il se vengeait sur elle en ce moment même ? Il ferma les yeux. Une chose était certaine. Il devait la trouver avant qu'il ne soit trop tard.

« Ramenez Achmed au poste », dit Alan, en se levant d'un

bond. « Je dois trouver Mme Lockwood, avant qu'il ne lui arrive quelque chose. »

Andrews saisit le bras d'Alan et le tira loin d'Achmed. « Réfléchissez-y, Monsieur. Par où allez-vous commencer ? » Il relâcha le bras d'Alan. « Je sais que vous êtes inquiet, mais vous devez rester calme et concentré. Vous ne pouvez pas agir seul. Vous avez besoin de moi, mais il faut que d'autres détectives parcourent les quais pour retrouver Mme Lockwood et Drummond. Faites venir un autre officier pour escorter Achmed au poste et déclenchez une recherche. Mais ne faites pas ça tout seul. »

Alan savait que son sergent avait raison. Il pensait avec son cœur plutôt qu'avec sa tête. « Allez au poste et organisez tout. Dites-leur de venir ici le plus vite possible. »

Une fois tout en place, Alan et son sergent se dépêchèrent de quitter l'hôtel à la recherche de Mme Lockwood. Mais par où allaient-ils commencer à chercher ?

34

Tout en haut de l'une des quatre tours soutenant le pont de Tyne, Peter Noble, le jeune homme dont le travail consistait à effectuer des inspections périodiques des supports massifs, s'acquittait de ses fonctions. Mais ce jour-là était différent. Ce jour-là, il n'était pas seul ; il était accompagné de deux hommes. L'un était journaliste d'un journal local, l'autre le gérant d'un grand restaurant situé à proximité.

Le conseil municipal avait accueilli favorablement l'implication du journal local dans tout événement lié au Tyne Bridge. C'était la fierté du Tyneside et tout article en rapport avec le pont était le bienvenu. Cependant, il s'étonna de voir le gérant d'un restaurant s'intéresser de si près aux tours.

Mais Gordon Peterson avait expliqué que ses clients posaient souvent des questions sur le pont. « J'ai simplement pensé que ce serait une bonne idée d'en apprendre un peu plus. D'autant plus que mon restaurant est si proche de la base de l'une des tours », leur avait-il dit. L'idée lui était venue lors d'un récent cours auquel il avait assisté. *'Essayez toujours de donner aux clients ce qu'ils veulent, même s'il s'agit simplement d'une information sur la région.'*

Peter Noble avait été ravi de la présence des deux hommes à ses côtés ce jour-là. C'était un changement agréable de pouvoir discuter avec des personnes autres que les oiseaux. Cependant, ayant déjà inspecté deux autres tours, il était à court de détails à leur raconter. « Avez-vous des questions ? Je ne vous ai pas dit grand-chose depuis que nous sommes montés ici. »

« Je ne pense pas. Je suppose qu'elles sont toutes pareilles, dit le journaliste en baillant. Quand on en a vu une, c'est comme si on les avait toutes vues. »

« Chut, écoutez, dit Peterson. J'entends des voix en dessous. »

« Je pensais avoir verrouillé la porte une fois qu'ils étaient tous à l'intérieur », dit Peter. Il essaya de regarder en bas des escaliers en se suspendant aux poutres d'acier. « Je ne vois personne. »

Les voix en bas devinrent plus fortes.

« Il y a bien quelqu'un en bas, dit le journaliste. Je les entends maintenant. » Il se tourna vers Peter. « Peut-être que vous devriez dire à ces gens de partir. S'ils sont blessés, le conseil en sera sans doute responsable. »

« Chut », siffla Gordon. Pendant un moment, il crut reconnaître la voix de son cousin. Mais après réflexion, pourquoi David serait-il là-dessous ? Il haussa les épaules. De toute évidence, il faisait erreur. « Désolé, dit-il. Je pensais avoir entendu la voix de quelqu'un que je connaissais. » Peter était sur le point d'appeler les intrus, mais l'un d'eux reprit la parole. « Ouvrez les yeux, vous ne voulez pas voir comment on fait ? »

Maintenant Gordon savait qu'il avait raison, c'était bien son cousin. Que manigançait David ? Était-ce en lien avec l'affaire sur laquelle il travaillait ?

Mais quand la voix d'une femme se fit entendre dans la cage d'escalier, les trois hommes furent choqués. « Alors vous êtes vraiment sérieux. Vous allez me tuer. » Agnès espérait désespérément qu'elle avait eu raison tout à l'heure, lorsqu'elle avait cru entendre des bruits de pas plus haut dans la tour. Elle pria pour qu'ils l'entendissent et prévinrent la police.

« Je voudrais que mes fils sachent que je les aime, poursuivit-elle. Je voudrais aussi que l'inspecteur en chef Alan Johnson sache que c'était un plaisir de le retrouver après toutes ces années. » Elle savait qu'elle blablatait maintenant, mais elle essayait de gagner du temps.

Néanmoins, même debout, avec une arme pointée sur sa tête, elle réalisa soudain qu'elle avait apprécié sa rencontre avec Alan. C'était amusant et excitant. Être mêlée à une enquête sur un meurtre – même si elle était la prochaine victime – lui avait offert quelque chose de mémorable. Au moins pour le temps qu'il lui restait.

« Vous avez terminé ? », demanda Drummond. Il braquait son arme sur son front. « Je peux vous tuer maintenant ? »

« Non ! », cria Agnès.

« Pour l'amour de Dieu, ma petite dame ! » Drummond baissa son arme. « Qu'avez-vous à dire de plus ? Avez-vous l'intention de réécrire l'histoire du monde pendant votre dernière heure ? »

À l'étage, Gordon n'en croyait pas ses oreilles. Son cousin était en bas, menaçant de tuer une femme.

Il regarda les deux hommes qui se tenaient à côté de lui. Peter semblait figé sur place avec un regard horrifié fixé sur son visage. Qui pourrait le blâmer ? Cependant, Lowry était parvenu à rassembler ses esprits. Il était déjà en train de composer le numéro d'urgence sur son téléphone portable.

Gordon se retourna pour regarder en bas des escaliers. Il ne voyait toujours pas à qui David parlait, mais il avait la nette impression d'avoir entendu cette voix récemment. Mais ce n'était pas le moment d'y penser. S'il voulait agir pour arrêter le massacre, il devait descendre, et vite. Il descendit prudemment les marches de pierre, espérant que le craquement du sable sous ses pieds ne le trahirait pas.

Drummond fit tourner l'arme en l'air. « Alors qu'est-ce que vous voulez savoir maintenant ? » Il commençait à s'ennuyer ; cette situation avait assez duré.

« Vous ne m'avez pas dit pourquoi vous avez tué votre frère et votre sœur. »

« Ils étaient en travers de mon chemin », répondit calmement David.

Gordon était abasourdi. Il trébucha et serait tombé s'il ne s'était pas accroché à la rampe à temps. Il n'aurait jamais cru que son cousin était capable de tuer des membres de sa famille. Mais il venait de l'entendre l'admettre. Il retint son souffle, espérant que David ne l'avait pas entendu trébucher.

« Qu'est-ce que c'était ? », se demanda David en cessant de balancer son arme et en la tournant vers les escaliers.

« Probablement les oiseaux, répondit Agnès. Il paraît que l'endroit est envahi par ces oiseaux. » « Satanés oiseaux ! »

Gordon poussa un soupir de soulagement. Il était en sécurité, pour l'instant. Il voulait s'approcher le plus possible de David avant d'être découvert. Il n'avait pas de plan ; en fait, il n'avait aucune idée de ce qu'il allait faire en arrivant en bas. Mais il savait qu'il devait essayer d'empêcher David de tuer cette femme.

Il entendit un léger bruit derrière lui. En tournant la tête, il vit le journaliste descendre les escaliers en rampant.

« La police est en route, chuchota Lowry. L'inspecteur en chef Johnson est déjà sur les quais, ils sont en train de le contacter. »

La mention de l'inspecteur en chef replongea Gordon vers le jour où le détective était venu au restaurant. Il y avait une femme avec lui... Il se souvenait qu'elle avait trouvé le corps de son cousin dans la rivière. Il réalisa alors que la voix en bas était celle de cette femme – Mme Lockwood.

« Bien, murmura Gordon. Maintenant vous devriez retourner à l'étage... »

« Vous vous moquez de moi ? Cette histoire pourrait me faire gagner beaucoup d'argent. Je suis dans le coup, peu importe ! »

Gordon réalisa que discuter ne servait à rien. Un journaliste fait toujours passer une bonne histoire en premier et ce n'était pas le moment de débattre de la question.

Les deux hommes descendirent lentement les escaliers. La descente semblait une éternité. Aucun des deux ne pouvait imaginer le temps qu'il leur avait fallu pour arriver jusqu'au bout.

Gordon avait envisagé de quitter le petit groupe après avoir vu les deux premières tours. Que pouvait-il y avoir à apprendre de plus ? Il pensait qu'il aurait pu gagner le premier prix d'un concours sur tout ce qui concernait les tours du pont de Tyne. Néanmoins, il avait décidé de poursuivre la visite. À présent, il était soulagé d'avoir pris cette décision. Bien que, en y repensant, il risquait de se faire tuer. Il s'arrêta et tourna la tête quand il sentit Lowry lui taper sur l'épaule.

« Quel est le plan ? », chuchota Lowry.

« Quel plan ? Je n'ai pas de plan. Comment pourriez-vous planifier une telle chose ? »

« Ok », répondit Lowry en souriant. « Je plaisante. »

Gordon prit une profonde inspiration en poursuivant sa descente. Ce journaliste était soit un homme courageux, soit un idiot. Mais ne pouvait-il pas dire la même chose de lui-même ? Drummond avait tué son frère et sa sœur, pourquoi aurait-il hésité à le tuer ? Ne devrait-il pas laisser la police s'en charger ?

« Assez ! » La voix de Drummond résonna dans la cage d'escalier. « Je suis fatigué de vous écouter. »

Agnès ferma à nouveau les yeux. C'était le moment. Elle était sur le point de mourir. Mais elle ne voulait pas le voir appuyer sur la détente. Elle voulait voir les visages de ses garçons et de son mari, Jim... et Alan... Mais elle entendit une explosion et sentit quelque chose frôler sa tête. Ce bruit venait de quelque part derrière l'endroit où elle se tenait.

Agnès ouvrit les yeux, osant à peine croire qu'elle était encore en vie. Elle découvrit Drummond gisant sur le sol en face d'elle. Le sang coulait déjà de la blessure par balle entre ses deux yeux. À quelques mètres de sa main tendue, se trouvait son arme.

Encore sous le choc, elle se retourna lentement et vit quatre hommes dans les escaliers derrière elle. Elle reconnut l'un d'eux, Gordon Peterson, le gérant du restaurant qu'Alan et elle avaient interrogé dans la semaine. Les trois autres hommes, elle ne les connaissait pas. L'un d'eux prenait d'innombrables photos d'elle et de l'homme mort à ses pieds. Le troisième, un jeune homme en jeans et veste de sécurité, semblait en état de choc. Mais à l'arrière-plan se cachait un homme à qui elle savait qu'elle devait la vie. Il tenait une arme. Il avait tiré le coup qui avait empêché Drummond de la tuer.

35

Quelques minutes plus tard, la porte de la tour s'ouvrit brusquement et l'inspecteur en chef Johnson fut le premier à apparaître. Il fut suivi rapidement par son sergent et plusieurs officiers armés.

Alan était soulagé de voir Agnès en vie et en bonne santé. Ayant entendu un coup de feu alors qu'il approchait de la tour, il avait craint le pire. Il avait été inquiet lorsqu'il avait reçu l'appel lui disant qu'il y avait quelqu'un dans la tour qui menaçait de tuer une femme. Personne ne savait qui étaient ces personnes, mais lui était convaincu qu'il s'agissait d'Agnès et de Drummond. Son inquiétude s'était transformée en colère, alors qu'ils roulaient le long des quais jusqu'à la tour. Que faisait-elle là ? Ne l'avait-il pas prévenue de ne pas s'approcher de Drummond ? Cette femme ne suivait-elle jamais les conseils ?

Mais toute cette panique disparut lorsqu'il vit Agnès devant lui, des larmes coulant sur ses joues.

« J'ai cru que j'allais mourir, dit-elle. Il m'a sauvé la vie. » Elle se retourna et montra du doigt l'escalier, mais l'homme était parti. « Où est-il allé ? demanda-t-elle. Je ne l'ai même pas remercié. »

Gordon et John se retournèrent, mais il n'y avait aucun signe de l'homme armé.

« Allez voir au-dessus », lança Alan à l'un des officiers. Même si, selon lui, l'homme devait être bien loin de la tour à présent.

Gordon Peterson n'avait pas dit un mot. Ses yeux étaient toujours fixés sur le corps. Lentement, il se mit à descendre les escaliers restants et aurait fait un pas vers le corps, si l'inspecteur en chef ne l'avait pas arrêté.

« Je suis désolé, mais vous ne pouvez pas vous approcher. Nos agents spécialistes des scènes de crime seront là très bientôt. »

Le sergent Andrews avait passé l'appel dès qu'ils avaient forcé la porte et trouvé le corps.

Gordon hocha la tête. « Je comprends. »

« L'un d'entre vous a-t-il vu l'homme qui a tiré ? », demanda Alan aux trois hommes. Ils secouèrent tous la tête.

« Tout s'est passé si vite, dit Peter. J'étais le dernier à descendre les escaliers. Il devait être là derrière moi. Mais d'où venait-il – et comment est-il entré ? »

« Ok, poursuivit Alan. Les officiers vont vous escorter jusqu'au poste et prendre vos déclarations. N'omettez rien et assurez-vous de dire aux officiers où l'on peut vous contacter ; nous aurons probablement besoin de vous parler à nouveau. »

« Je dois rester ici. C'est mon travail de m'assurer que les portes sont verrouillées quand je quitte les lieux. »

« Nous y veillerons aujourd'hui », déclara Alan.

Un des officiers conduisit les hommes vers la sortie.

« Alan, est-ce que je dois aller au commissariat ? », demanda doucement Agnès, alors qu'ils sortaient de la tour et se retrouvaient au soleil. Tout ce qu'elle voulait, c'était rentrer à l'hôtel.

Entre-temps, la foule s'était rassemblée et était repoussée par les policiers. Les caméras flashèrent alors que les témoins se dirigeaient vers les voitures de police. John Lowry fit un signe de tête en direction de quelques journalistes rivaux. Ils avaient peut-être des photos de l'après-coup, mais lui avait saisi l'action.

« Vous devrez faire une déclaration », répondit Alan. Mais il vit alors qu'elle tremblait. « Mais je peux envoyer un policier à l'hôtel si vous préférez. »

Elle acquiesça. « Oui, s'il vous plaît. »

Alan appela l'un des officiers et lui demanda d'emmener Mme Lockwood à son hôtel. « Je viendrai à l'hôtel dès que je pourrai », lui dit-il, tandis qu'elle montait dans la voiture.

* * *

De retour à l'hôtel, Agnès se plongea dans un bain chaud et parfumé. Elle avait toujours trouvé que c'était un bon moyen de se détendre et aujourd'hui ne faisait pas exception. Alan avait appelé pour lui dire qu'une policière viendrait lui rendre visite dans une heure environ. Juste assez de temps pour se ressaisir après cette épreuve.

Elle avait été stupide. Non, plus que ça, elle avait été fichtrement stupide de suivre Drummond. Il avait été formé à détecter les personnes qui le suivaient. Elle avait de la chance d'être en vie. S'il n'y avait pas eu cet homme... Elle ne voulait même pas penser à ce qui aurait pu se passer. Pourtant, elle allait devoir tout revivre lorsque la policière serait là.

La policière était en fait très aimable ; elle s'assit et permit à Agnès de raconter son histoire à son propre rythme. Elle avait visiblement été formée à la manière de traiter les personnes stressées pour une raison ou une autre.

Agnès avait pensé qu'elle craquerait pendant l'entretien, mais elle se sentit à l'aise avec la policière. Au lieu de vivre un cauchemar en racontant ce qui s'était produit dans la tour, elle découvrit que c'était en fait un soulagement de parler ouvertement de son épreuve terrifiante.

Pendant qu'elle expliquait ce qu'elle avait vécu dans la tour, elle se souvint de ces secondes terrifiantes où David était sur le point d'appuyer sur la détente. Les visages de son mari, Jim, et de leurs deux fils lui ont alors traversé l'esprit. Mais elle avait ensuite vu Alan se tenant derrière eux.

Pourquoi était-il apparu à cet instant précis ? Serait-il plus cher à ses yeux qu'elle ne le pensait ?

Cependant, elle ne dit rien de tout cela à la policière. Quand la fonctionnaire fut partie, Agnès réfléchit un moment avant de se résoudre à descendre.

Dans le salon, elle commanda un café. Au début, elle avait peur de tomber sur Achmed. Mais en discutant avec la serveuse, qui lui avait apporté son café, Agnès apprit qu'un des serveurs du bar, appelé Achmed, avait été arrêté le matin même.

Agnès feignit d'avoir l'air surprise. « Oh mon Dieu, pourquoi ça ? »

« Je ne sais pas, répondit-elle. Il avait l'air d'être un homme bien ; toujours prêt à aider. Mais, je suppose qu'on ne peut jamais savoir ce qu'une personne est vraiment prête à faire. »

« C'est vrai. »

Quand la serveuse fut rappelée au comptoir, Agnès se rassit sur le canapé et sirota son café. Au moins, elle se sentait en sécurité maintenant. Achmed était en garde à vue et David Drummond était mort. Pendant un moment, elle eut de la peine pour Gordon Peterson. C'était déjà assez dur d'avoir deux cousins assassinés, mais découvrir que ces derniers avaient été tués par leur propre frère, c'était encore pire. Elle se demanda ce qui se passait au commissariat de police. Peut-être qu'elle aurait dû y aller après tout. Elle détestait ne pas voir toutes les pièces du puzzle s'assembler. Mais en y réfléchissant, elle était peut-être mieux là où elle était, et nul doute qu'Alan lui donnerait tous les détails plus tard dans la journée.

36

Au commissariat de police, les trois hommes firent leur déposition et quittèrent le bâtiment.

John Lowry avait hâte de retrouver son éditeur. Ses photos montreraient que ce qui devait être un simple reportage sur l'entretien des quatre tours soutenant le pont de Tyne s'était en fait révélé être une exclusivité. Aucun autre journaliste n'avait été là pour voir David Drummond se faire tirer une balle dans la tête au moment où il allait tuer une autre personne. Un officier avait laissé échapper le nom de Drummond dans la salle d'interview. Dommage qu'il n'eût pas réussi à obtenir le nom de la femme, mais il avait des photos d'elle, le corps de Drummond écrasé à ses pieds.

* * *

Gordon voulait juste retourner à son restaurant et boire un verre. Dès que les journaux télévisés diffuseraient l'incident, il recevrait des appels d'autres membres de la famille. Que pouvait-il leur dire ? Il ne savait pas que David était responsable de la mort de Mary et de Dennis.

Il ne savait pas non plus que David était impliqué dans le vol d'un collier d'une valeur inestimable. Il ne l'avait appris qu'au poste de police. Non, ils n'avaient pas utilisé le mot « impliqué ». Ce qui aurait simplement fait de lui un membre d'un gang de voleurs. Ils lui avaient dit que David était le voleur. Selon eux, il n'y avait que trois autres personnes impliquées, mais David était le leader. C'était son plan, il l'avait mis en œuvre. Les autres n'étaient là que pour l'aider à réaliser son plan.

L'inspecteur en chef Johnson en personne l'avait informé de cette nouvelle.

Au début, il avait pensé que la police pourrait le soupçonner d'avoir aidé son cousin dans le cambriolage, d'autant plus qu'il avait passé plusieurs jours à Londres. Cependant, le détective lui avait assuré qu'il n'était pas suspect. Il l'avait simplement pris à part pour l'informer avant la diffusion des informations.

Il prit une grande gorgée de cognac et regarda le restaurant vide. Peut-être devrait-il rester fermé ce soir-là.

* * *

Peter Noble n'était pas pressé de retourner à la mairie. S'il n'avait pas oublié de verrouiller la porte de la tour, rien de tout cela ne serait arrivé. Cette mésaventure pouvait lui coûter son travail. Il aurait pu jurer qu'il avait verrouillé la porte une fois que les deux hommes et lui étaient entrés. La serrure serait-elle tellement vieille qu'elle ne permettait plus à la porte de se verrouiller correctement ? C'était l'une des raisons pour lesquelles il n'avait pas voulu quitter la tour plus tôt. Il avait voulu placer la clé dans la serrure et la tourner plusieurs fois afin de voir si elle fonctionnait ou non.

Comment allait-il expliquer cela à son patron au bureau ? Il pouvait nier autant qu'il le voulait, il penserait probablement la même chose que les deux autres hommes – il avait oublié de verrouiller cette foutue porte. Et puis il y avait l'autre type. L'homme, venu de nulle part, avait tué celui qui s'apprêtait à tuer la femme, puis avait disparu. Il commençait à avoir mal à la tête. Il voulait juste rentrer chez lui, mais il ne pouvait pas le faire. Il devait aller au bureau et prendre le taureau par les cornes, même s'il risquait d'en pâtir.

* * *

Alan pénétra dans la salle d'interrogatoire et prit place. À sa droite se trouvait le sergent Andrews et Achmed était assis en face de lui. Un avocat était assis à côté d'Achmed.

« Drummond est mort », dit le l'inspecteur en chef. « Vous l'avez tué ? », demanda Achmed.

« Non. Il a été abattu juste avant notre arrivée. »

« Comme c'est pratique. »

« Nous aurions préféré lui parler », dit Alan, en essayant de rester calme. « Mais quelqu'un l'a abattu avant qu'il ne puisse tuer quelqu'un d'autre. »

« C'est ce que vous dites », grogna Achmed.

Alan tapa du poing sur la table. « Arrêtez de vous moquer de moi. Ce n'est pas une couverture. Trois témoins ont vu tout ce qui s'est passé. Ils essayaient de descendre les escaliers pour l'arrêter ; l'un d'eux était journaliste, il a même pris des photos. Vous avez déjà beaucoup d'ennuis – de votre propre aveu, vous avez aidé à commettre un vol, sans compter que vous avez été complice d'un meurtre. Pour l'amour de Dieu, nous avons dû subir toutes ces épreuves. Pourquoi êtes-vous si hostile maintenant ? »

Achmed baissa les yeux vers la table, comme s'il réfléchissait à ses options. « Que voulez-vous savoir ? » demanda-t-il.

« Pour commencer, comment Drummond a-t-il volé le collier ? »

« Il ne m'a pas tout dit », répondit Achmed, calmement. « David n'avait confiance en personne. Il ne m'a dit que ce qu'il pensait que je devais savoir. »

« Mais vous l'avez aidé à voler le collier. Quel rôle avez-vous joué ? »

« Il y avait deux gardes en service devant la pièce où le collier était exposé dans une vitrine. »

« Vous voulez dire que le collier n'était pas stocké dans une chambre forte ? », interrompit le sergent Andrews.

« Non. Pas au moment où David l'a volé, répondit Achmed. Il y avait une exposition spéciale ce jour-là ; des personnes importantes venaient d'Europe pour voir le collier avant son exposition au public. Il avait prévu de le voler après l'exposition, mais avant que le collier ne soit remis dans le coffre. Une fois à l'intérieur, la tâche serait beaucoup plus difficile. Mais pas impossible », sourit Achmed.

Le sergent lui fit signe de continuer.

« Son plan était simple. Il est entré dans la salle avec les officiels, mais il n'est pas ressorti à la fin du visionnage. »

« Mais les gens n'ont-ils pas été contrôlés à leur entrée et à leur sortie ? », demanda Alan, exaspéré.

« Si, mais David avait fabriqué deux cartes d'identité. L'une était pour moi, l'autre pour lui. Les deux avaient le même nom et les mêmes détails, mais chacune montrait une photo différente de la personne nommée. Je dois admettre qu'il avait fait un excellent travail. Elles ressemblaient à des vraies. » Il marqua une pause, s'attendant à ce que l'un des détectives dise quelque chose, mais ils restèrent silencieux. « Bref, David a attendu qu'un groupe de personnes soit admis. Il a agi comme s'il faisait partie du groupe. Les gardes ont à peine regardé sa carte d'identité. Ils ont juste fait passer tout le monde à la porte. » Il regarda l'inspecteur en chef. « Je peux avoir un verre d'eau ? »

Alan se tourna et fit un signe de tête au garde de la porte.

« Alors, que s'est-il passé ensuite ? », demanda Alan en se retournant vers Achmed.

« À 14 heures, les portes ont été fermées et à 14h30, les gardes ont quitté leur poste et deux nouveaux hommes ont pris leur place. C'est là que je suis entré en scène. J'ai couru vers les hommes et je leur ai montré ma carte. Je leur ai dit que j'étais en retard pour la projection à cause d'un problème de circulation et que je devais entrer le plus vite possible, sinon je manquerais tout le reste. »

« Et ils vous ont laissé entrer – juste comme ça ? », demanda Andrews.

Achmed lança ses mains en l'air. « Pourquoi ne l'auraient ils pas fait ? J'étais habillé élégamment, j'avais une carte d'identité et j'avais un accent étranger. Il n'y avait aucune raison pour qu'ils ne me croient pas. »

« Quelqu'un là-bas doit revoir le système de sécurité. » Le Sergent Andrews était dégoûté qu'ils soient entrés dans la pièce si facilement.

« Donc, vous étiez tous les deux dans la pièce quand le présentoir a été exposé ? », demanda Alan. Cela prenait trop de temps. « Que s'est-il passé ensuite ? Drummond a-t-il sorti une arme et menacé de tuer tout le monde si le collier ne lui était pas remis ? » Il savait que ce n'était pas la manière dont les choses s'étaient passées. Ça aurait fait la une des journaux. L'affaire n'aurait pas pu rester secrète. Il voulait juste que ce gars en vînt au fait.

« C'était simple, poursuivit Achmed. Quand il était temps de partir, je me suis assuré d'être le dernier à quitter la pièce. J'ai montré ma carte aux gars de la porte et ils ont coché mon nom sur leur tableau. Pendant ce temps, David s'est placé derrière un petit écran près de la porte. Une fois que tout le monde est parti, les portes ont été verrouillées avec David toujours à l'intérieur. Tout ce qu'il avait à faire était d'ouvrir la vitrine et de prendre le collier - aussi simple que ça. » dit-il en claquant des doigts.

« Mais c'est ridicule, s'exclama Andrews. Il n'aurait pas pu simplement s'approcher de la vitrine blindée et ouvrir la porte. Je comprends qu'il y avait une serrure codée dessus – et qu'en est-il de la vidéosurveillance ? Il devait y avoir une caméra dans la pièce. »

Achmed hocha la tête. « Oui, il y avait deux serrures codées sur la vitrine et les deux avaient des codes différents. » Il rit. « Ils ont été très efficaces ! Quant à la caméra, David y était préparé. Il avait quelque chose avec lui, qu'il allait insérer dans la caméra pour tromper les hommes qui regardaient la télévision. » Il haussa les épaules. « David a essayé de me l'expliquer, mais je n'ai pas compris. »

« Je ne le crois pas. Ce n'est pas possible. » Andrews regarda l'inspecteur en chef. « Vous n'avez rien dit. Qu'est-ce que vous pensez de tout ça ? »

Alan repensait au moment où Agnès et lui avaient parlé à Gordon Peterson. Il avait dit que son cousin David était un magicien des serrures, des codes et des ordinateurs. Il n'y avait pas prêté attention à ce moment-là. Mais maintenant, ça commençait à avoir du sens.

« C'est possible », dit Alan, lentement.

« Mais même s'il a réussi à sortir le collier de l'étui, comment a-t-il pu sortir de la pièce fermée à clé ? » Andrews commençait à s'énerver. « Il y avait sûrement des gardes à la porte jour et nuit ? »

« Il y en avait. Ou du moins c'était le plan, répondit Alan en regardant Achmed. C'est à ce moment-là que vous avez fait votre deuxième entrée, c'est ça ? »

Achmed jeta un coup d'œil à Andrews et sourit. « Votre patron a compris. » Il s'adressa à nouveau à l'inspecteur en chef. « Je lui dis ou vous voulez continuer ? »

Alan lui fit signe de continuer. « C'est votre histoire. »

Achmed haussa les épaules. « Le collier ne devait être déplacé que plus tard dans la journée. Je devais donc rester dans le bâtiment. J'ai pris le thé l'après-midi. Puis j'ai regardé tous les portraits, les trophées et les livres rares jusqu'à ce qu'il soit temps pour les gardes de se relever. Une fois les nouveaux gardes en place, j'ai couru jusqu'à l'endroit où ils se tenaient. J'ai commencé à crier que quelqu'un essayait de voler un tableau sur le mur de la galerie et que l'agent de sécurité était attaqué. Je leur ai dit qu'ils devaient se dépêcher. Ils n'ont pas hésité. Ils m'ont suivi dans le couloir et dans la galerie. David a eu le temps de déchiffrer le code de la porte et de sortir de la pièce. Une fois dehors, il a réactivé le code et il était chez lui et libre. »

« Vous êtes en train de nous dire que c'était aussi simple que ça ? » Andrews se leva et fit les cent pas dans la pièce. « Je me trompe de métier ! Même un idiot saurait que si vous avez une antiquité inestimable à charge, il vous faut une meilleure sécurité qu'une vitrine et deux hommes qui montent la garde à la porte. »

« Vous admettez que vous avez agi avec David Drummond pendant qu'il volait le collier au musée ? », dit l'inspecteur en chef calmement.

Achmed approuva.

« Encore une chose, dit Alan. Comment Drummond pouvait-il savoir qu'il y aurait un intervalle de deux heures entre l'exposition et le retour du collier dans la chambre forte ? Une fois l'observation terminée, le plus sûr aurait été de le sortir de la pièce. »

« Une autre séance était envisageable », répondit Achmed.

« Quelle autre séance ? Toutes les personnes attendues pour l'événement étaient là. Vous l'avez dit vous-même. » Andrews en avait assez de tout cela.

« Il n'y avait personne d'autre, Sergent », dit Alan. Il observait attentivement Achmed. « C'était Drummond, c'est ça ? C'est lui qui a appelé le musée et les a informés qu'une ou plusieurs personnes d'importance étaient intéressées pour voir le collier en privé. »

Achmed hocha la tête. « Nous avions besoin de temps. S'ils pensaient que quelqu'un d'important allait venir voir le collier, alors ils le laisseraient dans la salle d'observation. Pour eux, il y avait des gardes derrière une porte fermée. »

« Qui était la personne importante ? », demanda Andrews. Alan regarda Andrews. « Qui, à votre avis ? »

« Ne me dites pas... ? »

Alan fit un signe de tête. « Je pense que nous en avons terminé. Je vais vous laisser conclure ici pendant que je vais aller voir comment l'autre équipe s'en sort. »

* * *

Plus tôt, un autre groupe de détectives avait tenté de rattraper l'homme qui avait acheté les bijoux à Hargreaves. Il était important qu'ils l'attrapent avant qu'il eût la possibilité de transmettre le collier inestimable à une autre personne. Ils savaient qu'une fois qu'il aurait appris la mort de Drummond et la détention de Hargreaves, il comprendrait que la police ne tarderait pas à être à ses trousses. La panique l'envahirait et il essaierait de se débarrasser de l'antiquité le plus vite possible.

Jusqu'à présent, les nouvelles n'étaient pas bonnes. La police avait persuadé Hargreaves de prendre contact avec cet homme et de lui dire qu'il avait un autre collier à vendre. Malheureusement, jusqu'à présent, l'homme n'avait pas répondu à son téléphone.

« Tenez-moi au courant. Et insistez sur ce numéro, lança Alan en sortant dans le couloir. Nous n'avons pas beaucoup de temps. La nouvelle peut éclater à tout moment maintenant. Et là, nous ne le trouverons jamais. » Il savait que tous les détails n'étaient jamais réglés le jour d'une arrestation. Mais une grande somme d'argent était en jeu ici. Plus encore, la réputation du Royaume-Uni était en jeu. Si l'on apprenait que le collier avait été volé quelques jours après son arrivée dans le pays, sans parler de la facilité avec laquelle il avait été subtilisé, la sécurité de la nation serait la risée du monde entier. S'il y avait une dernière chose qu'il devait faire, c'était de trouver ce fichu collier.

Il regarda sa montre. Avait-il le temps d'appeler Agnès ? Il avait besoin de savoir si elle allait bien après son épreuve. Mais bon sang ! Il n'allait pas appeler. Il allait aller à l'hôtel et voir par lui-même.

« Je ne serai pas long », cria-t-il au Sergent Andrews en passant la porte du bureau. « J'ai mon téléphone. » Andrews était sur le point de demander où il allait, mais il se tut ; il savait exactement où son patron allait.

* * *

À l'hôtel, Alan rencontra Agnès dans le salon.

« Comment allez-vous ? » Il retira son manteau et s'assit à côté d'elle.

« Mieux que je ne le pensais, répondit-elle. La policière que vous avez envoyée pour prendre ma déposition a été très gentille et compréhensive. Je me suis sentie à l'aise en lui parlant. » Elle fit une pause. « Avez-vous appris l'identité de l'homme mystérieux qui m'a sauvé la vie ? »

« Non et je doute que nous le sachions un jour. » Alan resta pensif pendant un moment. « Mais je pense qu'il s'agit de l'agent que Londres a envoyé ici pour surveiller Drummond. »

Il se demandait encore comment ce type avait pu savoir où se trouvait Drummond à ce moment-là – à moins qu'il eût écouté les appels radio de la police. Ou alors il avait réussi à placer un mouchard sur Drummond. Qui aurait pu l'approcher d'aussi près... ?

À ce moment-là, une idée lui vint à l'esprit. Terry, le

nouveau serveur du bar ; se pouvait-il qu'il soit un agent ? Alan se souvenait d'un moment où Terry avait effleuré Drummond très brièvement lorsque celui-ci s'était reculé pour admirer la table qu'il avait nettoyée avec tant d'ardeur. Drummond s'était moqué de lui, mais il se pourrait que le serveur se soit s'avérer bien plus malin que lui. Il serait intéressant de voir si Terry réapparaîtrait ou non à l'hôtel.

« Ok ! dit Agnès. Je me rends compte qu'il y a des choses que nous ne saurons jamais. Mais je trouve cette situation très frustrante. »

« Quelles choses ? »

« Par exemple, pourquoi David Drummond s'enfuyait-il de la scène du crime ? dit Agnès. S'il avait tiré sur son frère à l'endroit où nous avons trouvé le sang et qu'il l'avait ensuite embarqué dans la camionnette pour se débarrasser du corps, pourquoi n'est-il pas monté dans la camionnette sur-le-champ ? Pourquoi s'enfuir ? Où allait-il ? »

Alan poussa un gros soupir. Elle avait raison. Pourquoi Drummond s'enfuyait-il ? Achmed avait dit qu'il était dans la camionnette avec lui. Il en fallait au moins deux pour jeter les corps dans la rivière. Avait-il couru vers la scène de crime ou s'en éloignait-il ? Alice Thurgood aurait-elle pu se tromper à propos de la position dans laquelle elle se trouvait au moment de prendre la photo ?

« Autre chose qui nécessite une réponse ? »

« J'avais l'impression que Drummond connaissait les gens sur le yacht ; celui qui était amarré sur le quai le matin où il me suivait. Si c'est le cas, quelle est leur place dans cette affaire ? » Agnès fronça les sourcils. « Peut-être que je me suis trompée et qu'il était juste intéressé par le bateau. Je dois dire que c'était vraiment un sacré bateau. »

« Comme vous le dites, il y a des choses que nous ne saurons jamais avec certitude », dit Alan. Il parlerait à Andrews de la pensée d'Agnès plus tard. Mais pour l'instant, elle devait croire que tout était fini.

Elle sourit. « Je pensais aller faire un tour. Je ressens le besoin de prendre l'air. Avez-vous le temps de m'accompagner ? »

À ce moment-là, le téléphone d'Alan sonna. « Je suppose que non », répondit-elle.

Alan décrocha le téléphone et écouta patiemment, tandis qu'Andrews l'informait que l'homme qui achetait les bijoux à Hargreaves avait enfin répondu à son appel.

« Hargreaves s'est arrangé pour le rencontrer à leur endroit habituel, continua Andrews. Je suppose qu'il a fallu un peu de persuasion de la part de George, car les objets volés sont généralement déposés depuis les fenêtres de l'hôtel. Ils ne se rencontrent que lorsque l'argent est versé. » Il indiqua ensuite à l'inspecteur en chef le lieu de la rencontre.

« Je dois y aller », dit Alan.

« Je sais », répondit lentement Agnès. Elle baissa la tête. Puis la releva brusquement. « Emmenez-moi avec vous. »

« Quoi ? » Alan sursauta. « Vous n'en avez pas assez ? Vous auriez pu être assassinée ce matin. »

« Emmenez-moi avec vous, répéta-t-elle. Je me tiendrai de l'autre côté de la rue. Je ne vous gênerai pas, je vous le promets. Mais j'ai besoin de venir avec vous. Je veux aller jusqu'au bout. S'il vous plaît, Alan. »

Alan secoua la tête. Il n'avait pas le temps de réfléchir plus longtemps. « Ok, prenez votre manteau. Mais faites vite. »

Environ dix minutes plus tard, elle arriva à la réception de l'hôtel.

« Qu'est-ce qui vous a retenu ? » Alan remarqua le grand sac à main qu'elle portait à l'épaule. « Pourquoi avez-vous besoin de ça ? Je pensais que vous alliez seulement prendre votre manteau. »

« J'ai pensé que je pourrais avoir besoin d'argent par la suite, puis je me suis demandée si j'avais besoin de cartes de crédit... »

« Nous n'avons pas le temps, Agnès. Allons-y ! » Alan la poussa vers l'entrée de l'hôtel. « George rencontre cet homme près du Millennium Bridge », lui dit Alan. « Qu'est-ce que vous voulez que je fasse ?", demanda-t-elle.

« Qu'est-ce que vous voulez dire ? Nous étions d'accord pour que vous restiez à l'écart de la scène. », répondit Alan. Il savait depuis le début que c'était une mauvaise idée. Pourtant, il avait le sentiment qu'elle l'aurait suivi de toute façon s'il ne lui avait pas permis de venir avec lui. « Vous ne comprenez pas ? Si George voit quelqu'un qu'il reconnaît, sa réaction pourrait trahir le jeu et tout faire échouer. Nous avons une chance de récupérer le collier, Agnès. Nous ne pouvons pas le laisser s'échapper. »

Agnès accepta.

Devant l'hôtel, Agnès resta du même côté de la rue, tandis qu'Alan traversa la route et s'assit sur un banc près du pont. Il restait encore quelques minutes avant la rencontre.

En attendant Agnès, Alan fit semblant de regarder un journal qu'il avait acheté à la boutique de l'hôtel. Du coin de l'œil, il aperçut deux de ses détectives qui se promenaient sur le trottoir. Quelque part derrière, il y avait George Hargreaves et derrière lui, deux autres détectives. Jusque-là, tout semblait bien se passer. Tous les détectives donnaient l'air de touristes ou d'hommes discutant affaires. Il y avait sans doute deux ou trois autres hommes ou femmes de l'autre côté de la route. Néanmoins, il ne voulait pas prendre le risque de se faire remarquer en retournant la tête vers l'autre côté de la rue.

Gardant la tête enfouie dans le journal, Alan continua à observer Hargreaves alors qu'il se dirigeait vers l'endroit où la réunion devait avoir lieu. Ses détectives faisaient un bon travail de discrétion. S'il n'avait pas su qui ils étaient, il n'aurait jamais deviné qu'il s'agissait de policiers suivant un suspect. Maintenant, tout était en place. Tout ce dont ils avaient besoin était que le revendeur se montrât.

* * *

Les minutes défilèrent. Hargreaves avait atteint le moment où il devait rencontrer le revendeur. George avait dit aux détectives qu'il devait parfois attendre quelques minutes avant de voir l'homme, probablement parce qu'il était trop prudent.

Hargreaves se tenait près de la balustrade et regardait dans l'eau comme il le faisait à chaque fois qu'il attendait le revendeur. Il savait qu'il était important que tout se passe bien. Sa femme était venue le voir au poste de police. Des larmes avaient coulé sur ses joues quand il avait expliqué pourquoi il avait fait ça. Elle était si compatissante. Si seulement il lui avait tout expliqué, il – non, ils – ne seraient pas dans ce pétrin maintenant. Elle lui avait promis de le soutenir, mais elle lui avait aussi dit qu'il devait aider la police.

* * *

Alan observait toujours lorsqu'un homme se dirigea vers Hargreaves. L'homme s'arrêta, se pencha sur la balustrade et regarda la rivière. C'était probablement lui. L'homme qui allait les mener au précieux collier, un coup qui mettrait la police de Newcastle en première ligne.

Ensuite, c'était arrivé. Mais pas du tout comme l'inspecteur en chef l'avait prévu.

Il y eut un accident de voiture. Une voiture s'arrêta juste au moment où un camion passait. Le conducteur de la voiture n'avait-il pas vu l'énorme camion ? Comment aurait-il pu le manquer ? Pourtant, c'était arrivé. Et la circulation fut bloquée.

Bien que les policiers de l'autre côté de la route étaient

censés être en civil, ils abandonnèrent leur poste et se précipitèrent vers le conducteur de la voiture.

Alan tourna la tête une seconde pour voir ce qui se passait, mais quand il revint à sa position, il découvrit que le suspect était parti. Hargreaves était seul. Où diable le suspect était-il parti ?

Les détectives, qui avaient suivi Hargreaves, se précipitèrent et lui passèrent des menottes aux poignets.

Andrews était l'un d'entre eux. Une fois Hargreaves maîtrisé, le sergent se précipita vers son patron.

Alan se leva et jeta le journal à la poubelle avec dégoût. « Mais qu'est-ce qui se passe ? Ces gens sont censés être des détectives sous couverture, et ils abandonnent une affaire pour un incident de circulation mineur ! rugit-il. L'homme s'est enfui. On l'a perdu ! »

Soudain, ils entendirent une forte acclamation de l'autre côté de la route.

« Je ne pense pas, dit Andrews en souriant. Regardez. » Il pointa du doigt l'endroit où se tenait Agnès. À ses pieds gisait l'homme que Hargreaves avait rencontré. Elle leva son sac à main et fit signe à Alan.

« Incroyable, dit Alan. Je l'ai envoyée là-bas pour qu'elle ne soit pas prise dans l'action. »

« Il semble que l'action cherche Mme Lockwood », répondit le Sergent Andrews alors qu'ils se dépêchaient tous deux de traverser la route pour aller chercher leur homme.

Une fois que les détectives mirent le revendeur en garde à vue, Alan se tourna vers Agnès. « Je vous avais dit de rester à l'écart. »

« Je suis restée à l'écart, dit Agnès. Je suis restée ici comme vous me l'aviez dit. Mais je n'allais pas le laisser passer devant moi et se perdre dans la foule après tous les problèmes qu'il a causés. »

Alan ne répondit pas. Elle était sauve et c'est tout ce qui

comptait. Mais il donnerait aux officiers qui avaient déserté leur poste une sévère réprimande quand il rentrerait au poste.

« Je vais terminer ce qu'il y a à faire ici, dit Andrews. Pourquoi n'iriez-vous pas prendre un café quelque part ? »

Alan était plus qu'heureux d'accepter sa proposition. Il déclara au Sergent Andrews qu'il ne serait pas long et Agnès et lui se dirigèrent vers le café près du pont du Millénaire.

« C'est fini, dit Alan. Nous avons le tueur et, avec un peu de chance, nous allons récupérer le précieux collier, ainsi que tous les autres bijoux pris à l'hôtel. » Il fit une pause. « Ou du moins, nous aurons une idée de l'endroit où commencer à les chercher. » Il baissa les yeux sur son café. « Qu'allez-vous faire maintenant ? » Il redoutait la réponse. Il savait qu'elle rentrerait chez elle à un moment donné, mais il espérait que ce ne serait pas trop tôt.

Elle sourit. « Je vais rester à l'hôtel un peu plus longtemps. Il y a encore des endroits que j'aimerais visiter. Je n'ai pas l'impression d'avoir eu le temps cette semaine. »

« Voulez-vous me parler de vos projets au cours d'un dîner ? » demanda-t-il.

« J'en serais ravie », répondit-elle.

Peu après, Alan raccompagna Agnès à l'hôtel et lui dit qu'il viendrait la chercher à sept heures précises.

* * *

Plus tard dans la soirée, alors qu'Alan et Agnès se promenaient devant la Maison Bessie Surtees, il se souvint soudain de la personne qu'elle avait vue à la fenêtre.

« Vous savez, nous n'avons jamais trouvé qui était à la fenêtre la nuit où nous avons trouvé le corps », dit-il en levant les yeux vers le haut. « Tous les détenteurs de clés jurent toujours qu'ils avaient les clés en leur possession pendant tout ce temps et qu'ils n'étaient pas à proximité du bâtiment. »

Agnès réfléchit un instant à la question. Soudain, elle s'arrêta net. Se retournant, elle fixa la fenêtre. « Oh mon Dieu ! »

« Qui y a-t-il ? » Alan porta son attention sur la fenêtre, s'attendant à voir quelqu'un les regarder d'en haut. Mais la fenêtre était fermée hermétiquement et l'endroit entier était dans l'obscurité. « Vous avez vu quelqu'un ? »

« Non. » Agnès était très excitée. « Mais je viens d'avoir une idée. » « Qu'est-ce que c'est ? »

« La nuit du meurtre, poursuivit-elle. Je sais que j'ai vu quelqu'un fermer la fenêtre. Pourtant, le personnel dit qu'il n'y avait personne. »

« Et alors ? » Alan avait l'air perplexe. « Où est-ce que tout cela nous mène ? »

« Vous ne comprenez pas ? dit Agnès. Cela ne peut signifier qu'une chose. Ce que j'ai vu à la fenêtre cette nuit-là devait être un fantôme ! », s'écria-t-elle. Elle leva les yeux vers la fenêtre et joignit les mains. « Alan, c'est tellement excitant. On pourrait faire une chasse au fantôme ou quelque chose comme ça. On pourrait... »

« Oh non... Agnès, je crois... », commença Alan.

Cependant, ce qu'Alan pensait est resté inexprimé lorsque Agnès passa son bras sous le sien et entreprit d'exposer son plan...

La fin

Cher lecteur,

Nous espérons que vous avez passé un agréable moment avec *Meurtre dans le Tyneside*. N'hésitez pas à prendre quelques instants pour laisser un commentaire, même s'il est court. Votre avis est important pour nous.

Bien à vous,

Eileen Thornton et l'équipe de Next Chapter

Meurtre dans le Tyneside
ISBN: 978-4-82412-886-7

Publié par
Next Chapter
1-60-20 Minami-Otsuka
170-0005 Toshima-Ku, Tokyo
+818035793528

17 mars 2022

www.ingramcontent.com/pod-product-compliance
Lightning Source LLC
LaVergne TN
LVHW041456170726
843492LV00005B/1251